Klaus J. Frahm (Hg.)

Das Mordshaus an der Lahn

Kurzkrimis von Bad Laasphe bis Lahnstein

KBV

Originalausgabe

www.kbv-verlag.de
E-Mail: info@kbv-verlag.de
Telefon: 0 65 93 - 99 86 68
Fax: 0 65 93 - 99 87 01
Umschlaggestaltung: Ralf Kramp
unter Verwendung von:
© Martina Berg · © drizzd - www.fotolia.de
Druck: Aalexx Buchproduktion GmbH, Großburgwedel
Printed in Germany
ISBN 978-3-942446-23-5

Inhalt

Bad Laasphe ist nicht Hollywood

Von Klaus J. Frahm

1

Dreihundertzwanzig, Dreihundertvierzig, Dreihundertfünfundvierzig ...« Der Kassierer zählte routiniert den gekürzten Hartz IV-Betrag in den metallenen Schiebeteller und schob ihn dann unter der Panzerglasscheibe durch.

»Danke für das Almosen«, brummte Peter und steckte die Scheine ein.

Hinter dem Kassierer schaute Speedy durch das Fenster und winkte Peter zu. Der Kassenraum war im Souterrain und das Fenster lag ebenerdig zu dem kleinen Park hinaus. Peter schaute kurz hinauf zu der Videokamera und lächelte freundlich in die Linse. Dann verließ er die Stadtverwaltung durch den Hinterausgang und gesellte sich zu Speedy. Ich wartete, bis ich auch meine Kohle hatte, winkte hoheitsvoll der Kamera zu und folgte ihm. Wir schlenderten zusammen in die Innenstadt zum Spielsalon neben dem »Deutschen Haus«. In dem Halbdunkel blinkte und blitzte es aus den Automaten. An der Wand reihten sich kleine Kabinen, in denen man unbeobachtet daddeln konnte. Natürlich hing über jeder Kabine eine Kamera.

»He Peter«, sagte eine Stimme aus einer der Automatenkabinen.

»Oh, Hamü, hast du was zu rauchen?« fragte Speedy.

»Klaro, wir gehen rüber an die Lahn«, grinste Hamü.

Das war ein Wort. Wir warfen keine Euros in die blinkenden Metallkisten, sondern zogen gemeinsam am Kino vorbei in die Aue, durch die die Lahn sich als kleines Bächlein schlängelt. Nach einer Stunde hingen wir alle vier auf einer Parkbank mit Lahnblick und träumten vor uns hin.

»Sollen wir noch einen durchziehen oder soll ich Bier holen beim Aldi?« fragte Speedy mühsam.

Außer Hamü, der ein klares »Grmpf« von sich gab, reagierte keiner von uns.

»Oder wollen wir heimgehen?« legte Speedy nach.

Als immer noch nichts passierte, stöhnte er, rappelte sich von der Bank hoch und ging in Richtung Innenstadt.

»Peter, bau noch mal einen, das Piece liegt auf der Bank, ich hol mal was zum Runterspülen«, sagte er im Abgang.

Ich setzte mich auf die Wiese neben der Bank, kam aber schnell wieder hoch, meine Hose war nass geworden. Auf der Bank saß man zwar unbequem, aber trocken. Hier an der Lahn hingen wir oft ab und überlegten, was wir machen sollten. Laasphe, oder Bad Laasphe, wie es seit 30 Jahren heißt, bietet zwar viel, aber nichts für unsereins. Die große Disco in der Lahnaue mit dem Slogan ›Wir sind der Himmel, ihr die Sterne‹ ist zu schick, das Deutsche Haus zu vornehm. Uns bleibt nur der Spielsalon neben dran, der ist zwar cool, aber teuer.

Als Speedy mit dem Bier kam, zündete Peter den Joint an und sagte, »Wir müssten mal was drehen.«

»Genau«, sagte Hamü und streckte die Hand nach der Tüte aus.

»Hab ich auch schon gedacht«, sagte Speedy, »aber was?«

»Als wir die Kohle geholt haben, ist mir was aufgefallen«, sagte Peter mit dem geheimnisvollen Unterton, den er immer hatte, wenn er von seiner Shitconnection sprach.

Mäßig interessiert schauten wir zu ihm hin. Bevor er weitersprach, nahm Peter einen tiefen Schluck aus der Pulle. Dann warf er uns nacheinander einen strengen Blick zu, oder das, was er dafür hielt.

»Bei der Stadtkasse liegt am Hartzfeiertag immer massig Kohle rum. Die müssen wir uns holen.«

Er schaute so triumphierend in die Runde, als habe er das Geld schon.

»Und wie?«, fragte Speedy, »Die Kohle liegt hinter Panzerglas.«

»Klaro«, sagte Peter. »Aber hinter dem Kassierer ist ein Fenster. Und als du mir vorhin gewunken hast, ist mir was aufgefallen«, Peter grinste schlau.

»Und was? Jetzt lass dir doch nicht alles aus der Nase ziehen«, fragte Hamü ungeduldig.

Ich war schon wieder im Traum auf der Reise nach L. A. und setzte meinen Handabdruck in den Walk of Fame.

»Die Fenster zur Lahn sind nicht aus Panzerglas«, sagte Peter triumphierend.

Schlagartig war ich fit. Die Stadtkasse plündern, das war die beste Idee, die wir je hatten. Wir gingen planerisch so weit in die Details, dass ich nach vier weiteren Joints und vier Flaschen Bier das Geld eigentlich schon in der Tasche hatte. Ich verzichtete auf weitere Planungen und machte mich in der Dunkelheit dieser Sommernacht auf den Heimweg in den Hahlerweg.

»Hallo Flo«, begrüßte mich Ubi, als ich zuhause ankam.

»Du bist noch auf«, sagte ich überrascht.

»Oscar-Verleihung, ich wär' ja so gern mal dabei« seufzte Ubi.

Seit ich aus meiner Bude geflogen war, wohnte ich bei Ubi. Die hatte viel Platz und zuerst sollte es nur vorübergehend sein. Aber inzwischen waren es drei vorübergegangene Jahre und wir verstanden uns blendend. Ubi hatte eine kleine Rente und ein hübsches Haus im Hahlerweg. Sie hatte lange als Sekretärin beim Laaspher Kino gearbeitet und ihr großer

Traum war immer, einmal nach Hollywood zu kommen. Nicht als Star, sondern zum Kucken. Mit ihren 78 Jahren war sie immer noch eine eifrige Kinogängerin. Deshalb verstehen wir uns auch so gut. Mein Traum ist nämlich auch Hollywood, aber als Star, nicht nur zum Kucken. Ich trank mit Ubi noch ein Bier, bevor ich ins Bett ging.

2

In meinem Kopf dröhnte es, als ob ein Rosenmontagszug durchgeleitet wurde. Der viele Tabak in den Joints, dachte ich, man sollte viel mehr pur rauchen. Ich schleppte mich ins Bad. Kaltes Wasser, Zähne putzen und dann war ich halbwegs wieder Mensch. Ich schlich die Treppe hinunter, um Ubi nicht zu wecken.

»Florian«, scholl es mir fröhlich aus der Küche entgegen, »Was treibt Dich mitten in der Nacht aus dem Bett?«

Ubi saß gut gelaunt am Küchentisch und hatte die Zeitung vor sich liegen. Es gab noch Kaffee und ich setzte mich zu ihr.

»Ich bin bei der Übertragung eingeschlafen«, sagte Ubi nicht ohne Stolz. »Nach dem Frühstück lege ich mich wieder hin. Und was treibt Dich jetzt schon raus?«

»Ein Job«, murmelte ich.

»Na dann, viel Spaß«, grinste Ubi.

Ich trank meinen Kaffee aus und zog los. Beim Rewe in der Bahnhofstraße kaufte ich zwei Flaschen Bier und eine Schachtel Winston. Bei wichtigen Terminen war selbst drehen nicht angesagt. Nur eine Viertelstunde nach der vereinbarten Zeit war ich am Ort des Geschehens. Ich war der erste. Zehn Minuten später trudelte Speedy ein. Der gute alte Speedy, immer zuverlässig, dachte ich.

»Kann man das nicht nachmittags machen?« fragte er muffelig, nahm dann aber doch das angebotene Bier und stellte sich neben mich. Hinter uns war der Bahndamm, die Rückseite der Stadtverwaltung lag in unserem Blick. Wir schauten zu, wie der Kassierer Geld auszahlte und unterhielten uns über die besten Filme.

Hamü kam und murmelte etwas von Wecker kaputt und eine halbe Stunde später kam Peter ohne irgendeine Erklärung. Wir schauten zu, wie der Kassierer unser Geld verteilte, und dann wanderten wir den zukünftigen Fluchtweg ab. Als einziger mit Führerschein wurde Hamü zum Fahrer ernannt. Auch wenn der Führerschein einer Alkoholkontrolle zum Opfer gefallen war, fahren konnte er ja trotzdem. Er würde mit dem geklauten Auto vor der Stadtverwaltung stehen. Speedy und Peter mit täuschend echt aussehenden Pistolen am Fenster hinter dem Haus und ich mit einer großen Tasche vorne rein.

Der Plan war super. Peter kannte einen zwielichtigen Kneipier in Biedenkopf, bei dem er die Knarren besorgen würde. In Marburg wollte Hamü das Auto klauen, die Studenten schließen oft nicht ab, meinte er. Ich musste sehen, wo ich im Sommer Faschingsmasken auftreiben konnte. Speedy brauchte nur einen dicken Schlosserhammer mitbringen, um bei Bedarf die Scheibe zu zertrümmern, wenn der Kassierer den Helden mimen wollte. So was hat ja wohl jeder zuhause.

3

»Faschingsmasken?«, fragte Ubi. »Da sind jede Menge auf dem Dachboden.«

Wir kletterten die steile Stiege hinauf. Nach Ubis Anweisungen musste ich eine Kiste unter der staubigen Schräge vorziehen. Es war das reinste Paradies. Es gab eine Gummimaske, die einen Kanzler Schmidt darstellte, Dracula, eine lustige Nase mit Brille und Bart, Ubi hätte einen ganzen

Faschingszug ausstatten können. Ich nahm mir eine Zorromaske. Das war mein Held. Unvergesslich, Douglas Fairbanks mit Umhang und Degen. Oder auch Tyrone Power, der zu den klassischen Utensilien die Peitsche beisteuerte. Für unsere Pläne war der Zorro natürlich nicht geeignet, ich steckte die Maske aber trotzdem in die Hosentasche. Ubi holte weiter Utensilien aus der Kiste. Eine Gummimaske, die ein Schwein darstellte gefiel mir.

»Ja, die drei kleinen Schweinchen«, sagte Ubi. »Das war, glaube ich, 1970, da waren wir der Wolf und die drei kleinen Schweinchen.«

Kichernd suchte sie zwei weitere Schweinchenmasken aus der Truhe und eine Gummimaske mit einem Wolfsgesicht. Ich legte die Masken auf die Seite und räumte die Truhe wieder ein. Ubi ging schon runter.

»Jetzt sag schon, was ihr damit vor habt«, drängte mich Ubi in der Küche.

»Wenn du niemandem was sagst«, sagte ich.

»Ehrensache«, sagte Ubi und ich erzählte ihr von unserem Plan.

»Schwachsinn«, sagte Ubi. »So klappt das nie.«

»Wieso, der Plan ist doch gut«, sagte ich beleidigt.

»Der Plan ist gut, aber deine Kumpels bringen das nicht«, sagte Ubi und zündete sich eine Zigarette an. »Da braucht man Nerven und die hat keiner von den dreien.«

4

Es war noch ziemlich frisch an diesem Morgen. Einen Flachmann zum Wärmen hatte ich mir trotzdem verkniffen. Speedy musste gleich kommen mit dem Hammer. Die drei kleinen Schweinchen waren für Peter, Speedy und mich. Hamü, als Fahrer sollte der große böse Wolf sein. Eigentlich hätte

Hamü schon mit dem geklauten Wagen vor dem Spielsalon stehen müssen und von Peter war auch nichts zu sehen. Der tauchte dann aber endlich auf. Ohne Hamü aber außer Atem.

»Den Hamü haben sie hochgenommen, mit dem geklauten Auto«, jammerte er.

Hamü hatte eine Karre auf dem Lahnparkplatz in Marburg gefunden, die nicht abgeschlossen war und die er leicht kurz schließen konnte. Damit war er dann aber bei Münchhausen bei rot an einer Baustellenampel vorbeigefahren und auf dem Berg wurde er prompt herausgewunken. Der Kabelsalat unter dem Lenkrad fiel den Polizisten auf, und weil Hamü keine Papiere und keinen Führerschein vorweisen konnte, wurde er mitgenommen. Speedy schlug vor, den Coup zu verschieben.

»Wir könnten doch ein Taxi nehmen«, schlug Peter vor. »Wir bestellen das an den Lahnuferweg und tun so, als wär nix.«

Geniale Idee, fand ich, hatte nur einen Haken. Die drei Fahrer vom Taxi-Roth in Laasphe kannten uns zu gut und ein Taxi aus Marburg oder Siegen würde nicht ohne Vorkasse an einem dubiosen Platz in Laasphe auf Kundschaft warten.

»Es geht nur mit Fahrrädern«, sagte ich.

»Och nö«, maulte Speedy.

»Meins ist platt«, ergänzte Peter.

Wir tranken noch ein Bier und schwiegen eine Weile. Peter holte aus seiner Tasche eine Pistole, die bei mir einen Lachanfall auslöste.

»Das war das beste, was sie hatten, beim Krug«, sagte Peter beleidigt.

Der Krug ist eigentlich ein Klamottenladen in Biedenkopf. Der hat eine große Spielzeugabteilung.

»20 Euronen für eine Schreckschusspistole, die nicht einmal echt aussieht«, sagte ich. »Ubi hatte recht, mit euch kann man nix durchziehen, außer Joints.«

»Hast du der etwa was erzählt«, fragte Peter lauernd.

»Quatsch«, log ich schnell. »Das ist ihre allgemeine Meinung.«

Wir schwiegen noch ein bisschen zusammen. Die Bilanz unseres missglückten Coups war ernüchternd. Eine Woche hatte ich mich jeden Morgen um sieben aus dem Bett gequält, Hamü im Knast.

»Wir sehen uns dann«, sagte ich zu Peter und Speedy, als plötzlich Hamü um die Ecke kam.

»Boah, Leute«, sagte er zur Begrüßung.

»Wieso bist Du denn schon wieder raus?«, fragte Speedy verblüfft.

»Wegen so was bleibt man doch nicht im Knast«, sagte Hamü. »Das gibt 'nen Prozess und ein bisschen auf Bewährung. Eine meiner leichtesten Übungen.«

Wir zogen noch einen durch und besprachen, wie es weiter gehen sollte. Hamü wollte Gras über die Sache wachsen lassen und es in einem halben Jahr noch einmal probieren. Mit Peters Knarre wollten wir es sowieso nicht wagen. Da hätte sich der Kassierer eher totgelacht als zu Tode erschrocken. Wir gingen zu Speedy, der in seiner Bude noch Bier hatte. Die Nacht wurde lang und am Morgen wurde ich auf Speedys vergammelter Couch wach. Die anderen drei schliefen. Leise schlich ich mich aus dem Haus und schwang mich aufs Fahrrad.

5

So eine erwachende Stadt im August hat schon was Reizvolles, dachte ich. Es war ungewöhnlich warm für die Jahreszeit, aber wer das Wittgensteiner Land kennt weiß, dass man im August in Bad Laasphe trotzdem frieren kann wie ein Affe. Ich radelte die Bahnhofstraße entlang und die Friedrichstraße hoch. An der Wehrstraße ging mir die Puste aus und ich schob das Rad. Als ich am Puderbacher Weg ankam, suchte ich nach einem Taschentuch um mir den Schweiß abzuwischen. In meiner Hosentasche fand ich die Zorromaske. Ich hielt kurz an und wollte sie wegschleudern. Dann steckte ich sie aber wieder ein und ging weiter.

Ubi saß in der Küche und trank Kaffee.

»Du siehst ja aus wie drei Tage Regen«, begrüßte sie mich.

»Ach, das ist doch alles Mist«, sagte ich.

»Erzähl'«, sagte Ubi knapp.

Und dann brach alles aus mir heraus. Meine unfähigen Komplizen und wie recht sie doch gehabt hatte. Der große Frust eben.

»Komm«, sagte Ubi nach einer Weile und führte mich auf den Dachboden. Sie öffnete eine alte Wehrmachtskiste und holte eine Pistole und eine Sturmkappe heraus. Auf dem Weg nach unten nahm sie den Nothammer mit, den ich einmal aus einem Bahnbus mitgenommen hatte. Ubi holte ihr Fahrrad aus dem Schuppen und wir radelten den Berg wieder hinunter.

6

»Sollen wir noch einen durchziehen oder soll ich noch einen Tee kochen?« fragte Speedy.

Nur Hamü gab ein unverständliches »Grmpf« von sich, wir anderen starrten einfach so ins Leere.

»Oder wollt ihr heimgehen?« fragte Speedy.

Als wie immer nichts passierte, seufzte er, rappelte sich aus seinem Sessel hoch und ging in die Küche.

»Peter, bau noch mal einen, das Piece liegt auf dem Tisch, ich koch noch 'nen Tee«, sagte er noch, als er schon in der Tür stand.

Ich setzte mich in seinen Sessel. Auf der Couch saß man wirklich unbequem. Als Speedy mit dem Tee kam, zündete Peter den Joint an und sagte, »Habt ihr das gelesen?«

»Nee, was?« fragte Hamü und streckte die Hand nach der Tüte aus.

»In der Siegener Zeitung hat's gestanden«, seufzte Peter.

»Jetzt lass Dich nicht so feiern, Alter«, sagte Speedy.

»Als wir unseren Coup verschnarcht haben, hat ihn einer mit 'ner Zorromaske kurz danach durchgezogen. Hundertfuffzig Riesen hat er gemacht, das müsste man mal bringen«, sagte Peter.

»Boah«, sagte Hamü.

»Und das beste, er ist mit dem Rad getürmt«, legte Peter nach.

Ich sagte nichts. Nach dem vierten Joint neigt man dazu, sich zu verplappern. Ich zog auch nicht mehr an dem neuen Joint, sondern dachte an L. A.. Da war es immer warm. Ich tastete zum tausendsten Mal nach dem Flugticket in meiner Jacke.

Ein einsamer Tropf

Von Bernd Walf

Herr Doktor, kommen Sie schnell! Ihre Mutter ...«
»Was ist mit ihr?«

»Kommen Sie ...«

Schwester Heide rauschte davon durch den Krankenhausgang und ließ die Tür zum Arztzimmer offen. Doktor Germer sprang auf und folgte ihr. Es war doch eine ganz normale Gallenblasenresektion, nichts Besonderes, reine Routine. Und seine Mutter war eine robuste Frau, sie war immer kerngesund gewesen, bis auf die riesigen Gallensteine.

»Was ist denn eigentlich los, Schwester.«

»Ihre Mutter ... Ich war gerade bei ihr ... Sie war so blass ... Der Puls rast und der Blutdruck ist niedrig ... Sie ist bewusstlos.«

»Wer ist bei ihr?«

»Doktor Haller.«

Jetzt beschleunigte Germer und rannte mit fliegendem Kittel durch die Gänge des Marburger Klinikums. Die Tür zu Zimmer 314 stand offen. Doktor Haller fühlte den Puls der bewusstlosen Frau.

»Was ist los, Herr Kollege?«

Germer bemühte sich um eine feste Stimme. Immerhin lag seine Mutter dort, blass und regungslos.

»Der Puls ist 124 und der Blutdruck ist bei 70 zu 40 und fällt weiter.«

»Verdammt, das könnten innere Blutungen sein. Wie kann denn das passieren? Sie haben sie doch operiert, haben Sie eine Arterie erwischt?«

»Ich muss doch sehr bitten, Herr Kollege. Ich habe das nicht zum ersten Mal gemacht. Es war ein Routine-Eingriff und ich bin weiß Gott kein Anfänger.«

»Entschuldigen Sie. Ich bin etwas nervös, wie Sie sich vorstellen können.«

»Kein Problem. Aber wir müssen Ihre Mutter noch einmal aufmachen, ich bin mir ziemlich sicher, dass es sich um innere Blutungen handelt, ich weiß nur nicht, woher sie kommen. Schwester, rufen Sie in der Chirurgie an und bereiten Sie alles für eine Not-OP vor. Dringend!«

Kommissar Paulmann begann zu schwitzen. Ausgerechnet in einem Krankenhaus musste er ermitteln. Er hasste Krankenhäuser, all die weißen Kittel, all die weißen Wände und all die weißen Geräte. Es erinnerte ihn daran, dass seine Eltern vor langer Zeit ... aber egal, er musste sich zusammenreißen.

»Ich möchte zu Doktor Germer.«

»Zweiter Stock, Zimmer 211.«

Der Mann an der Krankenhauspforte schaute nicht einmal hoch.

»Danke.«

Paulmann stieg die Treppe hinauf und versuchte, dem weißen Gewimmel aus dem Weg zu gehen. Er fand Zimmer 211 überraschend schnell. Doktor Germer erwartete ihn bereits.

»Sind Sie der Arzt, der uns anrief?«

»Oberarzt, ja. Und Sie sind der Kommissar.«

»Oberkommissar. Paulmann ist mein Name. Kripo Marburg, Mordkommission.«

»Ich bin Doktor Germer. Nehmen Sie bitte Platz.«

»Danke. Sie sagten, dass Ihre Mutter auf seltsame Weise umgekommen sei. Wie meinen Sie das?«

Doktor Germer spielte gedankenverloren mit seinem Stethoskop. Paulmann grinste innerlich bei dem Gedanken, er würde so mit seiner Dienstwaffe herumspielen. Man kommt auf seltsame Gedanken in einem Krankenhaus.

»Meine Mutter wurde heute morgen operiert. Gallenblasenresektion, das heisst, die Gallenblase wurde operativ entfernt. Meine Mutter litt unter sehr grossen Gallensteinen. Die OP verlief normal, reine Routine. Danach kam sie in den Aufwachraum und schliesslich auf Station, also wieder in ihr Krankenzimmer. Nach etwa drei Stunden holte mich die Schwester, meine Mutter war bewusstlos, alles deutete auf eine innere Blutung hin. Ich ordnete eine Not-OP an, um die Quelle der Blutung zu finden und zu stoppen. Doktor Haller hatte operiert und er führte auch die Not-OP aus. Meine Mutter ... Ihr Körper war voller Blut. Sie starb während der OP.«

»Was genau meinen Sie mit ›Ihr Körper war voller Blut‹?«

»Es sah zuerst so aus, als sei eine Arterie durchschnitten worden, war aber nicht. Doktor Haller hat gut gearbeitet. Es schien so, als würde das Blut nicht gerinnen. Bei einer Operation wird ja eine Wunde erzeugt, die blutet manchmal nach. Aber das Blut gerinnt, es verklebt sozusagen, und verhindert so weitere Blutungen. Aber meine Mutter blutete immer weiter.«

»Und dann?«

»Nach einer OP bekommt der Patient Heparin. Das ist ein Mittel, welches das Blut verdünnt, wie man so sagt. Es senkt die Gerinnungsfähigkeit des Blutes. Man gibt es, um eine Thrombose zu verhindern. Ich überlegte mir, ob es nicht irgendwie überdosiert wurde, aber das kann eigentlich nicht sein. Jedenfalls ordnete ich eine Blutuntersuchung an.«

Doktor Germer schwieg und blickte ins Leere. Paulmann nutzte die Pause, um sich zu fragen, was er eigentlich hier solle. Das hörte sich doch eher nach einem Kunstfehler an als nach einem Mord.

»Welches Ergebnis hatte die Untersuchung?«

»Wir fanden Heparin. Sehr viel Heparin.«

»Wer verabreicht das Medikament normalerweise?«

»Die Schwester.«

»Könnte sie sich nicht geirrt haben? Vielleicht hat sie zuviel auf die Spritze gezogen.«

»Nein. Wir benutzen fertige Spritzen mit 5000 Einheiten Heparin. Das ist die Menge, die einem Patienten postoperativ verabreicht wird.«

»Und wenn man aus Versehen zweimal spritzt?«

»Das würde nicht ausreichen. Es war etwa 15-mal soviel Heparin in ihrem Körper, als es hätte sein sollen. Niemand gibt aus Versehen 15 Spritzen.«

»Nein, vermutlich nicht. Kann ich das Zimmer sehen, in dem Ihre Mutter lag?«

»Natürlich. Folgen Sie mir bitte.«

Paulmann trottete hinter dem wehenden Kittel her und fing wieder an zu schwitzen. Sie erreichten Zimmer 314.

»Hier lag sie.«

Der Raum war leer bis auf das Beistelltischchen und die Stange mit dem Tropf.

»Wo sind die Betten?«

»Es gab hier nur ein Bett. Meine Mutter ist ... war Privatpatientin.«

»Was Sie nicht sagen.«

Germer warf dem Kommissar einen undefinierbaren Blick zu.

»Sie wurde mit dem Bett in den OP gefahren.«

Paulmann sah sich im Zimmer um. Ein weißes Zimmer wie alle anderen. Ein paar Kunstdrucke an der Wand, weiße Einbauschränke, weiße Fensterrahmen. An der Wand befanden sich zwei Leisten mit Radios und den Rufknöpfen für die Schwestern.

Der Kommissar ging zu der Stange mit dem Tropf. Etwas anderes gab es in diesem Raum nicht zu untersuchen.

»Was ist in dem Tropf?«

»Kochsalzlösung vermutlich. Völlig harmlos.«

Paulmann strich mit dem Finger über die Plastikflasche, die kopfüber mit einer Öse an einem Haken befestigt war.

»Haben Sie sonst noch Fragen an mich, Herr Kommissar?«

»Wer hatte Zugang zu dem Zimmer Ihrer Mutter?«

»Ärzte, Schwestern, Reinigungskräfte. Das gesamte Krankenhauspersonal. Und Besucher.«

»Wie lange dauert es eigentlich, bis die Wirkung des Heparins einsetzt. Ich meine, bei einer Überdosis? Bis man ... verblutet?«

»So etwa eine halbe bis eine Stunde.«

»Wann wurde entdeckt, dass Ihre Mutter Probleme hatte?«

»Schwester Heide kam gegen viertel nach zwei in mein Zimmer und holte mich.«

»Wann wurde Ihre Mutter operiert?«

»Heute morgen um halb elf war die Operation beendet.«

»Nehmen wir einmal an, jemand habe Ihrer Mutter die Überdosis mit Absicht verabreicht, dann muss er das so gegen halb zwei getan haben. Plus minus fünfzehn Minuten.«

»Ja, das kommt in etwa hin.«

»Wer war zu dieser Zeit in der Nähe des Zimmers?«

»Das weiß ich nicht. Ich war auf Visite. Die anderen Ärzte auch. Da müssen Sie die Schwestern fragen. Gehen Sie am besten zur Oberschwester. Brauchen Sie mich noch, Herr Kommissar?«

»Nein, im Moment nicht. Danke.«

Germer drehte sich um und verschwand durch die Tür.

»Moment noch. Wo finde ich die Oberschwester?«

»Den Gang weiter und dann links. Dort ist das Schwesternzimmer.«

Paulmann stand allein im Zimmer. Wie viele Menschen mögen hier schon gestorben sein? Schwarze Gedanken in weißen Räumen. Paulmann schaute noch einmal zu dem Tropf und machte sich auf den Weg zur Oberschwester.

Das Schwesternzimmer war eine Oase in dieser weißen Wüste. Die Wände waren hellblau und die Möbel holzfarben. Überall standen halbvolle Kaffeetassen herum, Blumenvasen in allen Farben, Bücher und Zeitschriften und all die anderen Dinge, die einen Raum gemütlich machten. Der einzige weiße Fleck in diesem wohltuenden Chaos aus Farben war der Kittel einer etwa 40-jährigen Frau, die ihn über den Rand ihrer Halbbrille ansah.

»Ich fürchte, Sie haben sich verlaufen. Hier ist das Schwesternzimmer.«

»Dann bin ich hier richtig. Ich suche die Oberschwester.«

»Die haben Sie gefunden. Ich bin Schwester Berg.«

»Schwester Berg? Ich dachte, man nennt die Schwestern immer mit dem Vornamen.«

»Normalerweise schon. Aber ich heisse Esther.«

»Na und?«

»Möchten Sie sich Schwester Esther nennen lassen?«

Kommissar Paulmann grinste.

»Nein, vermutlich nicht. Da bin ich ja noch etwas besser dran: Ich heisse Paul Paulmann. Ich bin der ermittelnde Kommissar im Fall Germer.«

Schwester Esther nickte.

»Dr. Germer hat bereits einen Teil Ihrer Arbeit erledigt. Nach der Blutuntersuchung fragte er jeden, ob er unbekannte Personen getroffen habe, hier im Gang oder in der Nähe von Zimmer 314. Ich wäre eher von einem Versehen ausgegangen.«

»Dr. Germer meinte, ein Versehen sei ausgeschlossen bei der Überdosierung. Man hätte fast fünfzehn Spritzen benötigt.«

»Es gibt nicht nur die Einheitsspritzen. Man kann das Heparin auch auf eine ganz normale Spritze ziehen, in beliebiger Menge. Aus einer Vorratsflasche.«

»Ach.«

»Ja, aber das machen wir normalerweise nicht. Ich sage nur, man könnte.«

»Wissen Sie etwas über das Verhältnis von Dr. Germer zu seiner Mutter?«

Die Oberschwester dachte nach.

»Das Verhältnis der beiden war nicht besonders gut. Frau Germer war reich, sie besaß eine Firma, die medizinische Geräte herstellt. Sie wollte immer, dass der älteste Sohn, also Dr. Germer, die Geschäftsführung übernimmt. Aber der ist mehr an einer Karriere als Arzt interessiert und an seiner Forschungsarbeit. Die Firma bekommt er ja sowieso jetzt, wenigstens zur Hälfte.«

»Er hat also noch Geschwister?«

»Ja, einen jüngeren Bruder. Er ist das schwarze Schaf der Familie. Hat auch mal Medizin studiert, aber abgebrochen.«

»Was macht er jetzt?«

»Was reiche Söhne so machen. Frauengeschichten, Lotterleben, teure Autos, das ganze Programm. Braucht immer Geld.«

»Und jetzt bekommt er die halbe Firma?«

»Vermutlich.«

Paulmann überlegte. Hatte der Doktor einen Verdacht gegen seinen Bruder? Die Frage nach dem Unbekannten könnte darauf hindeuten.

»Wie war das Verhältnis von Dr. Germer zu seinem Bruder?«

»Miserabel. Das können Sie sich doch wohl denken.«

Sie schaute ihn ernst an, aber dann lächelte sie. Paulmann lächelte zurück.

»Ja, das hätte ich mir denken können. Übrigens, gab es den Unbekannten, den Dr. Germer gesucht hat?«

»Das hier ist ein Krankenhaus. Patienten von anderen Stationen, Besucher, Servicetechniker ...«

»Kommissare«, unterbrach Paulmann sie.

Sie lachte hell.

»Ja, die auch manchmal. Gut ein Viertel der Leute, die mir hier begegnen, habe ich noch nie gesehen. Das hätte sich Dr. Germer eigentlich denken können.«

»Verstehe. Wann wird das Zimmer 314 eigentlich wieder belegt? Im Moment ist es leer, nur der Tropf steht drin.«

Schwester Berg zog die Stirne kraus. Ein hübscher Anblick, fand Paulmann.

»Der Tropf? Merkwürdig.«

»Was ist daran merkwürdig?«

»Frau Germer kam doch in den OP. Normalerweise nimmt man den Tropf mit. Warum sollte man ihn im Zimmer stehen lassen?«

»Ja, seltsam. Bitte lassen Sie Zimmer 314 vorerst leer. Haben Sie übrigens Ihre Heparin-Bestände kontrolliert?«

»Die Vorratsflaschen sind alle da, aber ob etwas fehlt, kann ich nicht feststellen. Aber ich vermisse eine der Einheitsspritzen.«

»Nur eine?«

»Ja, nur eine. Es kann schon mal vorkommen, dass jemand vergisst, die Entnahme einzutragen. Kommt aber selten vor.«

»Gut. Ich danke Ihnen, Schwester Berg. Sie haben mir sehr geholfen.«

»Keine Ursache. Kommen Sie mal wieder vorbei.«
Paulmann drehte sich zu ihr um. Sie lächelte.
»Das werde ich.«

Der Tropf. Was hatte es mit dem Tropf auf sich? Er hätte gar nicht im Zimmer stehen sollen. Jemand hatte ihn also zurückgebracht. Aber wozu? Er betrat noch einmal das Zimmer 314. Der Tropf stand immer noch da. Die Sonne schien durch das Fenster und versuchte, den leeren Raum etwas freundlicher zu machen. Als Kommissar Paulmann sich wieder zur Tür wandte, zwinkerte der Tropf ihm zu. Zumindest empfand er es so. Ein Sonnenstrahl hatte irgendetwas an der Plastikflasche zum Blinken gebracht, irgendetwas Metallisches, irgendetwas Winziges. Paulmann nahm die Flasche vom Haken und untersuchte sie noch einmal und diesmal fand er etwas: Ein kleiner metallischer Stift, dünn wie eine Nadel, steckte oben in der Flasche. Daneben fand er mehrere winzige Löcher, Löcher wie von Nadelstichen. Nachdenklich ging Paulmann zur Tür. Er drehte sich noch einmal um und zwinkerte dem Tropf zu.

Der Kommissar steckte den Kopf durch die Tür des Schwesternzimmers. Schwester Berg saß noch da.

»Eine Frage: Wie lange dauert es bei einer 15-fachen Überdosis Heparin, bis jemand nach einer Operation verblutet? Dr. Germer meinte, so etwa eine halbe bis eine Stunde.«

»Da hat er recht. Es hängt natürlich von der Größe der Wunde ab.«

»Wenn man das Medikament aber nicht spritzt, sondern über den Tropf gibt, wie lange dauert es dann?«

»Je nachdem, wie der Tropf eingestellt ist. Ich würde sagen, mindestens eine Stunde länger.«

»Aha. Wissen Sie auch, wie Dr. Germers Bruder mit Vornamen heisst?«

»Andreas, glaube ich.«

»Danke.«

Paulmann schloss die Tür wieder. Er hätte sich lieber noch eine Weile mit der Oberschwester unterhalten, aber jetzt war es Zeit für ein paar Anrufe.

Zuerst bestellte er die Spurensicherung. Sie sollten den Tropf untersuchen. Dann rief er seinen Assistenten Kelter an. Er wollte wissen, was Andreas Germer heute so alles getrieben hatte, und um das herauszufinden, war Kelter der richtige Mann. Als er seine Telefonate erledigt hatte, machte sich Paulmann wieder auf den Weg. Er hatte noch ein paar Fragen an Dr. Germer und schlenderte nachdenklich durch die Gänge. Weiß oder nicht, hier gab es Arbeit. Das Ableben der Fabrikbesitzerin Germer war auf gar keinen Fall ein Versehen, soviel war klar. Irgendjemand, der etwas von Medizin verstand, hatte das Heparin offenbar in den Tropf gespritzt. Aber wer? Der Bruder hatte das Wissen und er hatte auch ein Motiv. Wie es aussah, hatte Dr. Germer den gleichen Verdacht.

Er traf den Doktor auf dem Gang vor seinem Zimmer.

»Herr Doktor, ich habe da noch ein paar Fragen.«

Germer blickte auf seine Armbanduhr:

»Ich habe leider wenig Zeit. Dauert es lange?«

»Nein, nur ein paar Fragen.«

»Also gut. Kommen Sie.«

Sie setzten sich ins Büro. In einer Ecke stand ein Skelett und grinste den Kommissar an.

»Sie erben eine Firma. Eine halbe, um genau zu sein.«

»Hören Sie, das ist jetzt nicht der richtige Zeitpunkt ...«

»Es gehört zum Fall. Sie und Ihr Bruder erben, das ist doch so, oder?«

»Ja. Aber Sie dürfen mir glauben, dass ich mich nicht darüber freue. Ich sollte schon immer die Firma leiten, wenn es nach meiner Mutter gegangen wäre. Aber ich habe mich nun einmal in den Dienst der Wissenschaft gestellt. Meine Forschungsarbeiten sind mir wichtiger.«

»Wer führt die Firma jetzt? Ihr Bruder?«

»Um Gottes Willen! Dazu ist er nicht fähig. Er kann nur Geld ausgeben. Das allerdings macht er ziemlich gut.«

Dr. Germer zog ein angewidertes Gesicht.

»Sie verstehen sich wohl nicht besonders mit Ihrem Bruder?«

»Nein.«

»Würden Sie ihm einen Mord zutrauen?«

Germer blickte dem Kommissar in die Augen.

»Ich würde ihm alles zutrauen, wenn es ihm nützt«, sagte er langsam.

»Haben Sie deshalb nach dem Unbekannten gefragt? Bei den Schwestern?«

»Ich gebe zu, dass ich diesen Verdacht hatte. Ich war sehr aufgeregt, das werden Sie ja wohl verstehen. Außerdem war er heute hier, im Krankenhaus.«

»Was? Was wollte er hier?«

»Vermutlich wollte er mich anpumpen. Das versuchte er manchmal, wenn Mutter ihm den Geldhahn zusperrte. Was sie leider viel zu selten tat.«

»Wieso vermutlich? Haben Sie nicht mit ihm geredet?«

»Nein, er kam kurz nach zwölf und wartete in meinem Büro, aber ich hatte keine Zeit. Ich hatte um halb eins ein Gespräch mit Dr. Haller. Ich sprach mit ihm bis kurz vor halb zwei, dann ging ich in mein Büro, aber mein Bruder war nicht mehr da. Um halb zwei ging ich auf Visite, das habe ich Ihnen ja schon gesagt. Haben Sie eigentlich schon etwas herausgefunden?«

»Möglicherweise wurde das Heparin in den Tropf gespritzt und nicht direkt in den Körper. Würde das funktionieren?«

»Auf jeden Fall. Aber dann dauert es länger bis zum Exitus. Eine bis anderthalb Stunden länger, würde ich sagen.«

»Das heisst, der Mörder muss so gegen halb eins im Zimmer gewesen sein und nicht gegen halb zwei. Das ist zwei Stunden vor dem Tod Ihrer Mutter.«

»Zu dieser Zeit war mein Bruder hier.«

»Ja, scheint so. Was wird nun werden mit Ihrer Erbschaft?«

»Ich werde die Firma verkaufen und meinen Bruder auszahlen. Dann kann er sich meinetwegen zu Tode amüsieren.«

»Gut. Wo finde ich Dr. Haller?«

»Vermutlich im Arztzimmer. Nächster Gang, Zweite Tür.«

Germer stand auf.

»Ich muss jetzt los. Ich habe noch eine Besprechung.«

»Gehen Sie nur. Das war alles fürs Erste.«

Als Kommissar Paulmann wieder auf dem Gang stand, hörte er die Stimme von Schwester Berg aus den Lautsprechern.

»Herr Paulmann, bitte zum Schwesternzimmer.«

Er machte sich sofort auf den Weg dort hin. Die Kollegen von der Spurensicherung warteten bereits. Er führte sie ins Zimmer 314.

»Nehmen Sie den Tropf mit. Ich will wissen, was genau drin ist und ich will wissen, was das für eine Nadel ist, die dort steckt.«

»Geht in Ordnung.«

»Bis wann kann ich die Ergebnisse haben?«

»Ich schätze, dass wir bis morgen mittag ....«

»Ich meine, wann ich sie heute haben kann?«

Der Mann rollte mit den Augen. Er kannte Paulmann nur zu gut. Niemand hatte es so eilig wie er.

»Also gut, heute abend.«

»Schön, rufen Sie mich an.«

Jetzt fehlte nur noch Dr. Haller. Und der Bruder fehlte natürlich noch. Aber möglicherweise brauchte er ihn gar nicht. Paulmann grinste.

Dr. Haller war ein junger Mann mit glattem Gesicht und schlanken Händen, so wie man sich aufstrebende Chirurgen eben vorstellt. Sein Lächeln strahlte Paulmann entgegen.

»Sie sind sicher der Kommissar.«

»Ganz recht. Paulmann ist mein Name. Ich ermittle in der Sache Germer.«

Das glatte Gesicht verfinsterte sich ein wenig.

»Ja, natürlich. Ärgerliche Sache.«

Da ist ein Mensch gestorben und dieser Schnösel hielt das gerade mal für ärgerlich. Nerven hatten die Leute ...

»Wie ist die OP verlaufen?«

»Die erste oder die zweite?«

»Zunächst die erste.«

»Ganz normal. Reine Routine. Aufschneiden, Galle raus, Zumachen, Fertig. Keinerlei Komplikationen.«

»Und beim zweiten Mal?«

»Die Notoperation. Wir machten sie wieder auf und alles schwamm im Blut. Wir suchten eine durchgeschnittene Arterie, fanden aber nichts.«

»Dr. Germer ordnete dann eine Blutuntersuchung an, nicht wahr?«

»Ja, aber das hätten wir sowieso gemacht, in einem solchen Fall.«

»Was hat die Untersuchung ergeben?«

»Sehr viel Heparin. Das war die Erklärung für die Blutungen. Wir konnten nichts tun.«

»War Dr. Germer bei der Not-OP dabei?«

»Nein, da hat er auch nichts verloren. Wahrscheinlich war er mit seinen Forschungsarbeiten beschäftigt.«

»Forschungsarbeiten?«

»Ja, damit verbringt er jede freie Minute. Bis vor kurzem jedenfalls. Jetzt hat man ihm aber die Gelder gestrichen. Sagt der Chefarzt. Da wird er sich wohl wieder mit gewöhnlicher Medizin beschäftigen müssen und auf den Nobelpreis verzichten.«

»Und wenn er dennoch weiter forscht?«

»Dann muss er es aus eigener Tasche bezahlen. Und das kann teuer werden. Aber vielleicht kann er sich das ja leisten. Er hat ein komplettes Labor im Keller der Villa Germer. Ich war mal da. Er hat alles, was das Herz begehrt, Zentrifugen, Wärmeschränke, jede Menge Kühltruhen für seine Proben, alles ist da.«

»Verstehe. Kannten Sie eigentlich seinen Bruder, Andreas Germer?«

»Nein, den kannte hier keiner. Nur aus Erzählungen und Gerüchten. Davon gibt es hier eine Menge. Aber gesehen hat ihn meines Wissens niemand hier.«

»Gut. Ich danke Ihnen, Dr. Haller.«

»Gern geschehen. Wenn Sie sich mal operieren lassen wollen, kommen Sie zu mir.«

»Ich werde es mir überlegen.«

Paulmann stand wieder auf dem Gang und dachte nach. Wenn also jemand das Heparin in den Tropf gespritzt hatte, lag die Tatzeit bei etwa halb eins. Zu dieser Zeit befand sich Andreas Germer hier im Krankenhaus, aber niemand hatte ihn gesehen. Angenommen, er war bei seiner Mutter im Zimmer. Hätte sie es zugelassen, dass er fünfzehn Spritzen in den Tropf stach? Wohl kaum. Aber sie war ja noch betäubt. Paulmann war gespannt auf das Ergebnis der Spurensicherung.

Genug Material hatten sie ja: Die Flasche war ja noch ziemlich voll. Paulmann blieb stehen. Sie war voll.

Der Kommissar ging am Schwesternzimmer vorbei. Sollte er oder sollte er nicht? Er war schliesslich nicht zum Vergnügen hier. Die Entscheidung wurde ihm aber abgenommen.

»Da sind Sie ja. Gerade wollte ich Sie ausrufen lassen. Ihr Kollege ist am Apparat.«

Schwester Berg lächelte ihn wieder an. So sehr er Krankenhäuser hasste und am liebsten weit weg wäre, er würde Schwester Berg vermissen, das wusste er. Esther. Schöner Name. Paulmann ging an den Apparat.

»Hallo Paul«, näselte es durch den Hörer, »hast du dich schon eingelebt?«

»Lass die Scherze. Wo ist Andreas Germer?«

»Keine Ahnung, leider. Er wohnt in Marbach, am Kreutzacker, aber zu Hause ist er nicht, sein Wagen ist auch nicht da. Eine Nachbarin hat mir erzählt, dass der Wagen die ganze Nacht nicht da war. Aber den Wagen haben wir dann gefunden: Er stand vor der Villa in Cölbe, in der dieser Germer und seine Mutter wohnen. Wie lange er da stand, weiß allerdings keiner. Im Haus selbst scheint niemand zu sein, jedenfalls macht keiner auf. Tut mir leid, das ist alles. Soll ich Germer zur Fahndung ausschreiben?«

»Nein, noch nicht. Ich melde mich wieder. Machs gut.«

»Du auch. Bis dann.«

Kaum hatte Paulmann den Hörer aufgelegt, tauchte Schwester Berg wieder auf.

»Sie sind ein gefragter Mann, Herr Kommissar. Noch ein Gespräch für Sie, auf der anderen Leitung. Warten Sie, ich hole es für Sie.«

Sie drückte ein paar Tasten auf dem Telefon und hielt ihm den Hörer entgegen.

»Danke.«

»Gern geschehen.«

Sie rauschte wieder fort. Schade.

»Paulmann«

»Wir haben den Tropf untersucht. Er enthält physiologische Kochsalzlösung und jede Menge Heparin. Umgerechnet etwa 55000 Einheiten. Die Nadel ist eine Hohlnadel, wie bei einer Spritze. Sehr dünn, nur zur Injektion in einen Muskel. Kann von einer Heparinspritze sein. Die anderen Löcher wurden auch von der Nadel gemacht.«

»Sehr gut. Danke. Schönen Feierabend.«

»Danke gleichfalls.«

Er legte den Hörer auf und grinste. 55000 Einheiten Heparin waren in der Flasche. In der Flasche, wohlgemerkt. Er rief Kelter an, der musste noch etwas erledigen, bevor er in den Feierabend ging, und dann zurückrufen. Paulmann hatte nun ein wenig Zeit, Zeit für Schwester Berg. Für Esther. Er ging ins Schwesternzimmer.

Als der Anruf kam, redeten sie gerade über ein italienisches Restaurant in Cölbe. Esther meinte, es sei das Beste, das in Marburg und Umgebung zu finden sei und ganz besonders gut sei die Pasta mit Steinpilzen.

»Manchmal habe ich nach Feierabend richtigen Heisshunger darauf. Ab und zu sollte man sich auch mal was gönnen, finden Sie nicht?«

Paulmann war der gleichen Meinung. Und er liebte Steinpilze.

Die Tür wurde von einer jungen Schwester aufgerissen.

»Herr Kommissar, ein Gespräch für Sie.«

»Danke.«

Er ging zum Telefon und lauschte eine Weile.

»Gut«, meinte er dann und sah sichtlich zufrieden aus, »ich hole ihn.«

Er legte den Hörer auf die Gabel.
»Haben Sie den Mörder?«
Schwester Berg stand in der Türe.
»Ja.«
»Und ... war es der Bruder?«
»Sozusagen, ja.«
»Haben Sie ihn gefunden?«
»Gerade eben ist er gefunden worden. Ich muss noch einmal zu Dr. Germer.«
»Sie wissen ja, wo er sein Büro hat. Ich werde jetzt Feierabend machen.«
»Warten Sie damit bitte noch einen Moment. Ich muss Sie noch etwas fragen. Es ist wichtig.«
»Na gut, weil Sie es sind.«
Der Kommissar ging zu Germers Zimmer. Er saß an seinem Schreibtisch und blätterte in irgendwelchen Fachzeitschriften. Als Paulmann eintrat, blickte er hoch.
»Ach Sie sind es. Immer noch da? Wie geht es voran?«
»Ich weiß, wer Ihre Mutter getötet hat.«
»Oh. Mein Bruder, nicht wahr?«
»Wir haben Ihren Bruder gefunden.«
Dr. Germer starrte ihn an.
»So? Wo denn?«
»Da, wo Sie ihn hingelegt haben, nachdem Sie ihn erschlagen haben: In einer der Kühltruhen im Keller Ihrer Villa.«
Dr. Germer nahm seine Brille ab und nickte. Sein Blick war seltsam leer.
»Wie sind Sie darauf gekommen?«
»Viele Kleinigkeiten. Für sich allein genommen erschien jede dieser Kleinigkeiten bedeutungslos, aber in der Summe ... Da war zunächst der Versuch, Ihren Bruder als möglichen Täter zu etablieren. Die Frage nach dem Unbekannten. Aber

niemand hat Ihren Bruder gesehen, nicht einmal Sie selbst. Woher hätten Sie wissen sollen, dass er überhaupt da war? Dann die fehlende Heparin-Spritze, der einsame Tropf in Zimmer 314, der da eigentlich nicht sein sollte. Der Tropf enthielt übrigens 55000 Einheiten Heparin, aber das wissen Sie ja.«

»Die Menge wäre ausreichend.«

»Schon. Aber nicht, solange das Heparin noch in der Flasche ist. Der Tropf lief zu langsam, das war Ihr zweiter Fehler. Sie haben das Heparin hinein gespritzt und dann mit der kleinen Spritze ein paarmal in die Flasche gestochen und die Spitze abgebrochen. Damit man das alles auch findet, haben Sie den Tropf wieder in das Zimmer 314 gestellt.«

»Es war einfach eine zusätzliche Idee. War wohl eine schlechte.«

»Das alles war eine schlechte Idee. Sie haben das Heparin, das zum Tod Ihrer Mutter geführt hat, auf eine normale Spritze gezogen und Ihrer Mutter injiziert. Das war kurz vor Ihrer Visite und nach dem Gespräch mit Dr. Haller. Eine Stunde später war Ihre Mutter verblutet. Aber um Ihren Bruder als Täter hinzustellen, haben Sie einfach versucht, die Tatzeit um eine Stunde vorzuverlegen, mit dieser Tropf-Geschichte. Da hatten Sie ein Alibi und Ihr Bruder war angeblich hier im Klinikum. Aber dafür haben wir nur Ihre Behauptung. Dabei hat Ihr Bruder das beste Alibi, das man haben kann: Er lag zur Tatzeit erschlagen in einer Kühltruhe. Ihr Bruder der Täter, Ihr Bruder spurlos verschwunden. Die Firma gehört Ihnen und niemand kann Ihnen hinein reden. Sie hätten Geld genug für Ihre Forschung gehabt.«

Dr. Germer machte sich steif.

»Das wäre auch wichtig gewesen. Meine Forschungen sind bahnbrechend, und nach der Zusammenlegung der Unikliniken Gießen und Marburg haben die Idioten mir die Gelder gestrichen. Wissenschaftliche Forschung verlangt Opfer, aber davon verstehen Sie nichts.«

»Wie Sie meinen. Warum haben Sie Ihren Bruder eigentlich erschlagen?«

»Meine Mutter wollte ihn zum Geschäftsführer machen. Die Firma wäre in kurzer Zeit pleite gewesen. Gestern abend kam er zu mir in mein Labor, zeigte mir den Vertrag und lachte mich aus. Ich konnte nicht zulassen, dass dieser Kerl die Firma ruiniert und meine Arbeiten gefährdet.«

Es klopfte. Die zwei uniformierten Polizeibeamten, die Kelter geschickt hatte, traten ein. Paulmann stand auf.

»Nehmen Sie ihn mit.«

Sein vorerst letzter Weg in in der Uni-Klinik führte ihn zum Schwesternzimmer.

»Da sind Sie ja endlich. Sie wollten mich noch etwas fragen. Schiessen Sie los, ich will endlich weg hier.«

»Sie erwähnten vorhin etwas von Pasta mit Steinpilzen. Ich wollte fragen, ob heute ein Tag dafür ist.«

Schwester Berg schaute ihn erst entgeistert an, dann lachte sie.

»Ich glaube schon.«

»Sagen wir um halb neun?«

»Halb neun ist gut.«

Alles wegen Roman Herzog

VON GEORG MEIER

So ein Tag, so wunderschön wie heute ... Fassungslos saß er da, grinsend, berauscht, als hätte er eine Hammerdroge in der Blutbahn. So einen Haufen Geld hatte er noch nie zuvor besessen. »Mann oh Mann«, murmelte er immer wieder vor sich hin, »Mann oh Mann, ey.« Sein Herz klopfte einen schnellen Takt, so wie Ringos Drums in *Birthday*. Die Scheine lagen ungeordnet wie zusammengekehrtes Laub auf dem Tisch, 9385 Euro. Er hatte sie schon gezählt und zu kleinen Stapeln geschichtet – Hunderter auf Hunderter, Zehner auf Zehner und so weiter –, aber dann wieder vermischt, mit beiden Händen hingelangt, die Scheinchen auf den Tisch und den Fußboden regnen lassen, weil es einfach ein geiles Gefühl war, mit Geld zu spielen. Das glückliche Grinsen wollte gar nicht mehr aus seinem Gesicht verschwinden. »Mann oh Mann, ey.« Und alles war so gottverdammt einfach gewesen. Er hatte sich nur einen Ruck geben müssen. Wie Roman Herzog damals gesagt hatte. »Es muss ein Ruck durch Deutschland gehen«, oder so ähnlich. Ein geiler Typ, der beste Bundespräsident, den das Land jemals hatte. Vielleicht hatte es auch schon bessere Bundespräsidenten gegeben. In solchen Sachen kannte Kalli sich nicht aus, war ihm eh scheißegal, aber eins stand fest: Ohne Roman Herzog wäre Kallis Tisch jetzt nicht mit Geldscheinen bedeckt, sondern höchstens, wie seit Jahren, mit leeren Flaschen, zusammengeknüllten Küchentüchern, dreckigen Gläsern und Tassen, Pizza-Verpackungen, Essensresten und dem vollen Aschenbecher.

Vor etwa einer Stunde hatte Kallis Herz noch viel härter gehämmert: wie der Beat eines durchgeknallten Heavy-Metal-Drummers. Aber alles paletti. Die ganze Aktion war in drei oder vier Minuten vorbei gewesen, alles war wie geölt abgelaufen – zumindest nach dem Schuss, den er abgefeuert hatte. In den Kronleuchter. Saumäßig laut, so ein Schuss aus einer 9-Millimeter-Makarow PM. Er war kurz vor Feierabend in das Restaurant gestürmt, die Kellner hatten gerade ihre Abrechnungen machen wollen. Er hatte sich ihre prallen Kellner-Portemonnaies geschnappt und in seinen umweltfreundlichen Einkaufsbeutel geworfen – und schwupp war er auch schon wieder draußen gewesen, auf seinem Fahrrad und weg. Dass seine Vermutung goldrichtig gewesen war, trieb ihm Tränen der Rührung in die Augen. Ganz so doof war er also doch nicht. Ist doch klar, dass da nicht mit Karte bezahlt wird, sondern mit Bargeld, hatte er nämlich messerscharf kombiniert, so wird schmutziges Geld gewaschen. Der Laden ist in der mittelhessischen Unterwelt angesagt, und die harten Typen werfen wohl gern mit Scheinen um sich – kann ich auch gut verstehen, mal abgesehen davon, dass ich selbst noch nie eine Scheckkarte oder überhaupt irgendeine Karte, die auf jemanden Eindruck gemacht hätte, besessen habe. Brauch ich auch nicht. Mit den Scheinen werde ich mein Sofakissen ausstopfen, das Sofakissen, das mir meine Oma zur Einweihung meiner Wohnung geschenkt hat. Vor 20 Jahren. Als alle noch dachten, aus mir könne was werden. Weil ich mal ne Zeitlang mit Haschisch gedealt hatte, hielten sie – vor allem meine Oma – mich für den geborenen Geschäftsmann. Ich hab ihnen ja nie erzählt, dass ich den größten Teil selbst geraucht hatte.

Er hatte mit ein, zwei Tausendern gerechnet. Die machen ja an einem Abend mehr Umsatz, als Alex in seiner Gammel-

Kneipe im ganzen Monat einnimmt, dachte er – und fühlte sich ein wenig schwindlig.

In seinem Kopf liefen die letzten 20 Jahre ab wie ein stinklangweiliger Schwarzweiß-Film. Sozialamt, Arbeitsamt, hin und wieder ein beschissener Job, viel Alkohol, zwei, drei Kneipen, in denen man ihn kannte, zehntausend Stunden vorm Fernseher, Gras aus der Wasserpfeife, manchmal Crack aus einer kleinen Tonpfeife, CDs von AC/DC, Iron Maiden und so, DVDs aus der Videothek – Action-Kram, Pornos, zugeknallt ins Bett, gegen Mittag aufstehen. Zeit totschlagen. Ein hässlicher Begriff. Mit 40 Jahren musste doch selbst ein Vollidiot kapiert haben, dass die Zeit mit Inhalt gefüllt und nicht etwa totgeschlagen werden sollte. Und Kalli hatte es kapiert. Genau an seinem vierzigsten Geburtstag, neulich, vor zwei Wochen. Da war ihm der Spruch wieder eingefallen, der berühmte Roman-Herzog-Satz. Zuerst hatte Kalli an jenem Abend ein wenig geweint, weil von den Leuten, die er zu seiner Geburtstags-Party eingeladen hatte, nur die beiden Alkoholiker gekommen waren – keine der Frauen, weder Herr Naumann, der nette alte Mann aus dem Erdgeschoss, noch sein, Kallis, Bruder, der wirklich Geschäftsmann war und mit einer glücklichen Frau und zwei noch glücklicheren Kindern ein eigenes Haus in Wettenberg bewohnte und es schon seit Jahren peinlich fand, wie er mittels Mimik und Betonungen spüren ließ, in seines Bruders verdreckter, mit Sperrmüll-Möbeln bestückter Zwei-Zimmer-Wohnung etwas anzufassen. Nachdem er die Alkoholiker endlich losgeworden war, stieg in Kallis Hinterkopf die Morgensonne der Erkenntnis auf. Ein Ruck musste durch ihn hindurchgehen! Plötzlich sah er den Roman-Herzog-Spruch wie in Granit gemeißelt vor sich, kantige, wuchtig in den Fels gehauene Buchstaben, riesengroß, größer als die berühmten *Hollywood-*

Lettern, im Licht der aufgehenden Sonne glänzend. Und schon explodierte eine Idee in ihm: Ich habe die Pistole, die mir 1990 in Potsdam ein besoffener russischer Offizier für 100 Mark verkaufte, ich bin bereit und habe einen Plan. Das scheißteure Restaurant im Schiffenberger Weg, an dem ich schon mehrmals vorbeigeradelt bin, wenn ich nachts als Aushilfs-Kurier unterwegs gewesen bin, um bei den Nutten im nahen Puff Kokain abzuliefern. Industriegebiet, komischer Ort für ein Restaurant, aber abends natürlich jede Menge Parkplätze und wahrscheinlich noch andere Vorzüge, was weiß ich, jedenfalls steht da abends ne ganze Armada fetter Karren, aber nach Mitternacht ist Totentanz. Ich habe ein paarmal angehalten und von außen durch die hohen Fenster geguckt, hab gesehen, wie die Kellner sich zum Abrechnen an einen Tisch setzten, mit einem Glas Rotwein oder Brandy, sehr entspannt, hatten den ganzen Abend hindurch geackert, und nun löste sich der Stress von ihnen, flatterte davon, hatte sie auch diesmal nicht besiegen können. Sie fühlten sich sicher. Nirgendwo saß ein gefährlich aussehender Typ herum, nie wurde das Geld von harten Männern mit wachsamen Raubtieraugen abgeholt. Es wird wohl über Nacht in einen Tresor gelegt. Schnell rein und wieder raus, notfalls ein Schuss in die Decke. Kalli kicherte kurz. Oder in den Kronleuchter. War keine Absicht. Ich hab ja gar nicht nach oben geguckt, war ja selbst erschrocken. Aber vollgeile Wirkung. Das Klirren des Kristalls, der Glasregen, das Knirschen der Splitter, wenn man darauf trat. Psychologische Kriegsführung.

Kalli war zum ersten Mal seit einer Ewigkeit von sich begeistert.

Er wohnte in der Ederstraße. Nicht gerade die beste Adresse. Gießen-Nordstadt. Problemgebiet. Hatte natürlich den Vorteil, dass es hier jede Menge Kalli-Typen gab, was wiederum in den Kneipen des Viertels ein vages Gefühl der Zusammengehörigkeit schaffte. Am nächsten Tag verließ er die Wohnung zu einer ihm an sich suspekten Tageszeit – am frühen Vormittag. Die Aufregung, ganz klar. Dieses bunte Durcheinander von Vorfreude, Triumph, Erwartungen und Wünschen. Ganz cool bleiben, sagte er sich. Nach einem ausgedehnten Bummel durch die Innenstadt kam er schwer bepackt nach Hause. Alles erschien ihm so märchenhaft, seit der Kindheit hatte er diese Wellen freudiger Erregung nicht mehr in sich gespürt. Neue Klamotten, Lebensmittel, die er sich seit einer Ewigkeit nicht geleistet hatte, zwei Flaschen Cognac, eine Flasche Champagner, CDs, DVDs, ein Toaster, Lavendelseife, Reiseprospekte, ein zweites Sofakissen, ein japanisches Küchenmesser, ein Kochbuch von Tim Mälzer, Zigaretten, Zigarren und so weiter. Der neue Fernseher sollte am nächsten Tag geliefert werden. Kurzer Abstecher in einen Porno-Shop, um 20 Porno-DVDs zu kaufen, alles Mögliche, von *Schwere Euter* bis *Analverkehr nach Schulschluss*. Bei seinem Dealer kaufte er zehn Gramm Gras, abends bezahlte er in der Stammkneipe um die Ecke seine Schulden und gab eine Runde aus, was jeden in Erstaunen versetzte, denn Kalli galt als arme Sau und wurde üblicherweise mit gutmütiger Herablassung behandelt.

Alex, der Wirt, rieb sich verblüfft die riesige lila Nase, sagte, sichtlich beeindruckt: »Du musst öfter mal einen kleinen Raubüberfall machen«, und lachte dabei. Für einen Moment herrschte in Kallis Kopf eine Art Stau. Der Gedankenfluss staute sich vor einem großen Fragezeichen. Leichte Panikattacke. Sekundenlang. Dann die befreiende Erkenntnis: Alex hatte Spaß gemacht. Mann oh Mann, ey! Ganz cool bleiben, mahnte eine seiner Lieblingsstimmen in ihm, die

Stimme der Weisheit. Gerade lief irgendein Scheiß-Lied von Gunter Gabriel, war nicht seine Musik, er hätte jetzt viel lieber was Krachendes um die Ohren, was von den Beasty Boys etwa, und außerdem wäre er am liebsten auf einen Stuhl gestiegen und hätte in den Raum gebrüllt: »Ihr verdammten Penner, wisst ihr eigentlich, wer ich in Wahrheit bin? Ich bin Jesse James!« Aber klar: Oberstes Gebot war ja Klappe halten und cool sein. Gangster sind cool. Nur Amateure hauen in der Kneipe auf die Kacke.

Also grinste Kalli wissend vor sich hin und betrank sich, ohne das Geheimnis preiszugeben. Ich bin umzingelt von Arschlöchern, dachte er, von kleinen Sesselfurzern, die vom wirklichen Leben keine blasse Ahnung haben.

Neben ihm ließ sich eine hübsche Frau nieder, die alt genug war, um von einem 40jährigen angequatscht werden zu können. Sie war allerdings in Begleitung. Na ja, ein harmloser Spruch konnte nicht schaden. »Du bist das erste Mal in dieser Kneipe, stimmt's, Baby?«

Angewidert, als hätte sie Verwesungsgeruch in seinem Atem wahrgenommen, kehrte ihm die Angesprochene den Arsch zu. Ihr Begleiter, ein, wie Kalli jetzt erst feststellte, äußerst kräftig gebauter Mann mit Glatze und harten Augen, antwortete, ihn mit seinem Blick festnagelnd. Alles an ihm, die Stimme, die karge Gestik, die Körperhaltung, strahlte Überlegenheit aus. »Wir sind zum ersten Mal hier, und neben meiner Frau sitzt ein sprechender Affe und stinkt. Scheint eine lustige Kneipe zu sein!«

Kalli grinste gewohnheitsmäßig. Es dauerte einen Moment, bis er den Inhalt dieser Antwort kapierte, und der dann folgende Schreck durchzuckte ihn wie ein Stromschlag. Eine Beleidigung. Na gut, eigentlich drauf geschissen. Nicht die erste Beleidigung. Aber dieses spöttische, lauernde Grinsen.

Ganz klar: Der Wichser brauchte ein Opfer. Vermutlich hatten die beiden vorher Stress gehabt, er wollte nun unbedingt zeigen, was er draufhatte, sich abreagieren, seiner Tussi beweisen, wie hart er war, irgend so'n Scheiß.

Obwohl Kalli ziemlich breit war, begriff er die Situation. Eine dieser beschissenen Fallen, dachte er, in die ich oft genug gestolpert bin: entweder Erniedrigung oder was auf die Fresse. Andererseits – das fiel ihm noch rechtzeitig ein – war er seit einigen Stunden kein Idiot mehr, der sich von Wichsern auf die Füße treten ließ und sich dafür noch bedankte.

»Ich hab kein' Bock auf Streit, Alter«, sagte er so cool wie möglich. Das Zittern in seiner Stimme, das jedem auffiel, zerfetzte natürlich die coole Fassade. War auch egal. Den Kotzbrocken hätte eine festere Stimme wohl kaum abgeschreckt.

»Du beleidigst meine Freundin, hast aber keinen Bock auf Streit? Bist du vielleicht schizophren?« Der harte Typ ließ entspannt seine Fingergelenke knacken.

»Ich hab deine Freundin nicht beleidigt.«

»Hast du wohl, du Sack. Du hast sie angeatmet.«

Eine innere Stimme riet Kalli, jetzt eine Entscheidung zu fällen. Ich bin Jesse James, sagte sich Kalli, und damit war die Sache entschieden. Er gab sich erneut einen Ruck, rutschte vom Hocker, murmelte den Kotzbrocken an: »Entschuldige mich für fünf Minuten, bin gleich wieder da«, flutschte nach draußen, rannte in seine 100 Meter entfernte Wohnung, zog unter seiner Matratze die Pistole hervor, vier, vielleicht fünf Minuten danach tauchte er wieder in der Kneipe auf, grinsend, wenn auch verzerrt. Alle wunderten sich über ihn. Sie waren der Meinung gewesen, er hätte sich verpisst, was in ihren Augen die richtige Entscheidung gewesen wäre, weil sie gleich gesehen hatten, dass der Glatzkopf ein geübter

Kneipenschläger war. Der Glatzkopf wunderte sich ebenfalls. Er lachte erstaunt. »Na, warst du kurz scheißen? Dünnschiss? Das kriegen viele, wenn's eng wird.«

Kalli holte die Pistole hervor, lud megacool durch, so wie im Film, und versuchte, so entschlossen zu wirken wie letzte Nacht. »Du weißt nicht, wer ich bin, Großmaul. So wie heute hast du dich noch nie in einem Menschen verschätzt. Aber, wie gesagt, ich hab kein' Bock auf Streit. Deshalb nimmst du jetzt deine Fotze an die Hand und machst den Abgang! Okay?«

Das mit der Fotze kam ganz schlecht an. Die so Betitelte sprang sofort von ihrem Hocker und rammte ihren Schuh in seine Hoden. Der Alptraum eines jeden Mannes. Dumpfer, lähmender Schmerz durchzuckte ihn, nahm ihm den Atem. Ihm wurde übel, er verlor die Besinnung.

Als er zu sich kam, fand er sich auf dem Kneipenboden liegend. Die neuen Klamotten, dachte er spontan, jetzt sind sie dreckig. Und was ist mit meinen Eiern? Sie wurden von ihm sanft befummelt und als unversehrt befunden. Alles war gut. Ein angenehmes Gefühl stieg in ihm auf – die Erleichterung nach einer hässlichen Erfahrung, fast wie damals in der Kindheit, als ihn ein Schäferhund angefallen hatte, da war er auch für einen Moment bewusstlos gewesen, und als er wieder zu sich gekommen war, hatten sich bekannte, besorgt blickende Gesichter über ihn gebeugt, als er die Augen aufgeschlagen hatte, war, wie auch jetzt, ein kollektives Aufatmen zu hören gewesen. Die Anteilnahme der Gäste empfand er gerührt als ein schönes Geschenk. Saubande, liebenswerte Saubande, seine Freunde, oh ja, er hatte Freunde – und war in der Stimmung, jeden zu umarmen, beherrschte sich jedoch, aus Image-Gründen. Er war ja schließlich kein Sizilianer.

»Die zwei sind gegangen«, brummte Alex beruhigend.

»Wo ist meine Pistole?«

»Ich hab sie«, sagte Alex; seine sonore Stimme strich wie Balsam über ihn hinweg. »Aber was zum Teufel machst du mit ner Pistole?«

»Brauch ich zum Arbeiten«, antwortete Kalli, wieder ganz obenauf, kokett zwinkernd und dabei seine Eier streichelnd.

An den folgenden Abenden runzelten einige, Alex natürlich inbegriffen, rätselnd die Stirn, murmelten Fragen, raunten Vermutungen; wie ein belebendes Lüftchen wehte endlich mal was Geheimnisvolles durch die tristen Räume der Raucherkneipe. Und, als ob das noch nicht als Gesprächsstoff für die nächsten zehn Jahre gereicht hätte, wurde, oh Wunder, das quasi-religiöse, süße, Erlösungs-Visionen erzeugende, in dieser Kaschemme zwar nur theoretisch bekannte, doch hier wie in allen Kneipen der Welt zutiefst verehrte und ersehnte Wort *Lokalrunde* genau zehnmal von Kalli ausgesprochen, laut und deutlich. Dubios war's schon, dubios und spannend. Nichts gegen fette Zechen, aber Kallis ungewohnt fettes Portemonnaie ließ eine Menge Vermutungen wachsen, zumal jetzt alle von der Pistole wussten. Andererseits: Kalli war bekannt als strammer Trinker, fleißiger Kiffer und hilfsbereiter Mensch – als Verbrecher konnte ihn sich keiner vorstellen.

»Der Überfall auf das Restaurant im Ding, im Schiffenberger Weg, warst du das, Kalli?« fragte Bubi aus Spaß, erwartete eigentlich nur einen witzigen Spruch als Antwort, stutzte, als Kalli rot anlief und unwirsch reagierte. Das gab ihm schon zu denken. Aber erst mal zügelte er sich. Neuerdings klebte er wie ein Pflaster an dem Mann mit der prallen Geldbörse. Bubi, der eigentlich Klaus hieß, gehörte ebenfalls zu den armen Schweinen, die nie etwas zustande gebracht hatten, weil sie nie erwachsen geworden waren, sein Alltag unterschied sich kaum von dem seines momentanen Gönners. Kalli wiederum gefiel es, jemanden um sich zu haben, der ihn brauchte, womöglich sogar bewunderte, sich über ihn den Kopf zerbrach – der geheimnisvolle Kalli mit der Knete und der Knarre, ja, das gefiel ihm, das war fast wie im Film.

»Eigentlich«, sagte Kalli eines Abends, »wollte ich nach Thailand fliegen und da unten jeden Tag ficken.«

»Gute Idee.« Bubi nickte zustimmend und fand, dass sein neuer Freund ganz schön clever sei.

»Von wegen. Da musst du einen Scheiß-Reisepaß haben. Dauert etwa vier Wochen, bis du den Lappen abholen kannst.«

Das hatte Bubi auch nicht gewusst. »Und wo fährst du nun hin?«

»Keine Ahnung. Vielleicht nach Mallorca. Ich bin wahrscheinlich der einzige Deutsche, der noch nie auf dieser Insel war.«

»Da war ich schon, Alter.« Bubi zündete seine selbstgedrehte Zigarette an und wurde plötzlich munter wie sonst nur, wenn es darum ging, vor einer Arbeit wegzulaufen, was übrigens nicht abwertend gemeint ist, denn jeder hat das Recht, vor einer beschissenen Arbeit zu fliehen, sollte dann allerdings auch nicht über die »Scheißgesellschaft« fluchen. Na ja, warum nicht. Jeder hat das Recht, über die »Scheißgesellschaft« zu fluchen. Aber zurück zu Bubi, der nun mit funkelnden Pupillen vorgebeugt, den rechten Ellbogen auf den Tresen geklebt, in Kallis etwas trübe Augen starrte und ihm »den geilsten Plan, der jemals in dieser Kneipe ausgeheckt wurde« in die Ohren drückte. Er, Bubi, würde sich bereit erklären, mit Kalli nach Malle zu fliegen, um ihm dort zur Seite zu stehen. Auch das mit dem Reisebüro, mit dem Flug und so weiter, könne er alles arrangieren, sozusagen als Kallis Angestellter, so ne Art Privatsekretär. Weiber ohne Ende, die geilsten Sahnestücke – und meistens halbnackt. Billiger Schnaps. Partystimmung. Natürlich Sonne. »Wir sehen doch beide beschissen aus, Kalli, musst du doch zugeben, oder? Bleich wie Maden. Wirst sehen: Schon nach zwei Tagen in der Sonne sehen wir geil aus. Wir sind beide schlank, vielleicht sogar zu dürr, aber wir nehmen ein Hotel mit Fitnessraum, verstehst du? Wenn wir da anständig an den Geräten schuften, haben wir schon nach fünf Tagen deutlich mehr Muskelmasse, Alter, wir werden von den anderen nicht mehr zu unterscheiden sein. Du kaufst mir noch irgendwas an Freizeitkleidung, und dann lassen wir's krachen. Was meinst du? Ein wenig Spanisch kann ich auch.«

Kalli war schwer beeindruckt. Ein so ausgeklügelter Plan ist dem Typ innerhalb von Sekunden eingefallen, dachte er anerkennend. Schon damit hatte Bubi sich als genialer Reiseleiter erwiesen. Nur scheiße, dass beide so besoffen waren. Aber scheiß drauf. »Okay, Bubi«, murmelte Kalli cool, »wir ziehen das Ding durch.« In seinem Kopf gab es Bilder von scharfen Bikini-Schlampen am Strand von El Arenal, wie sie einen ganzen Eimer Sangria vor sich stehen hatten, aus dem sie das Gesöff vergnügt mit meterlangen Strohhalmen in sich hineinfließen ließen. Er stellte sich vor, wie er eimerweise Sangria spendierte und anschließend mit einer ganz heißen Schnitte im Hotelzimmer all die Sachen machte, die er aus den Pornofilmen kannte. Oh Mann, dachte er, es ist so einfach, ein neues Leben anzufangen.

Die Altstadt von Palma hatte ihn beeindruckt. Mal was ganz anderes. Wunderschön. Gießen war schöner, klar, vor allem vertrauter, aber das hier strahlte ein südliches Flair aus und war schon wegen des geilen Wetters und der Palmen klasse. Kalli hatte noch nicht viel von der Welt gesehen, ahnte jedoch, als er vor der Kathedrale stand und über den Hafen schaute, was die Leute mit »mediterraner Stimmung« meinten. El Arenal hingegen sah scheiße aus. Die Strandpromenade war noch erträglich, in der zweiten, dritten und vierten Straße dahinter blätterte der Verputz von den Fassaden, die Farbe schälte sich von den Firmenschildern, man hatte den Eindruck, hier wolle keiner mehr Geld investieren, weil der Abriss des Viertels beschlossene Sache sei.

Aber ein Doppelzimmer mit Blick aufs Meer. Minibar, Badewanne mit Jacuzzi, Zimmerservice. Das Jacuzzi war der Hammer. Ein Geblubber. Dagegen waren Furzblasen, die er gern in der Badewanne produzierte, ein Witz. So müsste es immer sein. Mit den Frauen lief es eher zäh, um nicht zu sagen beschissen. Sie hatten ausnahmslos irgendein Arschloch an ihrer Seite. Man musste vorsichtig sein, sonst hatte man schnell eine Faust in der Fresse. Nachts torkelten massenhaft aggressive Wichser durch die Straßen.

»Na, was hältst du von der Insel?« fragte Bubi erwartungsvoll, während sie sich auf der Terrasse eines Restaurants labbrige Pizza-Sechstel in den Mund schoben und mit Bacardi-Cola runterspülten.

»Ich bin froh, wenn die zwei Wochen um sind.« Kallis Haut brannte überall, auf dem Rücken, auf dem Bauch, den Armen, den Beinen. Der schlimmste Sonnenbrand, den er je gehabt hatte. Bubi ging ihm auf den Sack. Der Arsch hatte damals von Mallorca nichts anderes gesehen als dieses abgefuckte Viertel. Und dann Bubis Spanischkenntnisse. Ein Lacher: »Un Eimer Sangria por favor, buenas noches, Amigo«, mehr brachte der Angeber nicht über die Lippen. Und dass Eimer auf Spanisch nicht Eimer heißt, war sowieso klar. Verständlicherweise unterschied sich Bubis Perspektive gewaltig von Kallis Sicht der Dinge, denn Bubi besaß nicht einen lumpigen Cent. Abends, wenn die Dämmerung einsetzte und sich die bunten Lichter im Meer spiegelten, konnte man jedoch tatsächlich, schön mit nem kalten Bier auf dem Balkon sitzend, durchatmen, den Blick und sein Dasein genießen – bis wieder, wie jeden Abend, die Partystimmung loderte, eine Feuersbrunst, die sich durch alle Straßen und Kneipen fraß, der Lärm begann aufs Neue, tausend Autos, aus denen wummernde, hämmernde Techno-Beats knallten, zehntausend Touristen mit glühenden Gesichtern bewegten sich redend, schreiend, lachend, fluchend auf der Promenade, ein unentwegtes Auf und Ab, auf der Suche nach dem perfekten Urlaub. So blöd war Kalli nicht, dass er nicht gemerkt hätte, wie zwanghaft, ja zum Teil verzweifelt die meisten, egal ob jung oder alt, ihren Jahresurlaub zu feiern versuchten.

Bubi kaufte 40 Viagra-Tabletten für 100 Euro. »Ein Schnäppchen«, sagte er.

»Und was soll ich mit Viagra?« Kalli blickte ihn entgeistert an. »Das ist doch was für alte Knacker.«

»Wenn du das Zeug nimmst, kriegst du ein unglaublich hartes Rohr, und vor allem: Du strahlst eine tierische Geilheit aus, die von allen feuchten Frauen im Umkreis von 200 Metern gespürt wird. Der Rest ist dann eine Kleinigkeit.«

Kalli glaubte längst nicht mehr alles, was sein Privatsekretär den lieben langen Tag über von sich gab, hatte aber schon einiges über diese rautenförmigen Wundermittel gehört. Eine ganze Menge davon zu besitzen, ließ Hoffnungen und wilde Vorstellungen in ihm wuchern.

Wieder in Gießen, zählte er zuerst sein Geld. Erstaunlich, wie schnell sich die Scheine verflüchtigt hatten. Schweren Herzens kaufte er zwei Flaschen Champagner, eine Flasche Cognac und ein Kilo Pralinen. Eine Investition, die sich lohnen würde, denn er hatte Melanie Schwendt eingeladen, die zwar ziemlich fett und versoffen, aber bekanntermaßen auch triebhaft war, und wenn sie Kallis tierische Geilheit spürte, könnte es endlich wieder mal sexuell zur Sache gehen.

Tatsächlich erschien sie relativ pünktlich. Sah doch gar nicht so schlecht aus, die gute Melanie. Nach dem Champagner und der Hälfte des Cognacs würde sie sogar zum Anbeißen aussehen.

»Du bist ja rot wie'n gekochter Krebs«, sagte sie zur Begrüßung.

»War saumäßig heiß auf Malle.« Kalli gab sich so lässig wie möglich und warf schon mal eine Viagra ein. Melanie hatte sich rausgeputzt. Der Lidstrich verlieh ihrem Augenausdruck etwas Verwegenes. Sie verhielt sich ungewohnt liebenswürdig, was Kalli als erste Reaktion auf die Ausstrahlung seiner tierischen Geilheit deutete. Tatsächlich – das muss leider gesagt werden – hatte Melanie Schwendt nichts anderes im Sinn, als irgendwie an Kallis sagenhaftes Vermögen zu gelangen. Nach der zweiten Flasche Champagner, während Kalli verstohlen eine zweite Viagra einwarf, startete sie den ersten Versuch. Ihre Mutter sei krank und bräuchte baldigst 2000 Euro, um einen Spezialisten aufsuchen zu können. Es sei sehr eilig. Die Krankheit breite sich mit hoher Geschwindigkeit aus. Nach erfolgreicher Behandlung könne sie das Geld plus einer satten Entschädigung bei ihrer Krankenkasse einfordern, die sich weigere, den Spezialisten zu bezahlen.

»Wenn ich das Geld hätte«, sagte Kalli, »würde ich es dir sofort geben. Du hättest vor meinem Mallorca-Urlaub zu mir kommen sollen. Was hat deine Mutter denn? Ist das ansteckend?«

»Du hast kein Geld mehr? Wieso das denn? Oder sagst du das nur, weil du mir nichts geben willst?«

Mit einem Blick der Empörung beteuerte Kalli, er habe von dem Geld nur noch so viel, um bis zum Ende des Monats durchzukommen, geizig sei er noch nie gewesen. Melanie glaubte ihm – und kühlte merklich ab, blieb aber sitzen, redete belangloses Zeug und ließ sich eher lustlos auf das von Kalli endlich aufs Tapet gebrachte Thema Sex ein. Wegen des Cognacs, den sie sich nicht entgehen lassen wollte. »Ich kann jede Frau zum Orgasmus bringen«, behauptete Kalli, nachdem sie die Schnapsflasche halb geleert hatten. »Auch dich.« Verstohlen schluckte er eine weitere Tablette. Gleich würde sein Schwanz hart wie Eisen sein – und dann ...

»Mich?« Höhnisches Lachen. »Dann müsste ich dich erst mal in mich rein lassen. Und darauf kannst du warten, bis du schwarz wirst. Ich geh jetzt mal. Mal gucken, wer bei Alex noch so rumsitzt.«

So schnell konnte Kalli gar nicht gucken, wie sie wegflatterte. Und dann saß er da, voll mit Viagra, das irgendwie auf seine Pumpe schlug, auf seiner Couch, in der einen Hand ein Glas mit Cognac, in der anderen eine Zigarette, im Kopf eine seltsame Leere. »Verdammte Scheiße!«, rief er aus und freute sich, dass ihm das wenigstens eingefallen war. Der angebrochene Abend. Verdammte Scheiße. Die blöde Sau. Für 40 Euro Champagner, der Cognac 30 Euro, die Pralinen, von denen nichts mehr da ist, 25 Euro. Aber scheiß drauf, dachte er trotzig, rauchte einen Joint, legte Musik auf, Nazareth, die alten Hits. Aber irgendwie muss die Viagra-Scheiße verarbeitet werden, dachte er unzufrieden. Stellte die Musik ab und den neuen Fernseher an, zappte sich durch 1000 Sender, glotzte in eine Sex-Werbung, griff zum Telefon, wählte die eingeblendete Nummer – keine Warteschleife, und schon quoll eine schleimige Stimme in sein Ohr, angeblich die Stimme einer üppigen 28jährigen, immer geilen Hausfrau. Er gab ihr einige Anweisungen wie zum Beispiel

»Leck einen Finger ab und steck ihn dir in die Fotze!«, und sie stöhnte und redete so einen Quatsch wie: »Oh ja, ich hab ihn jetzt tief drin und denke dabei an deinen harten Schwanz.«

Kallis Schwanz blieb jedoch klein und weich, da sein Besitzer sich vorstellte, wie die Frau am anderen Ende der Leitung, nach seiner Vermutung eine tonnenschwere Schlampe mit Lockenwicklern, zur gleichen Zeit bügelte oder Strümpfe stopfte. »Steck dir einen Finger in den Arsch!« Und prompt kam die Antwort: »Oh ja, ja, du darfst mich auch in den ...«

Er legte angewidert auf, holte sich verbissen einen runter und beschloss danach, wieder einmal in dem Restaurant vorbeizuschauen.

Die Türklingel. »Verdammte Scheiße«, murmelte Kalli, raffte die vollgewichsten Tempo-Taschentücher zusammen, stopfte sie in den Mülleimer und öffnete.

Bubi grinste ihn verlegen an. »Ey, Alter ...«

»Falls du wegen Kohle kommst – ich hab vorhin den Rest meines Vermögens für Telefonsex ausgegeben.«

»Echt jetzt? Ich dachte, das machen nur Gestörte.« Dann, den Empörten mimend: »Wie kommst du eigentlich darauf, dass ich dich nur wegen deiner Kohle besuchen würde? Find ich echt uncool von dir. Ich weiß ja von Melanie, dass du nix mehr hast. Sie sitzt bei Alex am Tresen und lässt sich von einem zwei Meter großen Arschloch an der Möse rumfummeln.«

»Ja, ja, die Weiber.« Kalli winkte resigniert ab, goss den Rest des Cognacs in zwei Gläser, füllte mit Cola auf, sie prosteten sich zu, tranken, rauchten einen Joint, glotzten auf den Flachbildschirm, ohne zu wissen, was da gerade ablief – irgendwas mit Tieren, Natur und so, lustige Erdmännchen, eklige Schlangen, alles schön bunt.

»Leihst du mir deine Pistole?« fragte Bubi plötzlich, vermied es aber, den Blick vom Bildschirm zu lösen. Kalli starrte ihn von der Seite an. »Was willst du denn damit? Du weißt doch gar nicht, wie man so ne Waffe bedient.«

»Weiß ich wohl. Ich will einen Überfall durchziehen. Hab auch schon was ausgecheckt. Ganz einfache Sache. Eine Spielhalle. Geht ruckzuck – und schon hab ich mindestens 500 Euro.«

Jetzt musste Kalli aber doch mal kurz lachen. Und da sie schon mal beim Thema waren, und weil Kalli sowieso jemanden brauchte, dem er endlich sein Geheimnis anvertrauen konnte oder musste, berichtete er ausschweifend und vor allem lässig wie ein abgebrühter Gangster von seinem Coup vor sechs Wochen. Nicht ohne Stolz. Er wähnte sich Bubi turmhoch überlegen. Man müsse die Worte der Politiker ernst nehmen, belehrte er den beeindruckten Kumpel. Eine Gesellschaft könne nur funktionieren, wenn jeder die Vorschläge der Politiker umsetze. Wegen Roman Herzog sei er zu der Kohle gekommen.

»Wer war noch mal Roman Herzog?«

»Mann, du hast echt nur Scheiße im Hirn. Der Bundespräsident, der gesagt hat, es müsse ein Ruck ...«

»Ach ja, alles klar, weiß schon. Dann hast du in sechs Wochen fast 10 000 Euro verbraten?« Hochachtung lag in Bubis Stimme.

»Dabei hast du mir doch fleißig geholfen.«

»Das stimmt, Mann.« Sie lachten beide, bis ihnen die Tränen kamen.

»Morgen ist Freitag.« Kalli legte die Stirn bedeutungsschwer in Falten. »Dürfte ein guter Tag sein. Wegen Umsatz, meine ich. Morgen will ich da wieder hin und abräumen.«

»Im selben Laden? – Warum nicht. Die wissen ja, dass deine Knarre echt ist. Ich würde mitkommen, wegen Rückendeckung und so.«

»Hast du'n Fahrrad?«

»Kann ich mir leihen, kein Problem. Und ich hab noch ne Spielzeugpistole, die wie ne echte Waffe aussieht. Man muss schon sehr genau hinsehen, um zu erkennen, dass die nicht echt ist.«

»Okay, Alter, dann bist du morgen dabei.«

Kalli holte Bier aus dem Kühlschrank, sie stießen mit den Flaschen an – ernsthafte Männer, Outlaws, coole Typen, die nun die Details besprachen, mit irgendwie veränderten Stimmen, angerauht, dunkler; sie hielten ihre Zigaretten jetzt anders, inhalierten anders, so ähnlich wie die harten Männer in den Gangsterfilmen, und natürlich war Kalli der Boss – schon weil er Roman Herzogs Appell verstanden und in die Praxis umgesetzt hatte.

Scheißwetter. Es regnete, der Wind trieb die Regenschnüre unter das Baugerüst, das den beiden Räubern Schutz bieten sollte. Sie starrten unter den Schirmen ihrer Basecaps hervor, bohrten ihre Blicke in die erleuchteten Fenster des Restaurants, warteten auf den Feierabend, beneideten die Gäste, die sich unter dem Vordach selbstbewusst laut und lässig von einander verabschiedeten und in Taxis oder fetten SUVs nach Hause fuhren – wahrscheinlich in riesige, mit allem Schnickschnack bestückte Wohnungen schlüpften, aus einer Kristall-Karaffe noch einen guten Tropfen in ein Kristall-Glas kippten und sich ihres Lebens freuten.

»Das sind alles Ganoven«, flüsterte Kalli. »Typen, die's geschafft haben. Ich wette, die haben genauso angefangen wie wir.«

»Scheißregen.« Bubi zitterte schon die ganze Zeit. Angeblich vor Kälte. Sein Fahrrad war der letzte Scheiß. Steinalt – und zwar richtig steinalt –, keine Gangschaltung, klapprig.

Nicht unbedingt das ideale Fluchtfahrzeug. Aber Bubi musste ja nur die ersten 200 Meter kräftig in die Pedale treten. Ein etwaiger Verfolger würde spätestens nach dieser Strecke keuchend aufgeben. Kellner bewegten ihre Füße zwar zwangsläufig während der Arbeitszeit pausenlos, falls sie fleißig waren, zum Rennen taugten sie aber vermutlich weniger.

Als sie völlig durchnässt waren, erlosch endlich die Außenwerbung. Drinnen saß nur noch ein Pärchen. Die Kellner schenkten sich ihre Getränke ein, ließen sich am Personaltisch nieder, warfen lässig ihre prallen Kellnerbörsen auf die Tischplatte, lachten über irgendwas, das einer der Köche gesagt hatte.

»Los!« zischte Kalli. Sie rannten geduckt durch den Regen, Kalli riss die Tür auf – nein, wollte die Tür aufreißen. Abgeschlossen! »Verdammte Scheiße.« Er hämmerte mit der Faust gegen die Tür. Eines der Fenster wurde geöffnet. Ein Kellner streckte seinen Kopf ins Freie, stutzte. »Ach, du schon wieder! Na, warte!«

Warum Kalli abdrückte, war ihm selbst schleierhaft und er verfluchte sich schon in dem Moment, in dem er abdrückte. Was hatte ihn bloß dazu getrieben? Große Frage. Wut, Enttäuschung, Angst? Oder weil die Fotze von neulich die Pistole einfach ignoriert hatte? Das zerschossene Gesicht des Kellners wurde zurückgeworfen und verschwand. Es sah grauenhaft aus. Im Lokal wurde es laut. Verdammte Scheiße, dachte Kalli, bin ich denn völlig bescheuert?

»Weg hier«, zischte er, während er krampfhaft nach einem klaren Gedanken suchte. Er stieß Bubi, der wie in Trance neben ihm stand, in die Rippen. Sie schwangen sich auf ihre Fahrräder, traten in die Pedale, Bubis Rad rutschte und rammte Kallis Rad. Beide stürzten zu Boden. Die Räder hatten sich ineinander verkeilt. »Mann oh Mann«, schnaufte

Kalli, während sie versuchten, die Fahrräder zu trennen. Seine Handflächen waren aufgeschürft und brannten, sein rechtes Knie tat so weh, dass ihm übel wurde. Entfernt, aber nicht weit genug entfernt, ertönten Polizeisirenen. Na klar, da vorne war ja die Polizeistation Gießen 1.

»Lass die Scheißräder liegen und komm!« keuchte er. Also rannten sie. Ach nein, eher nicht. Rennen sieht anders aus. Sie humpelten jedenfalls so schnell sie konnten, ihre Kleider waren mit Regenwasser vollgesogen und lagen schwer und kalt auf ihnen.

»Warum hast du den Mann ermordet?« keuchte Bubi, aus dessen Gesicht das Entsetzen eine Fratze geformt hatte, zu der die Tränen perfekt passten.

»Reiner Reflex.« Undeutliches Gemurmel. Alles war im Arsch. In den beiden Gangstern fielen die Zukunftspläne zusammen wie unterspülte Gebäude. Jetzt waren sie, wie in einem Film Noir, nachts auf nassem Asphalt auf der Flucht. Nur humpelten sie nicht, weil sie angeschossen worden waren, sondern weil Bubi, der Arsch, nicht mal Fahrrad fahren konnte. Sie waren Stümper. Beide. Und wünschten, sie säßen jetzt bei Alex am Tresen, arm aber entspannt, und vielleicht hätte ihnen einer den Rest des Viagras abgekauft, Alex vielleicht, der neulich was von Erektionsschwierigkeiten gesagt hatte.

Blaulicht überall. Von vorn kamen sie, von hinten.

»Wirf die Waffe in einen Gully«, keuchte Bubi.

»Siehst du hier einen verdammten Gully, du Klugscheißer? Wenn ich dich nicht mitgenommen hätte ...«

»Was dann, du Arschloch? Hast du den Mann erschossen, um mir zu zeigen, wie hart du bist? Krank bist du.«

»Leck mich am Arsch!«

»Mir kann eigentlich nicht viel passieren ...«

Aus den Streifenwagen stiegen Uniformierte mit gezogenen Pistolen aus. Eine Lautsprecherstimme: »Hier spricht die Polizei! Bleiben Sie stehen! Heben Sie die Hände über den Kopf ...!«

Tod unter dem Eis

Von Anne Sptzner

Das Eis unter seinen Händen gibt immer wieder nach. Es bricht auseinander, wenn er sich daran hochziehen will, gleitet zwischen seinen Fingern hindurch und bietet keinen Halt. Er bringt keinen Ton heraus, ist zu sehr mit Atmen beschäftigt, um nach Hilfe zu schreien. Seine Stimmbänder sind genauso gefroren wie der See um ihn herum.

Kälte zieht die Dinge zusammen. Im kalten Wasser wird auch die Welt immer kleiner. Sie schrumpft auf einen Punkt von der Größe eines Stecknadelkopfes und ist schließlich ganz verschwunden. Eine letzte kleine Luftblase, ein Überbleibsel des ausgegangenen Atems, bewegt sich unter dem Eis. Der helle Fleck seiner Jacke verschwindet in der Dunkelheit.

Es ist ein freundlicher Wintermorgen, dieser Sonntag, der zweite Advent. Wenn das Wetter so bleibt, wird es weiße Weihnachten geben; seit Tagen schneit es ununterbrochen, und der Schnee macht keine Anstalten, wegzutauen. An den Straßenseiten liegen hüfthohe Hügel aus grauweißem Schnee, der schmutzigschwarze Autodreck immer wieder übertüncht von Neuschnee.

So viele Kinder wie heute sieht man selten im Dorf, und schon gar nicht mit ihren Eltern. Seit vielen Jahren ist endlich der Teich im Schlosspark wieder einmal zugefroren, und das soll ausgenutzt werden. Schließlich ist es eine tolle Sache, wenn man seinen Kindern von früher erzählen kann, und dass man da jedes Jahr Schlittschuh laufen konnte.

Dementsprechend oft drehen sich die Gespräche auch um die »gute alte Zeit«, doch die Kinder hören vor Aufregung meistens gar nicht zu. Sie lassen Eltern und Großeltern, die sowieso größtenteils zu sich selbst sprechen, reden, und freuen sich auf das Eislaufen.

Der Teich ist schon voll besetzt. Die Kleinsten lassen sich ein wenig ängstlich von ihren Eltern an der Hand neben sich herziehen, die Größeren benehmen sich schon so übermütig wie olympische Eiskunstläufer – oder glauben es jedenfalls. Sie jagen einander auf dem Eis, drehen Pirouetten und spielen Hockey, misstrauisch beäugt von den Müttern, die ihre Kleinen dabei haben und verständlicherweise nicht wollen, dass diesen von einem schlecht gezielten Puk die Eislauflaune verdorben wird.

Alle, die Großen genauso wie die Kleinen, machen einen weiten Bogen um den hinteren Bereich des Teichs. Dort befindet sich ein Zufluss, der auch im Winter seine Arbeit tut, und der hintere Teich ist nicht zugefroren. Immer wieder hört man Eltern ihre Kinder warnen, »ja nicht dorthin zu gehen«.

Aber irgendjemand hat wohl das Verbot missachtet und sich trotzdem dorthin gewagt. In das fröhlich wirbelnde Treiben hinein ertönt ein Schrei.

Binnen kurzem ist die Stimmung völlig umgeschlagen. Eltern, die ihren Kindern diese Aufregung ersparen oder dieses Abenteuer verderben wollen, transportieren ihre Sprösslinge so schnell wie möglich ab; Schaulustige bleiben da; ein paar Besonnene rufen die Polizei.

Kommissar Alfred Braun ist ein dicker, freundlicher Mann. Den Menschen, die noch immer um den Teich versammelt stehen, erscheint er auf den ersten Blick ein wenig behäbig; er grüßt umständlich in die Runde und gibt dann seinen Polizisten mit langsamen, weit ausholenden Gesten den Auftrag, die Zeugen über die Sachlage zu befragen. Er selbst unterhält sich mit seiner jüngeren Kollegin, Elisabeth Sandler, während sie auf den Grund der plötzlichen Aufregung zusteuern.

»Wir wissen noch nicht, wer es ist«, sagt Elisabeth Sandler. Sie passt sich dem gemächlichen Gangtempo ihres Vorgesetzten an. »Aber er war mindestens seit ein paar Stunden dort unten.« Bei diesen Worten ruckt ihr Kinn leicht in Richtung des weißen Leichensackes, der freundlich die Gestalt und die Umrisse des geborgenen Toten verbirgt.

»Ist der Gerichtsmediziner schon hier?« Braun offenbart die ihm eigene Zielstrebigkeit, über die seine gemütliche Ruhe oft hinwegtäuscht. Mit einem kurzen Blick überzeugt er sich selbst, dass die Antwort auf seine Frage Ja lautet. »Können Sie mir schon irgendetwas sagen?«

Eckhard Loss, das lange Elend der Rechtsmedizin, schreckt hoch, als diese Frage mit Brauns volltönender Bassstimme neben ihm gestellt wird. »Noch nicht viel«, gibt er zu. »Er dürfte irgendwann im Verlauf der Nacht gestorben sein, wahrscheinlich eher um Mitternacht als heute Morgen, aber der Körper ist durch das Liegen im Eiswasser so ausgekühlt, dass es mir unmöglich ist, auf Anhieb etwas über seinen Todeszeitpunkt zu sagen.«

Braun nickt. »Und wie ist er gestorben?« Er hat in mehr als dreißig Jahren bei der Polizei gelernt, dass es sich nicht lohnt, einen Gerichtsmediziner zu Aussagen zu drängen, zu denen er sich noch nicht imstande sieht.

»Ertrunken, nehme ich an.« Loss bezieht sich wie gewöhnlich auf die noch zu erfolgende Autopsie, die Genaueres ergeben wird. »Jedenfalls hatte er Wasser in der Lunge, und das ist das wichtigste Indiz für einen Tod durch Ertrinken.«

»Hatte er irgendwelche Papiere bei sich?«

Loss spart sich jeden Kommentar darauf, dass jeder ihn für den amtlichen Leichenfledderer zu halten scheint, obwohl er doch eigentlich der Pathologe ist. »In der Brusttasche seiner Jacke fand sich ein durchnässtes Portemonnaie. Der Ausweis und der Führerschein gehörten einem gewissen Patrick Krömann. Außerdem trug er Schlittschuhe.« Bei diesen Worten gibt Loss seine knieende Stellung neben dem Leichnam auf und streckt seinen langen Rücken, was Braun neben ihm nur noch kleiner und dicker aussehen lässt. Der Kommissar stellt sich vergebens kerzengerade hin; der Eindruck bleibt. Doch lange hat Loss ohnehin nicht vor, stehen zu bleiben. Er macht sich zu wichtigeren Dingen auf, in die Gerichtsmedizin.

Es dauert nicht lange, bis ein Zeuge gefunden wird, der Patrick Krömann kannte. »Er hat hier im Ort gewohnt«, bekommen Braun und Sandler von einem Mann mittleren Alters zu hören, der neugierig versucht, einen Blick auf den im Abtransport begriffenen Leichensack zu werfen.

»Wie lange schon?«

Der andere zuckt mit den Achseln. »Schon lange«, sagt er. »Aber wie lange, weiß ich nicht. Seine Kinder gehen mit meinen seit der ersten Klasse zur Schule, und die sind jetzt alle schon in der Ausbildung.«

Braun dankt dem Zeugen und gibt ihn an einen anderen Beamten weiter, zwecks Betreuung und weiterer Befragung. »Wenn wir jetzt wissen, wie unser Toter heißt und dass er hier wohnte, sollten wir vielleicht seiner Familie einen Besuch abstatten«, erklärt er seiner Kollegin. Diese folgt ihm, als er sich in gemütlichem Tempo zum Wagen aufmacht.

Ein kurzes Gespräch unterwegs hat die Adresse Patrick Krömanns ergeben; er wohnt nicht weit entfernt im Schützenweg. Das Haus ist weihnachtlich dekoriert, in genau der richtigen Menge: nicht zu kitschig, nicht zu lieblos. Elisabeth Sandler folgt Alfred Braun die kleine Treppe zur Eingangstür hinauf.

Auf das Klingeln des Kommissars ertönt eine Kinderstimme aus der Gegensprechanlage. »Hier ist die Polizei«, sagt Braun langsam und deutlich. »Ist vielleicht deine Mutter zu sprechen?«

Kurzes Zögern. »Ich frag mal«, antwortet der Stöpsel dann, und die Leitung ist tot.

Einige Momente später öffnet eine nicht mehr ganz junge, aber noch lange nicht alte Frau die Tür und drückt sie hinter sich beinahe ängstlich wieder zu. »Ich weiß zwar nicht, was Sie wollen, aber ich will auf keinen Fall, dass die Kinder etwas davon mitbekommen«, sagt sie zur Erklärung.

»Ich fürchte, das wird sich leider nicht vermeiden lassen, Frau Krömann.« Elisabeth Sandler kann sich eines leichten Anflugs von Misstrauen bei der in ihren Augen übertriebenen Reaktion nicht erwehren; obwohl sie sich selbst sagt, dass im Moment noch nichts auf ein Verbrechen hindeutet.

»Was meinen Sie damit?« Frau Krömann sieht so irritiert aus, dass Braun sich beruhigend zwischen sie und seine Kollegin schiebt.

»Wo ist denn Ihr Mann, Frau Krömann?« Er hat sich anscheinend blendend damit abgefunden, dass sie das Gespräch auf der Treppe führen müssen, weil die Hausherrin sie nicht hereinbitten will.

»Das weiß ich nicht«, sagt sie. »Gestern Abend ist er weggegangen, und er ist nicht wiedergekommen.«

»Ist das denn sonst so seine Art?« Sandlers Misstrauen legt sich. Wenn die Frau sich Sorgen um ihren Mann macht, ist es verständlich, dass sie dieses Thema von ihren Kindern fernhalten will. Auch wenn es sie ein wenig wundert, dass der

Zeuge vorhin von in Ausbildung befindlichen Kindern gesprochen hat; das Kleine an der Tür war höchstens sechs oder sieben Jahre alt.

Frau Krömann schüttelt den Kopf. »Eigentlich gar nicht. Patrick ist kein Herumtreiber.«

Das hat die Kommissarin zwar nicht andeuten wollen, aber es ist ja Frau Krömanns Sache, wie sie ihre Frage interpretieren will. »Wie lange sind Sie denn verheiratet?«

»Zweiundzwanzig Jahre«, antwortet die andere wie aus der Pistole geschossen. »Wir haben vier Kinder, drei Jungen und ein Mädchen.«

Das Kleine an der Tür ist also wahrscheinlich ein Nachzügler. Elisabeth Sandler beschließt, sich nicht weiter daran aufzuhängen. Im selben Moment hört sie ihren Chef bedauernd sagen, unter welchen Umständen sie Frau Krömanns Ehemann aufgefunden haben.

Mit einem Mal werden die Gesichtszüge der Frau schlaff. Sie sieht um Jahre älter aus. Ihre Pupillen werden so groß, dass sie die Iris zu verschlucken scheinen. »Er ist – tot?«

Alfred Braun nickt ein trauriges kleines Nicken. Seine Kollegin gibt sich betont ausdruckslos. »Es tut uns sehr leid, Frau Krömann. Im Moment sieht es so aus, als sei er im Schlosspark ertrunken.«

Sie lacht, aber es klingt erstickt, als würde sie die Tränen zurückhalten. »Und dabei hat er immer Witze gemacht, dass man in diesem Teich nicht einmal schwimmen könnte, weil er nicht tief genug ist …«

Sie spricht nicht weiter. Alfred Braun und Elisabeth Sandler lassen sie mit ihrem Schmerz allein.

»Irgendwas ist komisch an der Sache.« Sie sagt es laut, weil Braun seine Gedanken sonst ohnehin nicht mit ihr teilt. Ihre einzige Chance, ihn zur Diskussion zu bewegen, ist eine direkte Provokation.

Doch zu Sandlers Überraschung nickt er. »Du hast schon Recht. Lass uns die Obduktion abwarten.«

Die findet an diesem Tag nicht mehr statt. Schließlich ist Sonntag und der zweite Advent. Und Elisabeth hat munkeln hören, dass der Gerichtsmediziner mit ihrer Kollegin Sandra Altholz zum Kaffeetrinken verabredet ist.

Doch am Montagmittag finden sie sich in der Gerichtsmedizin ein, weil Loss über das Telefon hat verkünden lassen, dass er seine Arbeit vollendet hat.

»Wie ich bereits vermutet habe, ist er ertrunken.« Er sagt es ohne jede Emotion in der Stimme. »Es gibt keine Hinweise auf Fremdeinwirkung.«

Enttäuscht ziehen sie wieder ab; der Obduktionsbericht in ihren Händen ist vollständig und trotzdem unbefriedigend.

»Wir müssen noch mal mit der Frau sprechen.« Braun sagt es entschieden, und Sandler weiß genau, wohin sie fahren werden, sobald sie im Auto sitzen.

»Aber du hast es doch gehört – keine Hinweise auf Fremdeinwirkung.«

»Hat nichts zu sagen. Sie muss ihn ja nicht unter Wasser gedrückt haben. Wer in einem Eisloch steckt, ertrinkt irgendwann auch von allein.«

»Du meinst, sie war dabei – und hat ihn sterben lassen?«

Braun nickt. Er weiß selbst nicht, warum er von Anfang an so sicher war und ob er sich nicht zu blind auf sein Bauchgefühl verlässt. Aber von Bauchgefühl hat er viel – kein Wunder bei seinem Umfang – und es hat ihn bisher nur selten getrogen.

»Wie sieht das denn deiner Meinung nach sonst aus? Welcher merkwürdige Mensch geht denn nachts allein Eislaufen? Da war schon noch jemand anderes dabei. Entweder war es seine Frau – oder eine dritte Person, von der die Ehefrau entweder nichts weiß oder von der sie uns nichts sagt.«

Sandler starrt nachdenklich auf die weiße Landschaft vor dem Autofenster. Diese Geschichte ist mehr als seltsam.

Patrick Krömanns Witwe ist nicht zu Hause. Das erklärt ihnen eine hilfsbereite Nachbarin, die sowieso gerade aus dem Fenster gesehen hat. Wie das Nachbarinnen eben so tun.

»Halten Sie Kontakt zur Familie Krömann?«, fragt Alfred Braun höflich. Neugierige Nachbarn können manchmal so nützlich sein.

»Wie man es nimmt.« Die ältere Frau nimmt Brauns Frage erwartungsgemäß als Aufforderung hin, ihr Wissen über die Krömanns vor ihnen auszubreiten. »Die Kinder waren ab und an hier und haben mit meiner älteren Tochter für die Schule gelernt. Sie hatten vor allem Probleme beim Rechnen – obwohl es doch Jungens sind.«

Diesem alten Vorurteil widerspricht keiner der Kommissare. »Und das Jüngste, ist das auch manchmal bei Ihnen?«

Jetzt sieht die Nachbarin anscheinend den Zeitpunkt für gekommen, um sich geheimnisvoll vorzubeugen und die Stimme zu senken. »Meine Tochter ist ausgezogen und hat geheiratet. Aber dass die Krömanns noch ein Kind bekommen, hätte hier niemand erwartet.« Damit meint sie selbstverständlich »hätte ich nicht erwartet.«

»Warum nicht?« Sandler erkennt den Wunsch, ausgefragt zu werden, in den Worten der älteren Frau. »War ihre Ehe nicht mehr ganz heil?«

Die Nachbarin lächelt. »Wie Sie da nur so schnell drauf gekommen sind, Frau Kommissarin«, sagt sie anerkennend. »Nein, diese Ehe war ganz und gar nicht mehr heil, jedenfalls bis vor der Geburt der kleinen Jessica. Da hat er sie nach Strich und Faden betrogen, mit der Tochter von Eisenbach's Wilhelm – gleich gegenüber wohnte die. Hat die Affäre aber beendet, als seine Frau noch mal schwanger geworden ist, und die Eisenbach ist umgezogen. Hat nach Rödgen geheiratet, soweit ich weiß. Dann kam Jessica auf die Welt, und plötzlich war zwischen den Krömanns wieder alles eitel Sonnenschein.«

»Hat es gehalten?« Alfred Braun stellt exakt die Frage, von der die Nachbarin gehofft hat, sie beantworten zu dürfen.

»Natürlich nicht. Einmal in anderen Betten, immer in anderen Betten, wie ich immer sage. Vor ein paar Monaten hat eine Bekannte ihn mit einer jungen Blondine aus einem Hotel in Gießen kommen sehen, händchenhaltend.« Ihre Augenbrauen wandern so weit nach oben, dass sie fast nicht mehr zu sehen sind. »Und seine Frau sitzt hier mit den Kindern und schuftet sich am Haushalt kaputt.«

Bevor sie die Unterhaltung fortsetzen können, biegt ein Wagen in die Einfahrt der Krömanns ein. So schnell können die Kommissare gar nicht gucken, wie die Nachbarin ihr Fenster geschlossen hat und hinter den Vorhängen verschwunden ist.

Im Wagen sitzt Frau Krömann mit drei ihr wie aus dem Gesicht geschnittenen Kindern. Sie alle werfen einen Blick hoch zu dem frisch geschlossenen Fenster. Die Vorhänge bewegen sich nicht einmal; aber wie abgesprochen verdrehen alle vier die Augen.

Es sieht aus, als hätten Krömanns den Kontakt zu ihrer Nachbarin nicht nur abgebrochen, weil deren Tochter zu alt für Nachhilfeunterricht geworden ist.

Frau Krömann hat sich augenblicklich bereit erklärt, sie zu begleiten. Sie hat sich ihre warmen Wintersachen angezogen und ist mit den beiden Kommissaren zum Schlosspark hinübergelaufen, ohne ihre Kinder, von denen sie die Ermittlungen zum größten Teil fernhalten will.

Es war Brauns Idee, die Ehefrau des Toten zum vorläufigen Tatort mitzunehmen; er hat von den neuen Methoden beim Lügendetektortest gelesen, bei denen man über die Reaktionen der Verdächtigen misst, ob sie den Ort des Geschehens wiedererkennen. Zwar kann er Frau Krömann nicht an ein Messgerät anschließen, aber er hofft auf irgendeine Reaktion in ihrem Verhalten. Anders können sie ihr nicht beikommen.

Sie betreten den Schlosspark von der Schlossseite aus, gehen an der Remise vorbei und über den Hof; nach einem kleinen Engpass wird der Blick frei auf den verschneiten Park, die kahlen Bäume und den zugefrorenen Schlossteich. Keine Reaktion bei Frau Krömann.

»Warum sind wir hierher gegangen?«

Ah. Doch eine Reaktion. Brauns zufriedenes Lächeln verschwindet in seinem Bart, und Sandler ist es, die antwortet. »Wir wollten uns noch einmal hier umsehen, und auch wir haben ein knappes Zeitbudget.«

Geschickt gemacht. Braun nickt seiner Kollegin anerkennend zu. So hat Frau Krömann keinen Grund, misstrauisch zu sein.

Vorsichtig ist sie aber allemal. »Hier haben Sie ihn gefunden?« Sie deutet auf das Loch im Teich, an dem sie jetzt stehen bleiben.

Alfred Braun nickt. »Wahrscheinlich ist er dort eingebrochen, wo das Eis dünner wird wegen des ständigen Wasserzuflusses.«

»Haben Sie eine Ahnung, was er hier gewollt haben könnte?« Sandler fragt vorsichtig. Ihre Stimme enthält genau die richtige Mischung Neugierde.

Frau Krömann schüttelt den Kopf. »Als er Samstagabend wegging, sagte er nur, er wolle noch einmal kurz frische Luft schnappen. Das kam öfter vor, dass er abends noch einmal spazieren gegangen ist; aber er ist nie länger als eine halbe Stunde weggeblieben, damit er die Kleine noch ins Bett bringen kann.«

»Die Kleine ist Ihr Nesthäkchen?« Sandler stellt die Frage, die sie von Anfang an so merkwürdig in Beschlag genommen hat. Und auf die sie möglicherweise die Antwort bekommen haben.

»Sie ist zehn Jahre jünger als unser jüngster Sohn«, antwortet Frau Krömann. »Also kann man das wohl so ausdrücken.«

»War es geplant?«

Jetzt verdreht die andere die Augen, genauso wie vorhin im Wagen. »Die alte Kuh hat mal wieder getratscht, ja?« Sie erwartet gar keine Antwort auf ihre Frage. »Hier im Dorf zerreißen sich alle Leute das Maul darüber, dass wir nach zehn kinderlosen Ehejahren noch eine Tochter bekommen haben. Ich habe mir mein Leben lang ein Mädchen gewünscht, obwohl ich meine Söhne sehr liebe.« Sie sagt es leise, aber es klingt trotzdem wie eine Explosion.

»Also war es geplant.« Sandler zieht die Quintessenz aus Frau Krömanns Worten und beantwortet sich damit ihre Frage selbst.

»War es das?« Braun, der sich bisher zurückgehalten hat, entscheidet, dass jetzt der Zeitpunkt gekommen ist, um sich einzumischen. »Oder war es nicht vielleicht eher so, dass Ihre Tochter zur Welt gekommen ist, weil Sie und Ihr Mann sich nach seiner Affäre wieder zusammengerauft hatten?«

Die Krömann zuckt zusammen. Aber sie sagt nichts.

Braun bohrt unnachgiebig weiter. »Er hat Sie erneut betrogen, nicht wahr? Nachdem Sie ihm noch eine Chance gegeben, ihm noch ein Kind geboren haben, hat er es gewagt, eine neue Affäre anzufangen! Verständlich, dass Sie da ausgerastet sind!«

»Sie glauben – ich hätte meinen Mann umgebracht?« Frau Krömanns Augen werden groß, als wäre sie von selbst noch nie auf diesen Gedanken gekommen. »Ich? Aber – das ist doch lächerlich!«

»Warum?« Sandlers Stimme klingt harmlos. Zu harmlos.

»Ich habe ihn geliebt! Warum sonst hätte ich ihm wohl seine Affäre verzeihen sollen? Schön, es mag Ihnen gegen die Prinzipien gehen, und es entspricht nicht der romantischen Liebe, wie sie im Buche steht. Aber ich habe ihm verziehen, dass er mich betrogen hat, und wir haben wieder zusammengefunden. Warum sollte ich ihn also umbringen?«

»Vielleicht, weil alles wieder von vorne anfing?« Obwohl sie keinerlei Beweise für eine neue Affäre haben, macht nun auch Sandler Druck. »Ich kann mir vorstellen, wie schwer es Ihnen gefallen sein muss, Ihrem Mann zu verzeihen. Und es ist alles gut gegangen – jedenfalls ein paar Jahre lang. Und dann …«

»Mein Mann hatte keine neue Affäre!« Frau Krömann faucht es. Sie sieht wütend aus. »Ich hätte es gemerkt. Im Dorf kann man nichts geheim halten. Irgendeine ›wohl meinende‹ Nachbarin hätte es mir schon verraten, wenn ich nicht selbst darauf gekommen wäre, so war es letztes Mal ja auch!«

Elisabeth Sandler zieht die Augenbrauen in die Höhe. »Die letzte Affäre Ihres Mannes wurde Ihnen von einer Nachbarin gesteckt?«

Frau Krömann nickt. »Glauben Sie's, oder glauben Sie's nicht. Sie können meine Nachbarin ja auch fragen. Heute Morgen haben Sie sich ja schon einmal mit ihr unterhalten.«

Sandlers Augenbrauen wandern noch höher. Frau Krömann beginnt ihr leid zu tun. Es ist gegen alle gesellschaftlichen Normen, einem Mann zu verzeihen, der einen betrügt, und sie hat es getan und sogar noch ein Kind von ihm bekommen – kein Wunder, dass sie einen Hass auf alle Klatschmäuler hat.

»Wo waren Sie Samstagabend?« Beinahe beiläufig klingt die Frage, ablenkend vom heftigen Ausbruch über das Thema Affäre.

»Ich war zu Hause.«

»Gibt es irgendwelche Zeugen dafür? Können beispielsweise Ihre Kinder bezeugen, dass Sie da waren?«

Frau Krömann wird bleich, und ihre Augen weiten sich. Sie schüttelt den Kopf wie in hilfloser Abwehr. »Nein!«, murmelt sie. »Nein, das können sie nicht.«

Plötzlich strafft sich ihre zusammengesunkene Gestalt. Welchen Entschluss auch immer sie gefasst hat, er scheint bindend zu sein.

»Hören Sie, ich will meine Kinder da nicht mit reinziehen. So wenig wie möglich. Es ist schlimm genug, dass sie durch meine Schuld ihren Vater verloren haben.«

Braun und Sandler trauen ihren Ohren nicht. »Das heißt, Sie geben es zu?« ›Es‹ kann vom Staatsanwalt als Mord oder fahrlässige Tötung eingestuft werden, je nachdem, wie gut der Anwalt von Frau Krömann sein wird; trotzdem ist ein Geständnis ein Riesenfortschritt.

Frau Krömann sagt nichts mehr. Sie nickt nur. Und in ihren Augen steht eine Angst, als begreife sie jetzt erst, was sie getan hat.

»Am Ende hat sie es doch ziemlich schnell zugegeben.« Sandler sagt es zuversichtlich, doch der Gesichtsausdruck ihres Chefs sieht weniger zufrieden aus.

»Zu schnell vielleicht«, gibt er zu bedenken.

Sandler schüttelt den Kopf. »Wieso musst du eigentlich immer alles schlecht reden?« mault sie. »Die ganze Zeit über sagst du, sie war es, und wir müssen sie nur noch dazu bringen, es zu gestehen, und jetzt hat sie gestanden, und du bist nicht damit einverstanden.«

»Es liegt an der Art, wie sie es gestanden hat«, versucht Braun, seine Bedenken in Worte zu fassen.

Doch Sandler winkt ab. Auch sie hat es wahrgenommen.

Frau Krömann hat ihnen nicht die ganze Wahrheit gesagt.

Dampf steigt auf über den gelben Tassen, auf denen in krassem Widerspruch zu ihrer Situation ein Smiley aufgedruckt ist. Cornelia Krömann balanciert das Tablett mit dem Tee vorsichtig zu den Kommissaren ins Wohnzimmer.

»Worüber müssen wir denn noch sprechen?«, fragt sie. Ihre Stimme klingt müde und voller Furcht.

»Vor was haben Sie Angst, Frau Krömann?« Sandler stellt erneut die Frage, die ihr unter den Nägeln brennt, ohne sich ums Protokoll zu kümmern.

»Ist das nicht offensichtlich?«, fragt die andere zurück. »Ich werde ins Gefängnis müssen. Meine Kinder werden allein zurückbleiben, und wenn ich je wieder aus dem Gefängnis herauskomme, wird sogar meine Kleine schon erwachsen sein.«

»Das ist eben der Punkt, über den wir mit Ihnen sprechen wollen«, mischt Braun sich ein. Seine Stimme klingt verständnisvoll, und er blickt so warm aus seinen Augen, wie er nur kann. »Sie können die Zeit, die Sie im Gefängnis verbringen müssen, erheblich verkürzen, wenn Sie mit uns kooperieren. Wollen Sie uns nicht erzählen, warum Sie Ihren Mann umgebracht haben, und wie es passiert ist? Wir könnten beim Staatsanwalt ein gutes Wort für Sie einlegen.«

Frau Krömann wirkt unsicher. Sie sieht von Braun zu Sandler und wieder zurück. »Sie wollen mir helfen?«

Braun nickt und lächelt. »Wenn wir die genauen Umstände kennen, unter denen Ihr Mann zu Tode kam, wird es vielleicht möglich sein, aus dem Mord einen Totschlag zu machen. Das wäre eindeutig besser für Sie.« Es muss eine Belohnung dafür geben, wenn Menschen mit der Polizei zusammenarbeiten. Und es gibt auch einen Unterschied zwischen Mord, Totschlag und Fahrlässigkeit. Abgesehen davon tut Braun die Frau auch persönlich leid, auch wenn er versucht, das nicht zu sehr in seine Ermittlungen einfließen zu lassen.

»Erzählen Sie uns, was passiert ist«, drängt auch Elisabeth Sandler. Es gibt noch einige Unklarheiten, über die sie gern mehr wissen würde. »Am besten, so genau Sie sich erinnern.«

»Also gut.« Stockend, den Blick zu Boden gerichtet, in einem Tonfall, als würde sie ihren Kindern ein Märchen vorlesen, beginnt Frau Krömann, ihre Geschichte zu erzählen. »Am Samstagabend hat mein Mann mich gefragt, ob ich ihn auf einen kurzen Spaziergang begleiten würde. Die Kleine war bei ihrer Oma, also bin ich mitgegangen. Wir sind durch den Schlosspark gegangen, und es war schön - ich habe mich gefreut, dass er endlich mal wieder etwas mit mir zusammen macht. Doch als wir am Teich angekommen sind, hat er mir gestanden, dass er eine neue Affäre hat. Er hat mich gebeten, ihm zu verzeihen, und versprochen, Schluss zu machen, aber ich - ich konnte einfach nicht mehr! Ich habe ihn auf den Teich gelockt, weil ich wusste, an welcher Stelle das Eis dünn war. Ein paar Stunden vorher war ich mit der Kleinen dort eislaufen. Als er eingebrochen ist, bin ich weggerannt.«

Braun sieht ein wenig strenger aus als vorher, als er fragt: »Sie waren also nicht mit Ihrem Mann zusammen Schlittschuh laufen, bevor es passiert ist?«

Sie schüttelt den Kopf, offensichtlich verwirrt ob dieser Frage.

»Können Sie uns dann bitte erklären, warum Ihr Mann Schlittschuhe an seinen Füßen hatte?«

Frau Krömann wird knallrot im Gesicht. »Doch, doch, wir waren Schlittschuh laufen«, versichert sie eifrig. »Ich hatte es ganz vergessen, dabei fand ich es so romantisch!«

»Frau Krömann.« Elisabeth Sandler nimmt die Hand der anderen. »Es ist mutig von Ihnen, uns anzulügen. Aber Sie haben Ihren Mann nicht umgebracht. Wen versuchen Sie zu decken?«

»Ihre Söhne?« Als er sieht, wie heftig Frau Krömann zusammenzuckt, weiß Alfred Braun, dass er ins Schwarze getroffen hat und hält sich nicht mit weiteren Fragen auf. Stattdessen winkt er Sandler zu und macht sich auf den Weg nach oben.

Die Kinder der Krömanns befinden sich in ihren Zimmern. Braun trommelt die drei Jungen, Julian, Kai und Tobias, im Zimmer des Ältesten zusammen.

»Wir müssen mit euch reden, Jungs.«

»Wegen unserem Vater?« Julian, der Älteste, hat sich anscheinend zum Sprecher seiner Brüder aufgeschwungen.

Sandler schüttelt den Kopf. »Wegen eurer Mutter.«

Die Augen der Jungen werden groß. »Was ist mit Mama?«

»Etwas sehr Ernstes. Eure Mutter hat uns gerade erzählt, sie habe euren Vater umgebracht. Aber sie hat es nicht getan. Sie versucht, euch zu schützen, oder einen von euch, weil ihr am Samstagabend nicht zu Hause wart, als er gestorben ist.« Er sieht die Jungen der Reihe nach streng an. »Also, wo wart ihr am Samstagabend?«

Julian sieht seine Brüder verwirrt an. In allen drei Augenpaaren erscheint eine grimmige Entschlossenheit. »Wir waren im Schlosspark«, erklärt der Siebzehnjährige dann. »Wir haben Papa beobachtet, er war mit dieser Tussi dort. Sie sind Schlittschuh gelaufen. Sobald sie weg war, haben wir Papa gefragt, wer sie ist, und ob Mama von ihr weiß. Wir haben nämlich mitbekommen, wie traurig sie war in letzter Zeit. Er hat uns nur angeschrien und gesagt, wir sollen uns da raushalten. Und - da sind wir auf ihn los. Wir haben ihn unter Wasser gedrückt, bis er nicht mehr versucht hat, aufzutauchen. Er sollte Mama nicht mehr weh tun dürfen.«

Elisabeth Sandler schüttelt den Kopf. »An eurem Vater haben wir kein Anzeichen des Kampfes gefunden.« Sie sieht ihren Kollegen an. Der nickt.

»Wir glauben nicht, dass ihr es wart. Und wir werden eure Geschichte vergessen, weil ihr sie nur erfunden habt, um eure Mutter zu schützen.«

»Oder jedenfalls einen Teil davon«, korrigiert Sandler. Sie glaubt nicht, dass die ganze Beschreibung aus Julians Phantasie stammen soll. »Wie viel davon ist wirklich passiert?«

»Sie glauben auch nicht, dass unsere Mutter es war?« vergewissert sich der Junge. Als Sandler den Kopf schüttelt, sieht er unglaublich erleichtert aus.

»Schön, also wir waren wirklich im Schlosspark - wir haben mitbekommen, wie Papa sich am Telefon mit der Blondine verabredet hat. Wir haben auch Papa gesehen, wie er mit dieser Frau Schlittschuh fuhr. Sie haben sich geküsst - und da sind wir abgehauen. Wir wussten nicht, ob wir es Mama sagen sollten. Aber am nächsten Morgen kamen Sie und sagten uns, dass er tot ist.«

Sandler nickt erneut. »Ich danke euch, Jungs.«

Minuten später stehen sie auf der Straße. »Wenn es die Ehefrau nicht war, und die Söhne auch nicht - wer war es dann?«

Braun kennt die Antwort auf seine Frage, auch ohne, dass Sandler zurückgibt: »Wir müssen mit dieser Affäre sprechen!«

Wie so viele Affären haben sie auch die junge Blondine am Arbeitsplatz des Opfers gefunden: Sarina Merken, 22 Jahre jung und Auszubildende in dem Betrieb, in dem auch Patrick Krömann gearbeitet hat. Eine Gegenüberstellung mit der von der Nachbarin genannten Zeugin ergibt eine Identifizierung. Das reicht aus, um mit Frau Merken zu sprechen, auch, wenn die Zeugin nicht besonders sicher ist.

»Hatten Sie eine Affäre mit Patrick Krömann?« Braun geht das Thema direkt an.

Sarina Merken, die ihren Bruder zu dem Gespräch mitgebracht hat, nickt. Sie sieht verheult und müde aus. »Ich war am Samstagabend mit ihm zusammen, bevor er gestorben ist«, sagt sie. »Falls es das ist, was Sie von mir wissen wollen.« Ihr Bruder hat den Arm um sie gelegt.

»Was haben Sie am Samstag gemacht?«

Sarina schnieft. »Wir waren Schlittschuh laufen«, sagt sie. »Manchmal hatte Patrick so romantische Ideen.«

»Dass er verheiratet war und vier Kinder hatte, hat Sie gar nicht gestört?« Sandler fragt es scharf.

Sie erntet einen zornigen Blick. »Ich habe ihn geliebt«, faucht die junge Frau. »Mit solchen Gedanken habe ich mich gar nicht abgegeben!«

»Und Sie wollten ihn auch nicht für sich allein?«

»Ach, diese Frau! Die war doch keine Konkurrenz für mich«, schnieft sie, klingt dabei aber recht selbstzufrieden. »Schauen Sie sich die doch mal an. Kein Wunder, sie hat vier Kinder, aber sie macht doch nichts mehr her.«

Diese gemeinen Äußerungen muss Braun leider auf sich beruhen lassen. »Sie sind also die Letzte, die Patrick Krömann lebend gesehen hat ...« Er lässt die von dem unvollständigen Satz ausgehende Drohung im Raum schweben.

»Ich habe ihn nicht umgebracht!« Sie kreischt es fast. »Sie glauben das doch nicht etwa, oder?«

»Ich will Ihnen sagen, was ich glaube.« Braun sagt es ruhig. »Sie haben sich am Samstag im Schlosspark getroffen. Er hat Ihnen gesagt, dass er sich gegen Sie und für seine Familie entschieden hat - er hat Schluss gemacht. Da sind Sie durchgedreht und haben ihn ertrinken lassen, nachdem sie miteinander gerungen hatten und er eingebrochen war.«

Sie schüttelt den Kopf. Jetzt laufen ihr doch die Tränen über das Gesicht.

»Vielleicht kann ich Ihre Geschichte korrigieren, Herr Kommissar.« Arne Merken sagt es mit belegter Stimme. Braun sieht ihn überrascht an.

»Wenn Sie das können, tun Sie es. Aber sagen Sie die Wahrheit, ich habe die Schnauze voll von Familienmitgliedern, die sich gegenseitig decken.«

Arne Merken nickt. »Am Samstagabend bekam ich einen Anruf von Sarina.« Er zückt sein Handy, tippt darauf herum und überreicht es Braun. Auf dem Display steht der Anruf, datiert auf Samstag um halb acht Uhr abends. »Sie weinte. Sie sagte, Patrick habe Schluss gemacht, und ob ich sie holen könnte, sie wolle nicht von ihm zurückgefahren werden. Ich habe sie abgeholt. Im Hintergrund hörte ich Krömann rufen, irgendwas von wegen ›nochmal drüber schlafen‹ oder so. Als ich in Buseck ankam, standen er und Sarina neben dem Teich und haben sich gestritten. Ich habe sie mitgenommen, aber als wir gegangen sind, hat er noch gelebt. Das Letzte, was ich gesehen habe, ist, dass er wieder auf den Teich zuging.«

Sarina nickt eifrig. Und die Geschichte, die Braun vorhin vorgeschlagen hat, hat schließlich auch den Mangel, dass

Patrick Krömanns Leichnam nach wie vor keine Spuren von Gewalteinwirkung aufweist.

»Und wer ist es jetzt gewesen?« Staatsanwalt Kurt Speimann hat den fertigen Bericht der beiden Kommissare gelesen und wirkt sichtlich unzufrieden. »Aus Ihrem Wust geht nicht hervor, wen Sie verhaftet haben!«

»Niemanden.« Alfred Braun gehört nicht zu den Menschen, die sich von Speimanns Gehabe beeindrucken lassen. »Womöglich ist er einfach ertrunken. Oder er war nach der Szene seiner Freundin so fertig, dass er absichtlich in das Loch gesprungen ist.«

»Oder es hat ihn jemand umgebracht. Vielleicht stimmt die Geschichte der Mutter, vielleicht die der Söhne, vielleicht hatte Alfred mit dem Recht, was er Sarina Merken unterstellt hat, und ihr Bruder hat für sie gelogen.« Sandler lächelt. »Aber wir können nichts anderes beweisen als das, was in dem Bericht steht.«

Speimann sieht noch immer unzufrieden aus. Aber im Grunde genommen weiß auch er, dass Fälle vorkommen, bei denen man die absolute Wahrheit niemals finden wird. Weil es sie vielleicht gar nicht gibt.

Sarina verschwindet in der Ferne. Er sieht ihr hinterher, unschlüssig, ob er sie rufen soll oder nicht. Aber ihr Bruder ist dabei.

Also dreht er sich herum und stapft wieder auf den Teich zu. Seine Schlittschuhe behindern ihn beim Laufen, am liebsten würde er sie loswerden. Das wird er auch tun, denkt er. Er wird sie in das Loch am hinteren Ufer des Teichs werfen und dann vergessen, dass Sarina jemals existiert hat. Konny ahnt noch nichts - er wird ihr auch nichts sagen. Es war so dumm von ihm, sich jemals auf Sarina einzulassen. Seine Söhne wären noch nicht alt genug, es zu verstehen, ganz zu schweigen von der Kleinen.

Im Dunkeln ist es schwer, das Loch im Teich zu finden. Hier müsste es gleich sein - nein, doch noch nicht. Gerade will er sich bücken, um seine Schlittschuhe auszuziehen - da bricht das Eis unter ihm. Es splittert und knackt, und bevor er reagieren kann, ist er im eisigen Wasser gelandet.

Er macht ein paar hastige Schwimmzüge. Die Schlittschuhe an seinen Füßen, die ihm vorhin noch so leicht vorkamen, scheinen jetzt aus Blei zu sein. Er versucht, nach den Rändern des Lochs zu greifen, aber es dauert, bis er sie findet; im dunklen, kalten Wasser ist ihm jede Orientierung abhanden gekommen.

Das Eis unter seinen Händen gibt immer wieder nach. Bricht auseinander, wenn er sich daran hochziehen will. Gleitet zwischen seinen Fingern hindurch und bietet ihm keinen Halt. Er bringt keinen Ton heraus, ist zu sehr mit Atmen beschäftigt, um nach Hilfe zu schreien. Seine Stimmbänder sind genauso gefroren wie der See um ihn herum.

Kälte zieht die Dinge zusammen. Im kalten Wasser wird auch die Welt immer kleiner. Sie schrumpft auf einen Punkt von der Größe eines Stecknadelkopfes und ist schließlich ganz verschwunden. Eine letzte kleine Luftblase, ein Überbleibsel des ausgegangenen Atems, bewegt sich unter dem Eis. Der helle Fleck seiner Jacke verschwindet in der Dunkelheit.

Serienmörder in Gießen

Von Michael Weichsäge

Warum musste die Woche immer so enden oder besser gesagt anfangen? Es war wieder einer dieser Frauenabende. Gegen elf war er hinzugekommen, nachdem er zuvor alleine im »MrJones« abgehangen hatte. Wie immer waren es zu viele Cocktails gewesen und davor natürlich Bier. Das Taxi hatte ihn vor der Tür abgesetzt. Eigentlich hätte er auch laufen können, aber dazu war er zu faul. Mensch: er könnte sich doch etwas ganz anderes leisten – aber das musste der näheren Zukunft vorbehalten sein. Als er die Wohnungstür der passablen 3-Zimmer-Wohnung in der Giessener »Weststadt« öffnete, die er seit sieben Jahren mit Martina bewohnte, hörte er bereits das vertraute und zugleich verhasste, alberne Kichern der beiden Frauen. Es gab nichts Schlimmeres als betrunkene Frauen, auch wenn er selbst nicht mehr so ganz nüchtern war. Susanne, seine von ihm angebetete Kollegin, kam jeden Sonntag um acht zu Besuch und dann durfte er sich mindestens für drei Stunden nicht blicken lassen – wollte er auch gar nicht. Er hatte Martina schon mehrfach gebeten, einen anderen Wochentag auszusuchen – vergeblich. Das Schlimme war, er begehrte Susanne, seit Jahren schon, wie lange, wusste er gar nicht mehr. Zwischendurch hatte er manchmal gedacht, eine Chance zu bekommen. Aber irgendwann schien ihm eine homosexuelle Beziehung zwischen Susanne und Martina realistischer. Spielte sie mit ihm, oder war er ihr einfach völlig gleichgültig? Sein Herz klopfte schneller als er eintrat, wenngleich sein Verstand noch benebelt war.

»Wie lange willst du denn noch mit dieser Flachpfeife zusammen bleiben, die dir nichts Besseres bietet als das langweilige Spießerleben in dieser bescheidenen Behausung hier?«, hörte er Susanne sagen, bevor er die Küche betrat. Er trat ohne zu zögern ein, und das erschreckte Susanne nicht einmal – keine Spur von Verlegenheit.

»Na du graue Maus, mit vierzig schon den Zenit überschritten?« begrüßte die ihn.

Beide Frauen lachten fast hämisch. Er konnte sich nicht beherrschen und sagte: »Ihr habt ja gar keine Ahnung«. Doch Susanne ergriff wieder das Wort: »Seit zehn Jahren trittst du auf der Stelle: lächerlicher Abteilungsleiter in unserer mittelmäßigen Bank. Wozu hast du denn BWL studiert? Ich bin fast fünf Jahre jünger als du und bin bald an dir vorbeigezogen. Übrigens, wie der Sailer und die Schmidt, die sind jetzt im Vorstand. Ärgert dich das nicht?« Er versuchte ruhig zu bleiben. Warum musste sie ihn so erniedrigen? Sie hatte ihn so oft abblitzen lassen und jetzt noch das hier. Plötzlich entfuhr es ihm: »Ich habe in den zehn Jahren so viele Millionen verdient, davon könnt ihr alle nur träumen.« Diese Aussage wäre noch ohne Folgen geblieben, hätten ihn die beiden Frauen nicht schamlos ausgelacht. Dadurch und vermutlich alkoholbedingt enthemmt, ließ er sich dazu hinreißen, die Sache genauer zu erklären. Martina, die gelernte Einzelhandelskauffrau, verstand nichts. Aber bei Susanne fiel recht schnell der Groschen, er erkannte es an ihren Augen und ihrer Stirn. Er triumphierte innerlich.

Mit einem Mal wurde er nüchtern. Was hatte er getan? Wenn Susanne in der Bank auspackte, war sein Lebenswerk zerstört. Er hatte nichts Unrechtes getan. Aber wenn sie es weitergeben würde, war er verloren. Außerdem war sie eine potenzielle Konkurrentin. Das Gespenst des Stellenabbaus machte auch vor seiner Abteilung nicht halt. Nein, es half nichts, er hatte zu hart dafür gearbeitet. Er versuchte, vom Thema abzulenken, indem er die Angelegenheit ins Lächerliche zog und meinte, man könne doch mal träumen. Aber eine bestimmte Linie auf Susannes Stirn, die sich gebildet hatte, nachdem sie es kapiert hatte, wollte sich nicht auflösen.

Als sich Susanne gegen viertel nach zwölf die Jacke anzog, um den letzten Bus zu erreichen, bot er ihr an, sie bis zur Haltestelle zu begleiten. Die Gegend war »nicht ganz ungefährlich«. Martina war zu müde um mitzukommen, das wusste er. Susanne nahm dankend an. »Gehen wir an der Lahn vorbei, das ist kürzer und netter«, sagte er. »Alleine würde ich mich das nicht trauen, aber du hast recht« war ihre Antwort.

Kein Mensch außer ihnen schien unterwegs zu sein. Auf der Höhe des Kinderspielplatzes verlangsamte er seinen Schritt. Direkt neben dem Eingang zum Spielplatz ergriff er von hinten ihr Halstuch, machte blitzschnell eine halbe Drehung mit der Hand und zog gleichzeitig nach hinten. Ihr Körper sackte schlaff zusammen und er konnte die geschätzten fünfundfünfzig Kilo kaum halten. Mit aller Kraft zog er sie über den Spielplatz in den Schatten der Brücke. War sie tot? Er hatte doch gar nichts gemacht, wollte sie nur erschrecken. Er erinnerte sich an den Erste-Hilfe-Kurs und fühlte den Puls – am Handgelenk: nichts, am Hals: nichts. Die Nasenspitze war kalt, kein Atem war zu spüren.

Jetzt logisch denken, sagte er sich. Er war ein Meister der Logik. Bislang war er kein Verbrecher gewesen, zumindest nicht nach seinem Empfinden. Er hatte ja niemandem geschadet, hatte gegen kein Gesetz verstoßen. Aber jetzt war es definitiv ein Verbrechen: Susanne war tot und er war es, der sie getötet hatte. Was hätte ein echter Verbrecher gemacht? Er sah nur zwei Möglichkeiten: Raubüberfall oder Sexualverbrechen. Für eins von beiden musste er sich wohl oder übel entscheiden. War nicht vor einem viertel oder einem halben Jahr eine junge Frau gar nicht weit von hier vergewaltigt und erdrosselt worden? Geldbörse und Schmuck waren noch ordnungsgemäß an ihrem Platz gewesen, es hatte nichts gefehlt. Die Zeitungen hatten sehr genau berichtet. Den Täter hatte man bis heute nicht erwischt, sonst hätte er es wohl mitbekommen.

Er zog den leblosen Körper nahe an das Gebüsch neben dem Brückenpfeiler. Dann begann er wie wild über die Leiche herzufallen, öffnete Gürtel und Hose, Jacke und Bluse. Dabei zerriss Stoff und Knöpfe fielen zu Boden. Nach diesem nur Sekunden dauernden Sturm betrachtete er sein Werk in dem spärlichen Streulicht, das von den auf der Brücke befindlichen Laternen übrig blieb: Die Leiche lag auf dem Rücken, der Hosenbund befand sich auf Höhe der Waden, die Beine waren leicht gespreizt, die Knie etwas angewinkelt, der Slip war zerrissen und hing noch am linken Oberschenkel, die Oberbekleidung war bis über beide Brüste hochgestreift, einen BH trug sie nicht. Bei diesem Anblick fühlte er gar nichts. Was hätte er in den letzten Jahren dafür gegeben, sie einmal nackt zu sehen. Oft hatte er es sich ausgemalt. Und jetzt: keine Erregung, nicht einmal einen Anflug von Trauer, einfach gar nichts. Er war eiskalt. Das hatte er immer gewusst, nur nie geglaubt.

Er musste sich beeilen. Bislang war er von niemandem gesehen worden und es sollte auch so bleiben. Er erinnerte sich, dass die Kinder immer einen Weg vom Ende des Spielplatzes am Ufer entlang nahmen. Von dort gab es über ein verlassenes ehemaliges Werksgelände einen kleinen Weg, der direkt von hinten an das Grundstück des Achtfamilienhauses führte, in dem er wohnte.

Martina war mit dem Kopf auf dem Küchentisch eingeschlafen. Wie er das hasste, es war sozusagen der Normalfall, wenn sie betrunken und müde war. Er weckte sie mit routinierter Sanftheit. Sie schaute auf die Uhr. »Es ist ja schon zehn vor eins, wieso lässt du mich so lange hier liegen?« Er sagte ihr, dass der Bus später als erwartet gekommen sei und dass er noch etwas aus dem Keller geholt habe.

Als er am Montagabend gegen halb sieben nach Hause kam, war Martina schon da. Die ganze Zugfahrt über hatten alle Leute nur ein Thema gekannt. Sie fragte gleich, ob er von dem schrecklichen Mord ganz in der Nähe gehört habe. Es sei doch besser gewesen, dass er Susanne nach Hause begleitet habe. Sie schien noch nichts zu wissen. Bislang hatte man, warum auch immer, den Namen des Opfers nicht genannt. Am Morgen war Susanne nicht an ihrem Arbeitsplatz erschienen. Nach dem Mittagessen hatte sich die Nachricht, dass Susanne einem Sexualverbrecher zum Opfer gefallen sei, wie ein Lauffeuer in der Bank verbreitet. Polizeibeamte waren gekommen und hatten erste Vernehmungen durchgeführt. Er war als einer der Ersten befragt worden, da sie beide morgens mit dem Zug von Gießen nach Frankfurt fuhren. Er hatte erklärt, dass er seine Kollegin auf den Pendelfahrten gewöhnlich nicht sehe, da er sich im Gegensatz zu ihr keine Karte für die erste Klasse leiste. Zur Bekräftigung hatte er gleich seine Dauerkarte vorgezeigt. Auch sonst habe er keinerlei privaten Kontakt zu Frau Meister. Da außer ihnen beiden keiner aus Gießen kam, hatte niemand widersprechen können. Keiner wusste, dass Susanne bei ihm zu Hause, bei seiner Freundin gewesen war. Susanne hatte in der Bank keinerlei private Kontakte gepflegt. Ihr Privatleben schien sich, außer den wöchentlichen Treffen mit Martina, auf kurzfristige Männerkontakte zu irgendwelchen windigen Gestalten vom Typ Surflehrer sowie den verschiedensten »Exoten« zu beschränken. Nachdem er sich »als Kollege und Freund der Freundin« diesbezüglich einmal eine Bemerkung ihr gegenüber erlaubt hatte, war er in höchstem Maße abgestraft worden und hatte nach seinem Empfinden dagestanden wie ein dummer Junge.

Martina und er saßen auf dem Sofa und sahen die Sieben-Uhr-Nachrichten im Zweiten. Nach zehn Minuten wurde von dem schrecklichen Sexualmord in Gießen berichtet. Er sah, wie Martina neben ihm blass wurde, als Name und Alter des Opfers genannt und Susannes Gesicht für wenige Sekunden auf dem Fernsehschirm gezeigt wurde. »Sachdienliche Hinweise zum Mord an der 36 Jahre alt gewordenen Susanne Meister bitte an die Kriminalpolizei Gießen oder jede andere Polizeidienststelle« endete der Beitrag. Martina sagte kein Wort. Dann kam ein regelrechter Wortschwall in ungeordneter Reihenfolge, unter anderem, teils mehrfach wiederholt: »Hast du sie nicht in den Bus steigen sehen? Wie konnte das passieren? Wusstest du es schon vorher? Ich muss sofort die Polizei anrufen.« Dass er etwas damit zu tun haben könnte, schien sie noch nicht in Betracht zu ziehen. Aber die Polizei durfte sie auf gar keinen Fall anrufen. Wie konnte er das verhindern? Er musste ihr alles erklären. Sie konnten gemeinsame Sache machen. Sie wollte doch auch ein Leben in Luxus und ohne Sorgen. Aber sie war nicht der Typ dazu. Sie war zu weich. Nicht umsonst hatte er ihr bis heute noch nichts gesagt. Im Grunde war sie nie die Richtige für ihn gewesen. Aber es war so bequem, sie war so unkompliziert und auf ihre Weise anspruchslos. Doch er musste jetzt schnell handeln: Mit einem Faustschlag in die Schläfenregion streckte er die immer hysterischer werdende Frau nieder. Sie sackte vom Sofa zu Boden und landete auf dem Rücken. Er stürzte sich auf sie. Mit beiden Händen ergriff er ihren Hals, drückte zu und lehnte sich mit seinem ganzen Gewicht darauf. Es knackte unter seinen Händen. Er drückte weiter, immer weiter, wie lange wusste er nicht mehr. Irgendwann schmerzten seine Hände. Er legte sich einen Moment daneben, verschnaufte. Dann tastete er: kein Puls, keine Atmung – wie gestern Abend. Er sah ihr ins Gesicht: es war aufgedunsen und hatte überall feine rote Punkte. Wieder empfand er nichts. Sein Kopf war regelrecht leer.

Die Gedanken begannen zurückzukommen: Es gab dann eben einen weiteren Sexualmord in dem sonst so langweiligen Gießen. Die Polizei hatte es ab jetzt mit einem Serientäter zu tun, der schon mindestens drei Frauen auf dem Gewissen hatte. Aber schnell verwarf er diese Idee wieder. Er würde im Zentrum stehen. An seiner Person führte ermittlungstechnisch kein Weg vorbei. Nein, er musste Zeit gewinnen. In dem Moment fiel ihm das furchtbare Monstrum ein: die Kühltruhe. Sie nahm zwei Drittel des Bodens der Speisekammer ein. Martina hatte sie unbedingt »gebraucht«. Beim Aufstellen hatte er die Griffe und die Scharniere des Deckels zwischenzeitlich abschrauben müssen, um sie durch die Tür in den engen Raum zu transferieren. Das Problem war nur, sie war rappelvoll. Hätten sie eine ganze Kühlkammer gehabt, Martina hätte auch sie bis zur Decke gefüllt. Aber es war leichter, handelsübliches Gefriergut zu entsorgen als menschliche Überreste.

Er räumte die Truhe bis zum Boden leer. Dann schleifte er die Leiche an den Beinen zur Vorratskammer. Mein Gott, Susanne war dagegen federleicht wie ein Engel gewesen. Es bedurfte all seiner Kraft, den leblosen Körper über den fast neunzig Zentimeter hohen Truhenrand zu wuchten. Es erschien ihm als nahezu unmenschliche Anstrengung.

Danach füllte er die Truhe bis oben hin mit den Paketen und Beuteln, bis man von der Leiche nichts mehr sah. Es war vollbracht. Jetzt musste er erst einmal nach draußen, frische Luft schnappen. Er zog den Mantel an und steckte eine Packung Spinat und ein Paket Grillburger von dem noch zahlreich in der Badewanne zwischengelagerten Gefriergut in die Tasche, um sie unterwegs zu entsorgen. So würde er in den nächsten Tagen auch mit dem Rest verfahren. Um den Lachs wäre es allerdings schade, dachte er, den könnte er eigentlich noch heute Abend zubereiten.

Die abendliche Luft war eine Wohltat. Er fühlte sich frei. Dennoch wusste er, es war aus. Aus und vorbei! Er hätte gerne noch fünf oder zehn Jahre so weiter gemacht. Seit der Einführung des Euro hatte es sich sozusagen doppelt gelohnt. Aber es half nichts, das Spiel war zu Ende. Es bestand höchste oder genau genommen zweithöchste Alarmstufe. Der Notfallplan war schon lange vorbereitet. Er war gut, vielleicht oder hoffentlich sogar perfekt. Dass es letztlich so schnell gehen würde, hatte er allerdings nicht für möglich gehalten. Andererseits blieb ihm in der aktuellen Situation unerwartet viel Zeit, die Vorbereitungen abzuschließen und den Notfallplan zu realisieren. Den Rest des Weges zermarterte er sich wieder den Kopf, wie viel Geld ihm durch die Lappen gehen würde. Er rechnete seine Verluste Jahr für Jahr aus. Nach einiger Zeit durchzuckte es ihn wie ein Blitz: Die Übernahmeverhandlungen! Ihm wurde klar, dass seine Verlustrechnungen das wahre Ausmaß der Katastrophe gar nicht fassen konnten.

Lutz Meier, der erfahrene Kriminalhauptkommissar, war stinksauer. Das war gestern ein Wochenanfang gewesen! Schon jetzt hatte er es satt, ständig über den »Serientäter«, den »Sexualmörder von Gießen« zu lesen und in allen Nachrichten zu hören. Und dabei wurde er alle 5 Minuten vom Pressesprecher der Polizei und verschiedenen ihm persönlich bekannten Reportern angerufen. Ob es ermittlungstechnisch eine so gute Idee gewesen war, die Identität des Opfers trotz unmittelbarer Klärung anhand der mitgeführten Papiere bis zum Abend zu verheimlichen, mochte dahingestellt bleiben. Aber der neue Fall war anders.

Damals, vor genau fünf Monaten, war das Opfer eine 24-jährige Studentin gewesen. Sie war in der Nähe des Neuen Friedhofs vergewaltigt und danach erwürgt worden. An der Leiche waren heftige Kampfspuren zu sehen gewesen. Außerdem hatte man Sperma in ihrer Scheide gefunden und ein DNA-Muster herausbekommen, das nachweislich nicht von ihrem Freund stammte. Der für derartige Fälle übliche »Massen-DNA-Test« war erfolglos geblieben. Einen solchen Fall hat man nicht gerne ungelöst – allein der Gedanke, dass der Täter noch frei herumläuft! Und die Sache von vorletzter Nacht: ein stadtbekannter »Penner« hatte die Leiche frühmorgens gefunden – fast ein Wunder, dass er sich überhaupt bei der Polizei gemeldet hatte. Meier glaubte nicht, dass es derselbe Täter war, auch wenn die lokale Presse ihre Sensation des Jahrzehnts haben wollte. Das passte alles nicht zusammen. Das aktuelle Opfer war deutlich älter, berufstätig, hatte keine Veranlassung, keine Zeit, sich nachts herumzutreiben. Sie musste am nächsten Tag früh aufstehen, hätte eine ganze Arbeitswoche vor sich gehabt. Es war jetzt November, wesentlich ungemütlicher draußen. Damals war es Juni gewesen, eine lauwarme Nacht. Die Studentin hatte Cannabis, Valium und Kokain im Blut gehabt und zudem 0,4 Promille Alkohol. In ihren Haaren hatte man noch alles Mögliche gefunden in Mengen und Verteilungen, die darauf hindeuteten, dass sie in den letzten acht Monaten ihres Lebens so ziemlich alles an Drogen ausprobiert hatte.

Susanne Meister hatte 0,9 Promille Alkohol im Blut. Bei den Drogen würde nichts kommen, das wusste er. Sie war erdrosselt worden. Abwehrverletzungen gab es nicht. Es fanden sich auch keine Zeichen eines stattgefundenen Geschlechtsverkehrs. Nach der Spurensicherung wurde ihr Körper bis zur endgültigen Lage noch etwa 12 Meter geschleift. Die Zeugenbefragungen waren eine mittlere Katastrophe: Weder die Mitbewohner des Hauses in der Bahnhofstraße noch die Arbeitskollegen der Frankfurter Bank »DigEst« hatten irgendeinen privaten Kontakt zu dem Opfer gehabt. Es schien, als habe Frau Meister gar keinen Bekanntenkreis gepflegt. Was stellte sie in ihrer Freizeit an? Gut, die Freizeit reduziert sich, wenn man täglich nach Frankfurt pendelt. Angeblich soll sie viel und weit in der Welt herumgereist sein. Mehrere Hausbewohner deuteten häufig wechselnde Beziehungen zu Männern an. Dabei habe es sich unter anderem um »Neger«, »Rastamänner«, »Scheiche« und andere »exotische Typen« gehandelt. Meier hatte jedoch keinen einzigen Namen herausbekommen.

Er war ratlos. Es war verrückt: von allen bislang vernommenen Personen hatte der ebenfalls in Gießen wohnende Kollege der getöteten Susanne Meister am nächsten gestanden. Und der fuhr nicht einmal gemeinsam mit ihr zur Arbeit: in dem Portemonnaie am Tatort hatte man tatsächlich eine Pendler-Fahrkarte für die erste Klasse gefunden. Dennoch war er nach dem kläglichen aktuellen Stand der Haupt-Tatverdächtige in dieser Mord-Sache und es reichte faktisch nicht einmal für eine Hausdurchsuchung oder Beschattung, geschweige denn für eine U-Haft. Sowohl sein Verstand als auch sein Gefühl sagten ihm, dass er zumindest mehr wusste, als er bei seiner ersten Vernehmung in der Bank ausgesagt hatte. Er musste ihn noch einmal befragen, am besten gleich jetzt. Er wählte die Nummer seiner Gießener Wohnung. Es war 19.30 Uhr. Keiner nahm ab. Er versuchte es in der DigEst-Bank, aber in der Telefon-Zentrale lief nur ein Band »… außerhalb unserer Geschäftszeiten …«. Zwei weitere Versuche mit der Privatnummer im Verlauf des Abends blieben erfolglos. Der Kriminalist loggte sich in die Datenbank des Einwohnermeldeamtes ein und stellte überrascht fest, dass in der Wohnung des Verdächtigen eine weitere weibliche Person gemeldet war. Es erschütterte ihn immer wieder, wenn ihn seine Menschenkenntnis derart im Stich ließ: Er hätte schwören können, dass dieser Typ alleine lebte. Er war der typische Einzelgänger, für den es nur den Job und allenfalls noch seine Briefmarkensammlung gab.

Am nächsten Morgen erreichte er ihn endlich an seinem Arbeitsplatz: »Meier hier, von der Kripo in Gießen. Hätten Sie heute Abend für ein kleines Gespräch Zeit?« Er bejahte dies. »Wäre es Ihnen recht, wenn ich Sie gegen acht in Ihrer Wohnung besuche?« Sein Gegenüber zögerte einen Moment, antwortete dann aber mit fester Stimme: »Das ist gut, bis dahin müsste ich auf jeden Fall da sein.« Dann fragte der Ermittler: »Ach übrigens, wer ist Frau Martina Reiter?« Die Pause auf der anderen Seite schien noch etwas länger zu dauern als bei der vorherigen Antwort, dann hörte er: »Das ist meine Lebensgefährtin.« Also doch, seine Menschenkenntnis lebte davon, ab und zu widerlegt zu werden. »Ist sie denn heute Abend auch zu Hause?« Der Bankangestellte meinte »sie müsste eigentlich da sein oder zumindest etwas später dazukommen. Ich kann ihr ja vorher Bescheid sagen, damit sie rechtzeitig kommt.«

Der Kommissar betrat das gepflegte vierstöckige Haus in

der ehemals berüchtigtsten Gegend Gießens. Sein Ziel war die Wohnung im dritten Stock links. Kurz nach Betätigen der Klingel summte bereits der Türöffner und er kam ins Treppenhaus. Von oben rief eine nahezu freudig erregte Männerstimme »Kommen Sie nach oben, bis in den dritten Stock«. Freundlich streckte ihm der Mann seine Hand entgegen. Die »graue Maus« kam ihm jetzt viel sympathischer vor als in der Bank. Er trug Jeans, ein T-Shirt und Pantoffeln. Die Wohnung war gut geheizt. Von der Einrichtung her merkte man, dass eine Frau hierin wohnte, zahlreiche Deko-Artikel wiesen darauf hin. Durch einen kleinen Flur betrat man das Wohnzimmer. Sein Gastgeber wies ihm einen bequemen Sessel zu und setzte sich selbst auf das Sofa. Auf dem Couchtisch standen eine Kanne Kaffee mit drei Tassen, eine Flasche Wasser mit drei Gläsern sowie zwei offensichtlich gut gekühlte Flaschen »Jever«. Er sagte: »Bitte, greifen Sie zu«, öffnete ein Bier und trank einen großen Schluck direkt aus der Flasche. Wie unfair – seine Lieblingssorte und er war im Dienst. Im Grunde genommen war es ja lange nach Feierabend und ein Kleines konnte er sich schon leisten. Danach würde er mit Kaffee weitermachen. Also nahm auch er sich eine Flasche und den Öffner. Doch es kam wie es kommen musste. Nachdem der Hausherr seine Flasche geleert hatte, ging er in die Küche und kam mit zwei neuen wieder. Wie selbstverständlich trank der Polizist auch seinen letzten Schluck aus und gab mit Gestik und Mimik zu verstehen, dass er nichts dagegen einzuwenden hätte, wenn auch ihm noch eine Flasche zuteilwürde.

Gegen zehn schaute Meier auf die Uhr und erschrak innerlich. Jeder von beiden hatte bis dahin sechs Flaschen getrunken. Zwischenzeitlich hatte sich der Ermittlungsbeamte richtig entspannt gefühlt, so als säße er mit einem Kumpel zusammen. Sein Gegenüber war ein Außenseiter, wie er, das verband ihn mehr als er wollte mit diesem Mann, der eigentlich sein einziger Verdächtiger in einem brisanten Mordfall sein sollte. Bis dahin hatte er nichts Handfestes erfahren. Man unterhielt sich über Dieses und Jenes. Ihm war aufgefallen, dass im Bücherregal sehr viel spanische Literatur vorhanden war. Sein Mitzecher erzählte ihm begeistert, dass er vor sechs Jahren begonnen habe, Spanisch zu lernen und die Sprache jetzt so gut beherrsche, dass er die gängige Literatur verstehe, wobei er die südamerikanischen Autoren bevorzuge. Er hatte immer wieder ein paar Sätze auf Spanisch gesprochen und auf Wunsch jede Redewendung seines Gegenübers in die an Sommer und Sonne erinnernde Sprache übersetzt. Der Kommissar war beeindruckt. Doch ihm fiel auf, dass die Dame des Hauses gar nicht erscheinen wollte. Ihr Lebensgefährte griff darauf angesprochen zu seinem Handy und wählte. Nach einem kurzen, einsilbigen Gespräch sagte er: »Sie lässt sich entschuldigen. Die Kasse stimmt nicht und es ist noch kein Ende abzusehen. Sie hat aber versprochen, morgen um spätestens halb acht zu Hause zu sein. Wenn es Ihnen nichts ausmachen würde …« »Ja ist schon gut«, sagte der Ermittler. Es eilte an und für sich auch nicht besonders. »Wo arbeitet Ihre Frau … Ihre Lebensgefährtin eigentlich?« Die beiden waren angeblich seit mehr als sieben Jahren zusammen. Dem Banker schien der Versprecher gar nicht aufgefallen zu sein: »Sie ist hier in Gießen bei Karstadt beschäftigt, als Abteilungsleiterin«.

Um viertel vor elf verabschiedete sich der Kriminalhauptkommissar mit einem festen Händedruck von seinem »neuen Freund« und sagte »bis morgen Abend«. Er konnte nicht ahnen, dass er ihn für sehr lange Zeit zum letzten Mal gesehen hatte. An der Straße wartete zufällig ein Taxi, das ihn nach Hause fuhr.

Genau wie 24 Stunden zuvor drückte er die Klingel in der Weststadt. Aber diesmal ließ das Geräusch des Türöffners auf sich warten. Er klingelte ein zweites, ein drittes Mal – keine Reaktion. Vielleicht war die Klingel kaputt. Er klingelte bei einem andern Namensschild – ebenfalls keine Antwort. Als er eine weitere Klingel betätigte, hörte er das vertraute Summen des Öffners. Er war allerdings so überrascht, dass er es gerade noch schaffte, die Tür mit dem Fuß einen Spalt weit auf zu treten. So gelangte er zumindest ins Treppenhaus. An keiner der Wohnungstüren rührte sich etwas. Er ging in den dritten Stock und betätigte den vor der Wohnungstür befindlichen Schalter. Er hörte das Klingelgeräusch aus der Wohnung. Danach wurde ihm genau so wenig wie nach seinem lauten Klopfen an die Tür geöffnet. Die beiden leitenden Angestellten hatten sich bestimmt noch nicht von der Arbeit loseisen können. Mist, er hatte die Handy-Nummer nicht dabei. Vielleicht hatte er eine Nachricht bei ihm im Präsidium hinterlassen. Er würde heute einfach früh schlafen gehen. Die letzten Tage waren mehr als anstrengend gewesen.

Am Freitagmorgen erwachte er mit dem unguten Gefühl, dass etwas schief gelaufen war. Er schwor sich, dass er sie heute beide auf dem Präsidium vernehmen werde, auch wenn er ihnen ein blau-silbernes Taxi schicken musste. So etwas wie gestern Abend würde ihm definitiv nicht wieder passieren. Er musste sich eingestehen, dass der Abend davor aus kriminalistischer Sicht auch nicht ideal verlaufen war. Im Präsidium hoffte er auf eine Nachricht von gestern Abend, vergeblich. Als er bei der »DigEst-Bank« anrief, erfuhr er, dass der Leiter der Buchungsabteilung heute unentschuldigt nicht zur Arbeit erschienen war. Er rief bei ihm zu Hause an und ließ es bis zum Besetztzeichen klingeln. Auch sein Anruf auf dem Handy wurde nicht angenommen. Dann rief er bei

Karstadt an und wollte die Abteilungsleiterin Frau Martina Reiter sprechen. Ihm wurde mitgeteilt, dass in der Gießener Filiale die genannte Abteilungsleiterin nicht existiere. Aber es gebe eine Verkäuferin dieses Namens. Folglich verlangte er sie zu sprechen. Nach einigen Minuten »Jingle Bells« aus dem Telefonhörer sagte ihm eine freundliche Dame aus der Personalabteilung, dass Frau Reiter seit vorgestern krank geschrieben sei. Bei der Gelegenheit ließ sich der Kriminalist Adresse und Geburtsdatum der Frau Reiter mitteilen und musste die Übereinstimmung feststellen. Außerdem erfuhr er, von welchem Arzt die Krankschreibung ausgestellt worden war und dass sie per Fax vom Anschluss des Arztes aus zur Personalabteilung des Kaufhauses gelangt war. Sofort schickte er einen Streifenwagen in die Weststadt zur Wohnung des Paares. Er selbst machte sich auf den Weg zum Hausarzt.

Der 54-jährige Allgemeinmediziner saß vor ihm wie ein Häufchen Elend. »Sie haben den gelben Schein ausgefüllt, ohne die Patientin gesehen zu haben?« Der Arzt erwiderte kleinlaut: »Ihr Lebensgefährte, übrigens seit Jahren Patient bei mir, rief am Mittwoch früh morgens an und bat um eine Krankschreibung für Frau Reiter. Sie schlafe gerade. Sie brauche eine Woche. Außerdem gab er mir die Fax-Nummer ihres Arbeitgebers durch und bat mich, die Krankschreibung direkt dorthin zu faxen. Das Original liegt noch hier und wurde bislang nicht abgeholt. Ich weiß, dass sowas nicht richtig ist. Aber der Mann ist Privatpatient. Ich brauche jeden zum Überleben. Ich habe mich erst vor 15 Jahren niedergelassen.« Meier wusste nicht, ob er lachen oder weinen sollte. Draußen auf dem Parkplatz, direkt neben dem Eingang, hatte er einen Porsche 911 Cabriolet mit den Initialen des Mediziners auf dem Nummernschild gesehen. Aber das war ihm im Grunde alles einerlei. Was hatten die beiden vor? Am Mittwoch war er doch in der Wohnung gewesen. Wo hatte sie sich versteckt und warum? Er nahm sich nebenbei vor, ein Verfahren gegen den Arzt wegen Ausstellen eines falschen Gesundheitszeugnisses anzuleiern, wusste aber, dass er es vergessen würde.

Zurück im Präsidium erhielt er die schon erwartete Nachricht von der erfolglosen Tour des Streifenwagens. Wo waren die beiden? Trotz der verfahrenen Situation brauchte er erhebliche Überredungskunst, die Wohnungsöffnung und Hausdurchsuchung beim zuständigen Staatsanwalt durchzubekommen. Um Punkt 12 Uhr standen sie mit vier Kollegen, dem örtlichen Schlüsseldienst und vorgehaltener Waffe vor der Wohnungstür. Auch diesmal hatte auf Klingeln und Klopfen niemand reagiert. Nach den letzten lauten »Hier spricht die Polizei«-Rufen wurde das Schloss sanft geknackt. Wie im Sturm durchkämmten die vier Kriminalbeamten die Wohnung. Es war offensichtlich niemand da. In Flur und Wohnzimmer hatte sich seit vorgestern Abend nichts verändert. Im Bad fehlte die elektrische Zahnbürste samt Ladestation. Das Schlafzimmer hatte er zuvor noch nicht gesehen: Die eine Wand war mit 3,50 Meter Schrank zugebaut. 2 Meter waren mit weiblichen und 1,50 mit männlichen Kleidungsstücken befüllt. Im männlichen Teil klafften immer wieder Lücken. Es fiel auf, dass kaum Sommerkleidung vorhanden war. Beispielsweise waren weder kurzärmlige Hemden noch T-Shirts zu sehen. Hatte er sie in der kalten Jahreszeit woanders zwischengelagert? Die Seite der Frau war prall, fast zum Bersten gefüllt. »Flucht in ein warmes Land, mit spanischer Landessprache, am ehesten Südamerika« dachte Meier laut. »Gebt sofort eine Fahndung für die beiden raus! Wir müssen alle europäischen Flughäfen checken. Wir gehen alle Passagierlisten durch. Die Spurensicherung soll die Wohnung auf den Kopf stellen.«

Um 16 Uhr saß die zwischenzeitlich gebildete SOKO »Sexualmörder« zum ersten Mal zusammen – und das an einem Freitagnachmittag. Alle Anwesenden hatten die Pläne für ihr Wochenende bereits beerdigt. Die Suche nach den beiden Namen des Gaunerpärchens an allen Flughäfen war bislang erfolglos geblieben. Die Wohnungsdurchsuchung war ebenfalls enttäuschend verlaufen: Von dem Diplom-Kaufmann waren keinerlei persönliche Unterlagen vorhanden, keine Zeugnisse, Diplome, rein gar nichts. Zwei Schreibtischschubladen waren völlig leer, wohingegen die übrigen allen möglichen Krimskrams beherbergten. Von Frau Reiter waren dagegen alle Dokumente von den Grundschulzeugnissen bis zur Risikolebensversicherung vorhanden. Meier fiel es wie Schuppen aus den Haaren: Die Sache mit der gemeinsamen Flucht passte doch hinten und vorne nicht. »Wir müssen sofort noch einmal in die Wohnung«. Da war noch was. Er hatte es bei dem Sturm mit der Waffe nur beiläufig wahrgenommen. Aber als praktisch veranlagter Mensch war ihm trotz der angespannten Situation mit potenzieller akuter Gefahr die Frage durch den Kopf geschossen, wie diese riesige Tiefkühltruhe in die kleine Speisekammer gekommen war. »Habt ihr die Tiefkühltruhe untersucht?« fragte er das Spurensicherungsteam. Ein Kriminaltechniker antwortete: »Die war bis zum Deckel gefüllt mit Gefriergut. Weitere Unterlagen haben wir dort nicht erwartet, da haben wir den Deckel wieder zugeklappt. »Ich erwarte etwas ganz anderes« sagte der frisch ernannte SOKO-Leiter.

Meier im Ganzkörperkondom, Einmalhandschuhen und Mundschutz hob höchstpersönlich den Deckel an. Neben ihm hatte nur noch der Leiter der Spurensicherung in dem engen Raum Platz. Der Kommissar reichte die ersten Pakete weiter. Man hatte eine Kette bis zur Badewanne gebildet. Plötzlich durchzuckte es ihn: Eine Hand mit rot lackierten Fingernägeln. »Hab ich mir's gedacht!« rief er aus und wühlte wie besessen die Pakete bis auf das letzte aus dem kühlen Grab. Der Rest der Menschenkette hatte noch gar nichts mitbekommen. Dann verbreitete sich die Neuigkeit unter den anwesenden Beamten: In der Tiefkühltruhe befand sich zweifelsfrei die Leiche der Martina Reiter. Zum direkten Vergleich gab es genügend Fotos in der Wohnung.

Für Meier gab es jetzt hier nichts mehr zu tun. Er würde den Fundort dem LKA überlassen müssen. Es war jetzt fast 18 Uhr. Bis die aus Wiesbaden hier waren, konnten locker ein bis zwei Stunden vergehen, vielleicht auch noch länger: Die Beamten hatten Bereitschaft und mussten aus dem gerade angefangenen Wochenende geholt werden. Dann war auch noch die Rechtsmedizin zu verständigen. Für ihn war die Sache auf einen Blick klar, er hatte die Male am Hals und die punktförmigen Blutungen im Gesicht gesehen: Martina Reiter war erwürgt worden. Es machte keinen Sinn hier herumzustehen. Nein, die Wohnung würde vom LKA in Beschlag genommen werden. Morgen früh würde die Obduktion in der Rechtsmedizin stattfinden, wenn die Leiche bis dahin aufgetaut war. Eine Kollegin und einen Kollegen ließ er am Fundort zur Kommunikation mit dem LKA und dem Staatsanwalt. Die beiden sollten auch morgen an der Obduktion teilnehmen. Mit dem Rest der SOKO hatte er etwas anderes vor. Er telefonierte kurz mit seinem Schulfreund Klaus. Der war beim BGS und Sicherheitschef auf dem Frankfurter Flughafen. Es war seiner Meinung nach die naheliegendste Variante, dass sich der Täter über Frankfurt aus dem Staub gemacht hatte.

Er schickte alle Beamten los zum Flughafen. Er selbst musste noch einen kleinen Abstecher in die Anthropologie machen. Hoffentlich war sie noch da. Es war immerhin Freitagabend. Aber als er ankam, sah er erleichtert Licht in ihrem Zimmer brennen. Frau Dr. Katz öffnete die Tür. Sie war eine der wenigen echten forensischen Anthropologinnen in Deutschland. Ein Glück, dass sie in der Nähe war. Er wüsste gar nicht, was er anstellen sollte, wenn die Uni die Anthropologie schließen würde. Dieses Damoklesschwert schwebte schon länger über dem alten Gebäude. Er begrüßte sie mit »Guten Abend, Frau Doktor, haben Sie heute Abend schon was vor?« Sie schien überrascht und vielleicht sogar ein wenig erschrocken angesichts dieser vermeintlichen Offerte. Gut, er war nicht so ganz ihr Typ, dass wusste er. Er arbeitete aber sehr gerne mit ihr zusammen und hatte das Gefühl, dies beruhe auf Gegenseitigkeit. Er schob direkt nach »Wir brauchen Sie unbedingt heute Abend, vielleicht auch Nacht …« »Das ist etwas problematisch«, sagte sie. »Ich habe morgen von acht bis zwölf ein Seminar und wir können das nicht verschieben. Das Semester ist zu eng gedrängt und die Studenten brauchen den Schein«. »Kann denn das niemand für Sie übernehmen?« fragte der Kriminalist. »Doch, vielleicht mein Chef. Aber ob der am Samstagmorgen so früh …« »Versuchen Sie es einfach, bitte, wir haben es eilig«, unterbrach er sie. Sie wählte eine Nummer und begann mit Engelszungen auf ihr Gegenüber einzureden. Das Gespräch schien sich irgendwie im Kreis zu drehen. Meier wurde immer ungeduldiger. Ohne dass die Wissenschaftlerin es merkte, drückte er blitzschnell den Knopf zum Mithören und aus dem Lautsprecher dröhnte: »Was interessiert mich die beschissene Polizei, seit ich Professor bin, war ich am Wochenende nicht mehr in der Uni, und das wird sich in meinen letzten Jahren auch nicht mehr ändern!« Meier riss ihr den Hörer aus der Hand und brüllte hinein: »Hier spricht Kriminalhauptkommissar Meier. Frau Dr. Katz wird morgen keinen Unterricht abhalten, sie ist soeben als Sachverständige benannt worden. Sie werden morgen um 8 Uhr hier sein, sonst werden Sie von mir ein Verfahren wegen Verunglimpfung der Polizei mit dazugehörigem Disziplinarverfahren nach dem Beamtengesetz an den Hals kriegen, haben Sie das verstanden?« Von der anderen Seite kam zunächst nur ein schweres Atmen. Dann erklang recht kleinlaut: »Bitte entschuldigen Sie, ich habe das nicht so gemeint. Es geht natürlich klar, ich meine, wenn es so wichtig ist. Es ist kein Problem. Natürlich werde ich morgen das Seminar übernehmen.« Meier legte auf und sagte zu der Anthropologin: »Ich hoffe, Sie werden durch meinen Auftritt keine allzu großen Nachteile bekommen.« »Schlimmer als es jetzt schon ist, kann es sowieso nicht mehr werden«, antwortete sie zynisch.

Unterwegs unterrichtete er sie über den Fall und den aktuellen Stand der Ermittlungen. Im Flughafen gingen sie in einen Raum hinter dem Kontrollzentrum, der vollgestopft mit Monitoren, Videorecordern, Computern und sonstiger Technik war. Die SOKO war bereits anwesend und hatte sich alle Aufzeichnungen sämtlicher Überwachungskameras des gesamten Flughafens vom gestrigen Donnerstag heraussuchen lassen. Auf einem großen Tisch in der Mitte des Raumes stapelten sich VHS-, 8mm-, Beta- und MiniDV-Kassetten, CDs, DVDs und Festplatten. Von einem einheitlichen System konnte nicht die Rede sein. Meier holte eine CD aus seiner Tasche. Hierauf waren alle bislang verfügbaren aktuellen Fotos des Gesuchten gespeichert. Frau Dr. Katz packte ihr Notebook aus. Sie hatte anscheinend alle halbe Jahre ein anderes: immer das neueste, schnellste und gleichzeitig kleinste auf dem Markt. Sie hatte sich bereits einen ungenutzt herumstehenden Monitor mit angestöpselt, um den Desktop zu erweitern. In Windeseile stellte sie eine Bildtafel mit den charakteristischsten Aufnahmen der Person zusammen, schickte sie über Bluetooth an den im Raum befindlichen Farblaser und druckte 20 Exemplare. Die anwesenden Beamten wurden jeweils zu zweit an insgesamt 12 Videobetrachtungsgeräte mit den verschiedenen Techniken verteilt. Die Bildtafeln wurden neben den Monitoren befestigt. Glaubten sie, die Zielperson irgendwo zu erkennen, wurden von der jeweiligen Sequenz Einzelbilder gefertigt, die dann von der Anthropologin auf ihrem Rechner analysiert und verglichen wurden. Sie fand entsprechende Ausschlusskriterien, schüttelte mit dem Kopf, die beiden Beamten gingen wieder an ihren Platz und die Suche ging weiter.

Würde man den Medien Glauben schenken, hätte die ganze Arbeit allein von den Computern mit Hilfe so genannter automatischer Erkennungssysteme erledigt werden können. Solche Systeme gab es tatsächlich und die funktionierten auch, aber nur unter wunderbar standardisierten Bedingungen. In vergleichbaren Fällen wie dem vorliegenden hatten sie jedoch schon mehrfach kläglich versagt. Und Meier glaubte nicht, dass der menschliche Arbeitsaufwand jemals ersetzt werden könnte.

Es war bereits nach vier Uhr morgens. Alle hatten pausenlos durchgearbeitet. Überall standen leere Kaffeebecher herum. Frau Dr. Katz hatte grundsätzlich nach einiger Zeit mit dem Kopf geschüttelt. Aber plötzlich war sie unverhältnismäßig lange mit einer Bildfolge beschäftigt. Nach weiteren zehn Minuten sagte sie »Der könnte es sein, ich kann keine Ausschlussmerkmale finden. Diesmal war auch Meier sich sicher, wenngleich er es ein gutes Dutzend mal zuvor auch schon war. Die Videosequenz zeigte einen mittelalten Mann, der gerade aus der Halle mit den Check-In-Schaltern ging. Entscheidend war die Uhrzeit: Es war 15.37 Uhr und 17 bis 19 Sekunden. Meier sagte mit erhobener Stimmer, wobei er von zahlreichen müden Augenpaaren angeschaut wurde: »Wir konzentrieren uns auf die Kameras im Abflugbereich zwischen 15.45 und 18 Uhr!« Gegen viertel vor acht war es dann endlich soweit: Nach zahlreichen weiteren Fehlversuchen nickte die Anthropologin endlich wieder. Es war die Kamera von Abflughalle B27. Auch die Kleidung stimmte mit dem vorherigen Bild überein. Meier rief: »B27 um 17.05 Uhr – welcher Flug war das?« Der anwesende BGS-Beamte war kurze Zeit an einem Terminal beschäftigt und antwortete knapp: »Bogota«. »Scheiße«, entfuhr es Meier, »die Hauptstadt von Kolumbien. Schlimmer hätte es kaum kommen können! Haben Sie die Passagierliste?« Der Grenzschützer erwiderte: »Kommt schon da aus dem Drucker« und wies mit der Hand nach links. Der Kriminalhauptkommissar ergriff die Liste und stellte fest, dass sogar zwei Giessener darunter waren. Die Maschine war nicht voll belegt – 116 Passagiere. »Jeder übernimmt 5 Namen und checkt sie ab« befahl der Leiter der SOKO, »heute Nachmittag um 16 Uhr treffen wir uns im Präsidium.

Kaum 8 Stunden später saßen alle wieder beisammen, nur diesmal wieder im Gießener Polizeipräsidium und ohne Frau Dr. Katz. Alle hatten ihre Hausaufgaben erfüllt: Es gab auf der Liste nur einen Passagier, den es nicht gab, d. h. zumindest dessen Namen oder Adresse waren unbekannt. Es war einer der beiden Gießener. Den Namen Fritz Strasser hatte das ältere Ehepaar in dem gemütlichen Einfamilienhaus am Schwanenteich noch nie gehört. Alle Versuche, diesen Namen anderweitig zu ermitteln waren ins Leere gelaufen.

Es stand also fest: der Herr Abteilungsleiter der DigEst-Bank hatte den Namen Fritz Strasser angenommen und war mit dieser Identität nach Südamerika geflohen. Die Fahndung über Interpol wurde angeleiert, und die SOKO konnte nach fast genau 24 Stunden wieder aufgelöst werden.

Meier hatte fast den ganzen Sonntag verschlafen. Er saß am Montagmorgen mit Katerstimmung in seinem Büro. Vor einer Woche hatte der ganze Wahnsinn angefangen und war genauso schnell wieder vorbei. Die Sekretärin brachte ihm das Sektionsprotokoll von Martina Reiter herein. Er las nur das vorläufige Gutachten: »Die Obduktion der 37 Jahre alt gewordenen Frau erbrachte als Hauptbefunde die frischen Zeichen von Würgen mit Würgemalen an der Halsvorderseite, mehrfachen Brüchen von Zungenbein und Kehlkopfgerüst sowie punktförmigen Blutungen in den Augenbindehäuten und der gesamten Gesichtshaut. Weiterhin war ein frischer, kaum umbluteter Bruch des rechten Jochbeins festzustellen. Darüber hinausgehende Verletzungen, insbesondere sog. Abwehrverletzungen oder innere Erkrankungen waren nicht nachweisbar. Todesursächlich war ein Erwürgen. »Er hat ihr vorher noch einen Faustschlag versetzt, dachte Meier. Dieses Schwein! Für die Presse war jetzt alles klar: Der dreifache Sexualmörder hatte sich abgesetzt. Der Fall war vorerst für die Gießener Polizei erledigt. Meier hatte keine ernsthafte Hoffnung, den Täter jemals wiederzusehen. Sollte er sich tatsächlich in Kolumbien aufhalten, war die Interpol-Fahnung wertlos. Aus diesem korrupten Land konnte man lediglich unter Einsatz erheblicher finanzieller Mittel jemanden herausbekommen. Aber da es hier nicht um Bau-Milliarden oder Öl sondern nur um zwei unbedeutenden Morde ging, würde die Bundesregierung keinen müden Euro locker machen.

Auch seine Vorgesetzten wollten den Fall wohl vom Tisch haben: Er war heute Morgen bereits zweimal aufgefordert worden, seinen Abschlussbericht zu schreiben. Aber das war alles zu einfach. Was ihm am meisten Bauchschmerzen bereitete: Der Mörder der Studentin war immer noch ein freier Mann und wurde nicht mehr ernsthaft gesucht. Auch die Unstimmigkeiten der beiden neuen Fälle ließen ihm keine Ruhe: Welches Motiv hatte der doppelte Frauenmörder gehabt? Die Flucht schien länger, vielleicht schon seit Jahren vorbereitet, man denke nur an die neue Identität und die Spanischkurse. Die beiden Morde waren dagegen regelrecht überstürzt. Waren es komplizierte Beziehungsgefüge gewesen? Aber warum dann beide Frauen – hätte er sich eine vom Hals geschafft – das wäre nachvollziehbar. Es gab für den erfahrenen Kriminalisten nur eine Erklärung: Beide wussten etwas und es ging hier eigentlich um eine viel größere Sache, die auch zu der perfekt organisierten Flucht passte. Der Schlüssel zur Beantwortung dieser entscheidenden Frage musste in der Bank liegen. Meier nahm seine grüne Klemmbrett-Mappe von der Polizeigewerkschaft, die er immer bei Vernehmungen benutzte, um sie in seiner Aktentasche zu verstauen. Sein Blick fiel auf einen Aufkleber an der Rückseite, der etwa Mitte der 80er aktuell war: »Wie das Land so das Jever«. War das mit seiner Lieblingsbiersorte an dem Abend bei diesem Kriminellen gar kein Zufall gewesen?

Meier saß in einem dicken Ledersessel in einem nobel ausgestatteten kleinen Besprechungszimmer der »DigEst-Bank« dem geschäftsführenden Direktor Dr. Karl Michels gegenüber. Der sonnengebräunte und durchtrainiert wirkende Mittfünfziger erinnerte den Polizeibeamten an alle Vergehen, die er seinem Körper in den letzen 57 Jahren angetan hatte. Dieser Mann hatte ein wahres Pokerface, verbunden mit einer unverbindlichen Freundlichkeit. Hörte er da Relikte eines Wiener Dialekts? Nach den Angaben des Chefs war der jetzt Verschollene ein hervorragender Mitarbeiter gewesen und hatte die Buchungsabteilung seit fast 10 Jahren mit Akribie und Perfektion geführt. Mehr war nicht herauszubekommen: Keine Probleme, keine Unstimmigkeiten, kein Ärger mit Kollegen, kein Verhältnis mit Frau Meister – alles paletti, wie in einer guten Familie. Der Herr Direktor gab sich mehr als überrascht und erschüttert über die beiden seinem Mitarbeiter zur Last gelegten Morde.

Nachdem Meier auch am Dienstag mit einigen weiteren Fragen vorstellig geworden war, die ihn kein Stück weiter brachten, saß er am Mittwochnachmittag wieder im Büro des Direktors. Dieser war sichtlich genervt: »Na gut, wir haben etwas herausgefunden, das für die ganze Sache von Bedeutung sein könnte. Ich will versuchen, es Ihnen zu erklären, Sie geben ja vorher doch keine Ruhe. Es sieht so aus, als habe er über Jahre in die eigene Tasche gewirtschaftet, allerdings so, dass die Bilanzen alle stimmten.« »Wie geht denn das?«, wollte der Kriminalist sofort ungeduldig wissen. »Er hat eine übliche Praxis ausgenutzt, wonach bei Buchungen auf ein Konto nach Zinsberechnungen, Währungsumrechnungen etc. alles ab der dritten Stelle hinter dem Komma sozusagen einfach abgeschnitten wird. Diese Nachkommastellen hat er jedoch nicht unter den Tisch fallen lassen, sondern auf sein eigenes Konto verbucht.« »Welcher Schaden ist Ihrer Bank dadurch entstanden?« war Meiers logisch folgende Frage. »Es mag sich blöd anhören«, sagte der Direktor »aber im Grunde genommen und auf dem Papier keiner!« »Gut, formulieren wir es anders: Wie viel hat er beiseitegeschafft?« »Ich habe keine Ahnung« bekannte der Direktor. »Können Sie es wenigstens schätzen?« »Nur grob: Pro Buchung fallen also zwischen 0,99 Cent und einem unendlich kleinen Betrag an.« »Im Durchschnitt sind das 0,49 Cent. Wie viele Buchungen haben Sie denn pro Tag?« ergänzte der Kommissar. »Schwer zu sagen, das können bis zu mehrere Hunderttausend sein«. »Dann sind wir bei Beträgen von mehrfacher Millionenhöhe«, überschlug Meier schnell. »Da mögen sie Recht haben«, erwiderte sein Gegenüber, »allerdings hat er vor der Euro-Einführung pro Buchung nur die Hälfte kassiert. Gerade laufen Übernahmeverhandlungen, wir wollen expandieren. Gar nicht auszudenken, was er danach beiseitegeschafft hätte«.

In Meiers Kopf schwirrten die Zahlen. Dann bemerkte er: »Normalerweise geht doch dieses Geld dieser ›Rundungsfehler‹ an die Bank. Das heißt, das Geld müsste doch irgendwo gefehlt haben, es müsste doch eigentlich irgendwem aufgefallen sein.« »Sie haben wiederum völlig Recht«, erklärte der Direktor, »aber so etwas fällt nur bei Bilanzvergleichen auf. Diese gab es faktisch jedoch nicht. Als er vor fast 10 Jahren in unserer Bank angefangen hat, hatten wir gerade expandiert und alles wurde neu strukturiert. In diesem Zuge wurde die Buchungsabteilung neu eingerichtet und mit dem jungen dynamischen Diplomkaufmann besetzt, der sie noch bis vor einer Woche geleitet hat. Seit etwa 5 Jahren haben sich immer mehr Mitarbeiter gefragt, warum ein Mann mit diesen Fähigkeiten keine weiteren Ambitionen hat. Auch ich hatte mehrere Gespräche diesbezüglich mit ihm. Heute kenne ich den Grund.«

Nachdem diese Worte verklungen waren, war Meier noch ein wenig in Gedanken versunken, sagte aber dann: »Nach der Anzeige eines Wirtschaftsvergehens in derartiger Größenordnung haben wir eine echte Chance, ihn aus Kolumbien oder sonst wo aus Südamerika herauszuholen.« Der

Mann gegenüber schaute ihn ohne eine Regung an. »Ich werde gleich in das Frankfurter Präsidium fahren und einen mir gut bekannten Kollegen bitten, die Anzeige aufzunehmen«, ereiferte sich der Kriminalist. Auf dem Gesicht des anderen war noch immer keine Reaktion zu spüren, dann entgegnete er mit ruhiger Stimme: »Sie werden niemanden holen, es wird keine Anzeige geben.« Meier verstand nicht: »Wie meinen Sie das?« »Ganz einfach«, der Direktor sah ihn jetzt mit durchdringenden Augen an: »Die Sache darf unter keinen Umständen an die Öffentlichkeit kommen. Der Vertrauensverlust wäre immens, insbesondere auf internationaler Ebene, gerade im Hinblick auf unsere bevorstehende Fusionierung mit einem italienischen Bankhaus. Auch unser Vorstand wird von der Geschichte nichts erfahren.« Meier versuchte, noch einen Moment lang ruhig nachzudenken, dann kochte er über: »Haben Sie denn gar kein Verantwortungsgefühl, es geht hier immerhin um zwei Menschenleben?« Daraufhin holte der Direktor aus: »Verantwortungsgefühl? – und ob ich das habe, es geht hier immerhin um 3000 Arbeitsplätze. Und stellen Sie sich vor, wie viele Suizide folgen würden. So sehr ich es bedauere, aber dagegen treten zwei oder drei tote Frauen doch wohl ganz klar in den Hintergrund.« Für diese Rechtsauffassung hatte der Kriminalkommissar überhaupt kein Verständnis: »Sie werden Ihre Aussage machen oder Sie bekommen ein Verfahren wegen Strafvereitelung und Falschaussage an den Hals, so dass Sie Ihren Hintern für 5 Jahre auf die Holzstühle im Knast heben müssen!« »Ich sehe unser Gespräch als beendet an«, verkündete der Direktor ruhig und ohne jede Mimik. »Über das, was ich Ihnen heute erzählt habe, gibt es keine Nachweise, keine Aufzeichnungen, nichts Handfestes. Mit jeder weiteren Aktion würden Sie sich lächerlich machen und schlimmstenfalls Ihre jämmerliche Beamtenpension verlieren. Ich weiß übrigens, dass Sie sozusagen eigenmächtig ermitteln. Der Fall ist in Gießen längst abgeschlossen.« Meier verspürte einen kaum zu beherrschenden Drang, diesen Lackaffen zu verprügeln. Er wusste, dass es jetzt besser war zu gehen, ohne jede Verabschiedungszeremonie.

Auf der Rückfahrt nach Gießen sinnierte der Kriminalhauptkommissar: Globalisierung, wirtschaftliche Interessen, Profit, Marktvorteile, Arbeitsplätze – das waren die Themen der Zeit. Und sie standen über allen Dingen, anscheinend sogar über Menschenleben.

Nach etwas über dreieinhalb Jahren wurde Fritz Strasser von der örtlichen Polizei verhaftet und durch die kolumbianischen Behörden nach Deutschland ausgeliefert. Zu Anfang hatte er sich auf seiner kleinen Kaffeeplantage im Landesinneren niedergelassen und durch großzügige Spenden ein gewisses Ansehen in der Bevölkerung erlangt. Polizei und örtliche Behörden hatte er ordentlich geschmiert. Als Arbeitgeber war er beliebt. Auf seiner Plantage und in seinem Haus hatte er eine Menge Beschäftigte. Er lebte in seinem Paradies. Es war genau so, wie er es sich vorgestellt hatte. Doch eines hatte er zuvor nicht bedacht: es gab einen Gedanken, der ihn Tag für Tag heftiger quälte. Er konnte es einfach nicht ertragen, dass sein Geld langsam aber stetig abnahm. Wenn die Vernunft die Oberhand gewann, rechnete er sich aus, dass es nach seiner bisherigen Buchführung mindestens 270 Jahre dauern würde, bis das Kapital vollständig aufgebraucht wäre. Trotz dieser Gewissheit fasste er eines Tages den folgenschweren Entschluss, sein Vermögen wieder zu vermehren. Dies gelang ihm auch hervorragend, im Nachhinein zu gut: Ohne jede Skrupel stieg er in das Drogengeschäft ein.

Eine Strafverfolgung fürchtete er nicht, denn alle Staatsbeamten, die er kannte, standen auf seiner Gehaltsliste. Doch er hatte nicht ernsthaft genug bedacht, dass es schwergewichtige Konkurrenten in dem Geschäft gab. So kam es, dass einer der Kartellführer den zuständigen Beamten ein Angebot unterbreitete, dass alle bisherigen Zuwendungen durch den »Deutschen« um ein Vielfaches in den Schatten stellte. Seine Privatarmee erhielt eine stattliche »Abfindung«, so dass er ohne Widerstand festgenommen werden konnte.

End-Scheidung

Von Carla Bramming

Stellt das Gericht fest ...«, das Gericht stellt immer etwas fest, sagte sich Ulf Hettner, sie müssen das tun, dafür werden sie bezahlt.

»... eine Einigung zu diesem Zeitpunkt nicht mehr erzielt werden kann ...«

Eine Einigung! Ach, wenn ihr wüsstet! Eine Einigung! Fast hätte Ulf Hettner laut gelacht, ein schrilles Lachen wäre es geworden, schrill und hysterisch. Nein, er hatte sich schon wieder im Griff. Niemand würde es verstehen, oder schlimmer noch, vielleicht würde es am Ende noch jemand verstehen. Das wäre das Schlimmste.

»... hat das Gericht auch in Einzelgesprächen ...«

Einzelgespräche, ja, auch das hatte er hinter sich, hatten sie hinter sich. Macht ein Ende! Macht ein Ende! dachte Ulf Hettner. Gerne hätte er zu Svenja hinübergesehen, aber auch das durfte er nicht. Er musste auch gar nicht hinübersehen, er sah sie vor seinem geistigen Auge, verhärmt, verheult, von der Schönheit, die sie noch vor ein paar Jahren gewesen war, konnte man beim besten Willen nichts mehr entdecken. Außerdem musste er wirklich nicht hinübersehen, stattdessen konnte er sie schluchzen hören. Sie war immer so stark gewesen, aber damit war es in letzter Zeit nicht mehr viel her, und nun saß sie da drüben und schluchzte, hemmungslos, haltlos, und das war gut so.

»... dass die Ehe der Eheleute Svenja Hettner, geborene Jung, und Ulf Hettner ...«

Kommt es jetzt endlich, fragte er sich, was ist denn eigentlich die entscheidende Formel? Wenn jetzt eine Bombe auf das Amtsgericht Gießen fällt, und nur das Tonband, auf das die Richterin spricht, bleibt erhalten, gilt es dann schon?

»... wird mit Wirkung vom heutigen Tage geschieden ...«

Das war es. Das musste es sein. So wie das ›Ich will‹ bei der Hochzeit. Unwillkürlich horchte er hinüber, ob Svenjas Geheul sich aufbäumte, aber das war nicht der Fall. Wozu auch, sagte er sich, sie hat im Grunde recht. Die Sprachformel war ein notwendiges Übel, sie war die Folge all dessen, was sich vorher abgespielt hatte, sie war die Quintessenz allen Schmerzes, aber sie war nicht die Ursache. Frauen sehen emotionale Dinge klarer, sagte sich Ulf Hettner. Und wusste im selben Augenblick, dass die Emotionalität der Frauen dieses Leid nicht zu bändigen, nicht zu handhaben, ja, nicht einmal zu lindern vermochte. Diese Angelegenheit, das sagte ihm sein männlicher Verstand, war nur durch einen harten Schnitt zu lösen. Und ja, verdammt! Dieser Schnitt war härter als alles, was er bislang in seinem jämmerlichen Leben getan hatte! Aber es ging nur so, nur so, nur so. Er wiederholte das ›Nur so‹ im Kopf wie ein Mantra, es verfiel in einen Rhythmus, zunächst mit der Betonung auf ›nur‹ dann verlagerte es sich auf ›so‹ und schließlich bauten die Rhythmen komplexere Strukturen, schufen Synkopen und er verlor sich in Wiederholung und Rhythmus, es tat gut, oder nein! Der Schmerz ließ nach, nur der Schmerz ließ nach, aber das tat gut.

»Herr Hettner? Herr Hettner?«

Irgendjemand wollte etwas, von ihm. Nein, sagte er, ich will nicht. Ich will nicht wieder hinaus in diese Welt, diese böse Welt, ich will hier bleiben, gefrieren, schlafen, erstarren, aber ich will nicht wieder hinaus. Nicht wieder hinaus. Nicht mehr, nie mehr. Nie!

»Herr Hettner!«

Ich muss hinaus, muss hinaus, muss, muss, muss! Und er tauchte an die Oberfläche, sah wieder den Verhandlungssaal mit seinen abgewetzten Möbeln aus den Achtzigern, sah Personen, sah die Richterin, die ihn ansah. Hatte sie ihn angesprochen? Oder war es doch sein Anwalt, der sich zu ihm beugte? Was hatte er gesagt? Ob er das Urteil annehme? Oder kam das nur aus seiner Fantasie, seiner Erinnerung, hatte er zu viele Filme gesehen in der Verzweiflung der letzten Monate? Oder hatte der Anwalt gefragt, ob er noch etwas sagen wolle? Er richtete sich auf, ruckartig, in einem Aufbäumen.

»Es ist OK«, sagte er, »alles in Ordnung.«

Das schien es gewesen zu sein, alle erhoben sich, strebten gerade so langsam, wie es die Würde des Gerichtes erforderte, zum Ausgang. Ist ein Landgericht würdiger als ein Amtsgericht, schoss es ihm durch den Kopf, bewegt man sich an einem Landgericht langsamer? Und kommt man in einem Verfassungsgericht überhaupt noch zur Tür, bevor man das Rentenalter erreicht?

Er sah den Hageren mit den kalten grauen Augen, der ihn musterte mit dem Mitgefühl eines Schlachters, aber er war doch kein Schwein! Himmel! Aber er kannte den Hageren, und er wusste, dass es für ihn keinen Unterschied gemacht haben würde, wenn er Mutter Theresa wäre.

Und dann fing er Svenjas Blick auf, Svenja, mit krummem Rücken, rot geweinten Augen, aus denen sie ihn ansah wie ein weidwundes Reh. Und da war alles wieder präsent, und er richtete sich auf.

»Du elende Hure!« brüllte er durch den Saal. »Du gottverfluchte Hexenfotze, ich mache dich ...«

Und der Rest ging unter in einem Handgemenge, als ihn

der Anwalt zu hindern versuchte, auf Svenja zuzustürzen. Er fiel hin, schlug und trat um sich, fing in einer Lücke zwischen den hastenden Menschen Svenjas leeren Blick auf, dann griffen ihn viele Hände, und er vermochte sich nicht mehr zu bewegen.

In seinem zur Röhre verengten Blick tauchte die Richterin auf, und ihr Blick war noch eisiger als während der Verhandlung.

»Herr Hettner«, sagte sie, »das Sorgerecht für Ihre Kinder können Sie nach diesem Auftritt endgültig vergessen. Kommen Sie zur Vernunft, Mann!«

Und als sie ihm die Rückseite der Robe zukehrte, glaubte er ein leises »Männer!« zu hören.

Nach Selbsthypnose und Wut überkam ihn nun tiefe Verzweiflung, als er aus dem Portal des Gießener Amtsgerichtes trat und die Gutfleischstraße zum Messegelände hinunterging. Er fand seinen Wagen, zerkratzte den Lack der Tür, als er den Schlüssel wie einen Dolch in das Schloss rammen wollte. Mit Tränen in den Augen rangierte er aus dem Parkplatz, kurvte in den Gießener Innenstadtring, überfuhr am Elefantenklo um Haaresbreite die rote Ampel und schoss die Frankfurter entlang, in einem Tempo, das auf Kinderwagen und Radarfallen keine Rücksicht nahm und das er sich in seinem Leben noch nie gestattet hatte.

Er erreichte Dutenhofen, fand einen Parkplatz und stürmte in die Wohnung, in einem Mietshaus, das Mieter selten länger als ein Jahr sah, in dem er seit vier Monaten residierte, inmitten von Pappkartons, mit einer Matratze auf dem Boden, einem Fernseher, der nichts empfing und einem Sandsack in dem kleinen Nebenzimmer, das er nicht brauchte.

Aber den Sandsack brauchte er. Er riss sich die Kleider vom Leib und stürzte sich auf den Sandsack, links, rechts,

Tritt. Links, links, Tritt, Tritt, rechts. Und wieder von vorn. Und wieder. Und wieder. Bis er seine Wut und Verzweiflung hinausgedroschen hatte, hinein in das Leder des Sacks, der nachpendelte, weniger und weniger, und irgendwann einfach nur stoisch von der Decke hing.

Wenn man sich von einem Partner trennt, leidet man jahrelang. Manche meinen, derjenige, der sich trennt, leide weniger. Das ist Unsinn. Meist hat auch der Trennende gelitten, jahrelang, bevor er sich unter Schmerzen zur Trennung entschloss. Jeder, der einen Todkranken gepflegt hat, weiß, dass die Trauerarbeit beginnt, wenn der Tod unausweichlich ist, und so ist es auch mit der Liebe.

Dabei gibt es Menschen, die still leiden, solche, die ihr Leid hinter Haltung und Fassaden verstecken, und es gibt solche, die ihr Leid benutzen, um andere Menschen zu manipulieren.

Ulf Hettner bemühte sich um Haltung, was ihm die meiste Zeit gelang. Er ging zur Arbeit in sein kleines Restaurant, wenn es nötig war, aber auch nur noch dann. Es spielte keine Rolle mehr. Svenja und er hatten es aufgebaut, irgendwann würde es in Konkurs gehen.

Ansonsten vermied er alle Kontakte, er ging nicht aus dem Haus, und wenn ihn im Supermarkt jemand ansprach, antwortete er höflich, aber distanziert. Das half ihm, einen Rest an Haltung und Menschenwürde zu bewahren. Aber er vereinsamte zusehends. Die alten Freunde, die nach der Scheidung zu ihm hielten, fanden kaum Zugang, und irgendwann riefen sie seltener an, später kaum noch.

Er entdeckte seine Liebe zum Modellbau, er bastelte einfache Gleiter aus Pappe, dann kaufte er Bausätze, und schließlich eine Fernsteuerung. Da sah man ihn auf den Feldern Starts und Landungen üben, und als er das beherrschte, Loopings und Rollen.

Das einzige, was Ulf Hettner sich darüber hinaus gönnte, waren gelegentliche Ausflüge. Sie führten ihn oft in die neuen Bundesländer, dort wanderte er, meist auf Wegen, die er auf einschlägigen Wanderkarten fand; aber es waren nie die Wege, die Karten und Wanderführer empfahlen, sondern Wege, die einsam waren. Tauchte er dann in entfernten Orten auf, so fand er schnell neue Freunde, die seine politische Gesinnung goutierten, und häufig hatten diese Freunde rasierte Schädel.

Nun war Ulf Hettner bis dahin nie durch Extremismus aufgefallen, seine Mutter stammte aus einem sozialdemokratischen Haushalt und sein Vater war Freidemokrat vom liberalen Flügel. Aber seit jenem Gerichtstermin seiner Scheidung hatte er alle Hemmungen verloren, und er gab manche Runde aus, und bald wurde ihm manche Runde ausgegeben.

Und schließlich fand er jemanden, der ihm aus alten NVA-Beständen eine AK-47 verkaufte, nebst tausend Schuss Munition. Etwas später erwarb er in einem andern Dorf eine Makarow-Pistole, Kaliber 9,2 und zwei Dörfer weiter sogar vier Handgranaten.

Und dann stellte er seine Ausflüge ein, und auch die gelegentlichen kleinen Einkäufe, die ihm nach und nach größere Mengen an Aceton, Kunstdünger und Elektronik beschert hatten.

Legal gönnte er sich einzig ein Luftgewehr, mit dem er täglich zu üben begann, durch die Küche, über den Flur in das Schlafzimmer.

Früher hatte er gelacht, gekuschelt, gelebt. In den Nächten, in denen er keinen Schlaf fand, sah er seine Kinder. Er sah ihre glühenden Augen, wenn sie am Weihnachtsabend das Wohnzimmer betraten, er hörte ihr Lachen, wenn er einen wütenden Gorilla markierte, roch die milchsaure Faszination der Babybetten. Und jede Erinnerung jagte ihn tiefer in die Isolation und Verzweiflung.

Und je länger es dauerte, desto mehr begann er zu hinterfragen. Warum war alles so gekommen, hatte es so kommen müssen?

Als er den Job eines Projektleiters bei Billiton Offshore annahm, schienen sich alle Sorgen in Luft aufzulösen. Er musste nur noch selten in die Tiefe steigen, und das war gerade Svenja sehr wichtig. Er selbst bedauerte es bisweilen, denn er hatte das Tauchen immer geliebt und Kälte und Nässe gern ertragen.

Aber dann kam der Tag, an dem in der Gießener Uniklinik eine Bradykardie bei ihm festgestellt wurde, einen phasenweise verlangsamten Herzschlag. Damit durfte er nicht mehr tauchen, seine Tauchlizenz wurde eingezogen, und damit erlosch automatisch auch sein Arbeitsvertrag mit Billiton Offshore. Eine kleine Abfindung, und er stand auf der Strasse.

Beim Arbeitsamt wussten sie weder, was eine Bradykardie war, noch was Offshore-Tauchen bedeutete. Und was er als Projektleiter verdient hatte, und wie er die Kredite bezahlen sollte, die eine junge Familie mit Reihenhaus zu bedienen hatte, das wussten sie ebenfalls nicht, und es interessierte sie auch nicht.

Nächtelang hatten sie gesessen und gerechnet, Svenja und er. Und sie war es gewesen, die ihm zugeredet hatte, sein Hobby zum Beruf zu machen: das Kochen. Dann hatten sie geplant und wieder gerechnet, und von vorn angefangen, bis zur Erschöpfung, oder bis ein Kind im Schlaf schrie, und wenn er glaubte, dass die Sorgen ihn erdrücken wollten, hatte sie ihn gehalten und ihm wieder Kraft für den nächsten Tag gegeben. So waren sie losgezogen, hatten Geld besorgt, sich endlos

Löcher angesehen, die zur Vermietung standen, und dann hatten sie in Leihgestern die Kneipe »Schröders« gefunden.

In den 70ern und 80ern war das Schröders eine Legende gewesen. Aber seit die alten Schröders sich zur Ruhe gesetzt hatten, wechselten die Pächter öfter als die Verteidigungsminister, denn keiner verstand es, die alten Gäste zu halten, oder genügend neue anzulocken.

Svenja und er hatten sich sofort in den alten Kasten verliebt, in das hessische Fachwerk, die niedrigen Decken, die verwinkelten Räume. An Warnungen aus dem Freundeskreis hatte es nicht gefehlt, aber sie unterschrieben trotzdem.

Und damit begann eine schwere Zeit. Da war die Bank gewesen, die ihnen die Stühle gerückt hatte, wenn sie zu Verhandlungen kamen. Nun aber rang der Filialleiter seine Hände und riet ihnen bei allen Heiligen, den Kauf rückgängig zu machen. Nur sagten sie nicht, wie man einen notariellen Kaufvertrag rückgängig macht, und schließlich war die Bank mit einem Zinsaufschlag von eineinhalb Prozent zufrieden. Da hatte er schlecht geschlafen und Albträume gehabt, obwohl er vom täglichen Umbau und Renovieren oft todmüde war. Und Svenja ging es nicht viel anders, jede freie Stunde fasste sie mit an, brachte die Kinder mit auf die Baustelle.

Und manchmal hatten sie abends, wenn die Handwerker und Helfer gegangen waren, Hand in Hand im Dreck gestanden und versucht, sich vorzustellen, wie aus Schutt und Abdeckplanen ihr Traum wachsen sollte. Nach einiger Zeit schafften sie es nicht mehr, sondern sahen nur Arbeit und Dreck. Und sie sahen den Schulden beim Wachsen zu, denn alles dauerte länger und geriet teurer, als sie es geplant hatten.

Und doch wurde alles irgendwann fertig. Bleich und übernächtigt standen sie die Eröffnung durch, improvisierten in der Küche, was sie nicht gelernt hatten, sie sahen Gäste kommen und gehen, und fragten sich monatelang, ob das alles richtig gewesen war. Und dann kamen gute Tage, da war der Laden voll. Sie erkannten Gäste wieder, hörten Lob, dann kamen neue Gäste auf Empfehlung. Und zuletzt belegten die Zahlen, was sie gesehen hatten: Ihr kleines Restaurant lief!

Seit ein paar Wochen hatte Ulf Hettner sein neues Hobby Modellbau erweitert. Von dem Geld, das er täglich bar aus dem Restaurant beiseite schaffte, hatte er eine ganze Ladung Handy-Akkus gekauft, und die baute er nun in den großen Zwei-Meter-Gleiter ein. Vor zehn Tagen bereits hatte er eine Extra-Antenne auf dem Dach des Mietshauses installiert, die der Hausmeister immer noch nicht entdeckt hatte. Und heute Abend wollte er die Videokamera in den Gleiter einbauen.

Er hatte sich gerade Licht und Arbeitslupe eingerichtet und heizte den Lötkolben vor, da klingelte es an der Haustür. Und er ließ es klingeln, denn niemand hatte ihn je in dieser Bude besucht, es konnten nur Zeitungsdrücker oder Zeugen Jehovas sein. Aber es hörte nicht auf. Er war schon geneigt, vorsichtig aus dem Fenster zu sehen, da hörte er noch ein schwaches Pochen. Vorsichtig schlich Ulf Hettner zur Wohnungstür. Das Klopfen wurde nicht lauter, aber es schien, als ob der Rhythmus drängender würde. Da holte er seine 9,2 mm Makarow, lud sie durch und steckte sie hinten in den Gürtel. Dann ging er zur Tür und öffnete. Das Türblatt schlug ihm entgegen, ein Mensch in einem dicken Mantel fiel durch die Öffnung herein. Im selben Moment hatte er die Waffe herausgeholt, die Reflexe eines ehemaligen Kampfschwimmers waren immer noch gut.

Es war Svenja. Noch bevor er seine Überraschung selbst wahrnahm, hatte er die Waffe gesichert, mit dem Fuß die Tür zugetreten und packte Svenja an der Gurgel.

»Bist du wahnsinnig!« zischte er sie an, in weißer Wut und drückt sie gegen die Wand.

»Ich musste dich noch einmal sehen«, flüsterte sie heiser in seinem Würgegriff und Tränen, »ich musste es, musste es, musste es!«

Da löste er seinen Griff und nahm sie in die Arme. »Svenja«, murmelte er, »Svenja«, und konnte nicht aufhören, ihren Namen zu wiederholen. Sie presste sich an ihn und weinte leise, aber alle Wut und alles Aufbegehren war daraus entschwunden. So standen sie lange. Und als sie einander lange genug gespürt hatten, und ihre Hände und Münder zu wandern begannen, hob er sie auf und trug sie zu der Matratze mit dem ungemachten Bett.

Es war spät in der Nacht, als sie aufstand und Zigaretten aus dem verknüllten Mantel wühlte.

»Du rauchst wieder?« sagte er.

»Ja«, sagte sie, »sag nichts, ich weiß.«

»Gib mir auch eine«, sagte er.

»Ich wollte dich einfach noch einmal sehen«, sagte sie heiser und tastete seine Hand. Er nahm sie.

»Vielleicht ist es ja nicht das letzte Mal. Vielleicht sehen wir uns wieder. Vielleicht ...«

»Vielleicht«, sagte sie, »vielleicht. Nicht noch einmal, ich weiß das alles. Aber vielleicht ist es auch ...«

Sie nahm einen tiefen Zug, und als sie weitersprach, konnte er an ihrer Stimme hören, dass ihre Augen feucht waren.

»... vielleicht ist es das letzte Mal. Ich musste dich einfach noch einmal sehen.«

Er drückte sie an sich. Aber eine Sorge ließ ihn nicht los.

»Hat dich jemand gesehen?« fragte er.

»Nein«, sagte sie, »ganz sicher. Ich bin mit dem Bus nach Gießen zum Einkaufen gefahren, habe durch Karstadt und die Volksbank die Straßen gewechselt und bin dann mit dem Fahrrad hierher gefahren. Ich habe an der Lahn, wo man weit sehen kann, zwei Haken geschlagen und bin dann durch enge Gassen hierher. Das Fahrrad steht im Hof, da lass ich es nachher stehen, Sperrmüll, niemand kennt es.«

»Gut«, murmelte er, »gut.« Dennoch suchte er nach Gefahren und Fehlern, und es beruhigte ihn ein wenig, dass er keine fand.

Zittrige Finger tasteten nach seinem Gesicht.

»Ich gebe dir meine Adresse«, flüsterte sie, »nein, sag nichts, ich weiß, ich verstecke sie, ich verstecke sie in der alten Weide, du kennst sie, da, wo wir ...«

»Bist du des Teufels«, schrie er auf, »nein, nein, nein!«

Und erschrak, weil er laut geworden war.

»Wenn ich lebe, werde ich euch finden, wo immer ihr seid. Geht weg, geht, geht! Nennt euch anders, ich will es nicht wissen. Wenn ich es weiß, kann ich es verraten ...«

Er konnte nicht weitersprechen, sein Leben lang war ihm der Tod weit weniger schrecklich erschienen als die Folter. Nun aber redeten sie darüber, dass er gefoltert werden könnte, und er wusste, dass Svenjas Leben und das ihrer Kinder davon abhängen konnte, dass er nichts wusste.

Auch sie wusste, wie gefährlich ihr Wunsch war. Er war geboren aus Liebe und Not, dennoch war er gefährlich. Für sie. Für die Kinder. Die Kinder, ja, die musste sie als Mutter schützen, und da nickte sie und schwieg.

Und noch einmal liebten sie sich, wilder und heftiger als das erste Mal, und dann stand sie auf und verließ ihn. Er stand am Türrahmen und horchte ins Treppenhaus, dann ging er zum Fenster und spähte, aber es war Neumond.

Svenja hatte die Nacht gut gewählt. Sie war klug. Ach, Svenja! Er schluchzte am Fensterrahmen. Vielleicht war es wirklich das letzte Mal gewesen. Es war Wahnsinn, was sie da getan hatte, gegen jede Absprache, aber es hatte gutgetan. Und es gab ihm das Quäntchen Mut, das ihm möglicherweise noch gefehlt hatte, nun die Sache durchzuziehen.

Als ihr kleines Restaurant in Leihgestern Einnahmen abwarf, mit denen sie die Kredite bezahlen konnten, und dann noch genug übrig blieb zum Leben, da hatten sie nicht gefeiert. Aber innerlich jubelten sie, es war Urlaub von all den Sorgen, die sie sich zwei Jahre lang gemacht hatten. Und sie begannen, die Kredite zurückzuzahlen, dann legten sie noch etwas auf die hohe Kante, und als im dritten Jahr noch etwas übrig blieb, gönnten sie sich einen Urlaub mit den Kindern in Dänemark.

So hätte das Leben weitergehen können. Aber dann erschienen eines späten Abends zwei Gäste, als er gerade dabei war, die Küche aufzuräumen. Natürlich hätte er ihnen sagen können: ›Wir müssen auch mal Feierabend haben!‹ aber es lag ihm fern, Gäste fortzuschicken. Er hasste die Mentalität pünktlich aufzuhören, beim Klingeln der Werkssirene den Hammer fallen zu lassen. Das waren dieselben Leute, die am Sonntag den Notarzt brauchten oder an Weihnachten ihren Urlaubsflug.

Er selbst hatte selten pünktlich Feierabend gemacht, sondern erst, wenn das Bohrloch abgedichtet war und kein Öl mehr austrat oder das Unterwasserleck geschweißt war. Also ging er hin, nahm die Bestellung auf, und freute sich, dass die Herren vier Gänge bestellten, mit Aperitif und einem 2004er Rioja.

Er kochte in dem guten Gefühl, dass zwei Feinschmecker seine Fähigkeiten forderten. Er motivierte Svenja, die kräftig über seine Entscheidung maulte, noch einmal alles zu geben.

Vielleicht waren die beiden sogar Restaurantkritiker? Das konnte zumindest die Kälte in ihrem Blick erklären.

Aber als er mit der Rechnung kam, weigerten sie sich, zu zahlen. Es war nicht der Ärger um Zutaten und Mühe, nicht die Wut, als er erkannte, dass ihre Kritik blanker Blödsinn war. Es war die unbeteiligte Kälte, die ihn dazu brachte, die beiden ohne Aufhebens hinauszuwerfen.

Und sie kamen wieder in den folgenden Tagen. Mal fanden sie Zigarettenkippen in den Pilzen, dann beschwerten sie sich zur besten Zeit, als alle Tische besetzt waren, über Salmonellen, und als er ihnen Hausverbot erteilt hatte, tauchten sie mittags in der Küche auf und griffen Svenja unter den Rock.

Die Polizei nahm alles in ermüdender Langsamkeit auf, diesen Übergriff und alle folgenden. Aber es passierte nichts, keine Ermittlung, kein Schutz, nichts. Und als er eine Waffe beantragte, um den Schutz seiner Familie selbst in die Hand zu nehmen, beschied man ihn, dass er kein ›erhöhtes Schutzbedürfnis' habe. Und als die kleine Tochter erst am späten Abend wieder auftauchte, aus dem Wald statt aus dem Kindergarten, und als auch seine Brandwunde an der Hand von einer Zigarette kein erhöhtes Schutzbedürfnis ergab, da waren sie in tiefste Verzweiflung verfallen.

Denn es war nicht nur eine Frage, ob das, was ihnen nach Zahlung der Schutzgelder verbleiben würde, für ihr Leben ausreichte. Es war auch eine Frage der Selbstachtung. Er konnte einfach nicht damit leben, Geld, das er zum Leben brauchte, dafür zu bezahlen, dass der Empfänger ihm kein Leid antat. Dass dieser Staat das Gewaltmonopol forderte, aber seine Bürger nicht schützte. Politik hatte ihn nie interessiert, aber irgendwo erinnerte er sich, dass Rechtsradikale Berliner Bezirke zu ›No-Go-Areas‹ erklärt hatten. Und ein Berliner Senator hatte Ausländer gewarnt, diese Bezirke zu betreten, da der Staat sie dort nicht schützen könne. Und genauso ging es nun ihnen.

Sie hatten nur noch die Möglichkeit zu zahlen. Oder sie mussten sich mit etwas anlegen, das sie nicht einmal kannten. Waren es nur die zwei schrägen Vögel? Oder, viel wahrscheinlicher, steckte eine Organisation dahinter? Und wenn ja, wie groß war sie?

Er verfolgte die ihm bekannten Erpresser. Sah aus seinem Gleiter, dass sie häufig eine Kneipe in Klein-Linden besuchten. Spähte die Kneipe aus. Verfolgte mit seinem fliegenden Auge alle, die mit seinen Peinigern Kontakt hatten. Einer führte ihn zu einer Villa mit Pool in Petersweiher.

Von dort verfolgte er andere. Manche gingen in andere Kneipen und trafen dort viele andere Leute. Aber einer fuhr bisweilen nach Friedberg, zu einer Villa, deren Pool dreimal größer war. Da entschied Ulf Hettner, dass er genug gesehen hatte. Weitere Recherchen konnten ihn über Frankfurt und Mailand nach Palermo führen, aber er wollte Svenja wiedersehen. Seine Kinder wiedersehen. Er musste einen Schnitt machen, mit seinen Recherchen und mit seiner Wut. Wenn er auch den Boss in Friedberg eliminierte, dann konnten sie vielleicht Frieden finden. Und wieder kam die Wut über ihn. Musste er zum Mörder werden, weil Beamte Feierabend machten? Wurde er wirklich zum Mörder, oder war es Notwehr? Weil er nur sich und seine Familie schützte? Weil der Staat unfähig in Verwaltungsvorschriften erstickte?

Er schüttelte diese Gedanken ab, er kannte sie vorwärts und rückwärts. Er konnte nur noch warten.

Nun musste er nur noch warten, bis die beiden Erpresser wieder bei ihm auftauchten. Er würde sie gehen lassen. Sie würden zu ihrem Treffpunkt gehen. Dort würde er sie erwischen, vielleicht noch paar ihrer Kollegen.

Und dann würde in einer Villa in Friedberg Hektik entstehen. Dort würde er die Bosse erwischen. Und dann wäre vielleicht Frieden. Für seine Kinder. Für Svenja. Für ihn. Und wenn ihr kleines Restaurant bis dahin nicht pleite war, könnten sie vielleicht wieder leben.

Und wenn es schief ging, würde er sterben, vielleicht langsam. Aber dann waren Svenja und die Kinder immer noch sicher. Ja, genauso war es. Und alle Angst und Furcht entfloh. Irgendwann verliert selbst die Hölle ihren Schrecken, sagte er sich. Und er wusste, nur wenn er die Hölle durchschreiten würde, konnte es ein neues Leben geben, für Svenja, die Kinder, und vielleicht für ihn.

Wenn er die Hölle überleben würde.

Wenn er das Überleben der Hölle psychisch überleben würde.

Ein geliebter Mord

Von Hans-Jürgen Hilbig

Eine Leiche die ihm entgegen kam, fröhlich pfeifend, beinah tanzend. Seine Augen, die sie betrachteten, schlossen sie gleichzeitig aus. Er fing zu zittern an, seine Zähne färbten sich, Schwarz, Rot, Gold, er sammelte die Farben in seinem Gedächtnis, er färbte sie dort heller.

Die Leiche kam näher, umfasste ihn mit fröhlichen Sätzen, die er nicht verstehen konnte, weil Leichen eine Sprache sprechen, die Lebendige begraben, aber nicht verstehen.

Als er erwachte, lag er noch lange im Bett, glaubte ein Murmeln zu hören, stand hastig auf, schaute unter den Bettkasten.

Dort lag die Leiche, lächelte ihn an, sprach wieder in dieser leichenblassen Sprache, die man weder verstehen, noch begreifen konnte, schmunzelte darüber, schaute Rolf an und schüttelte den Kopf.

Mit diesem Kopfschütteln erwachte er in der Wirklichkeit, die ihm auch nicht gefiel, weil die Trockenheit in ihm einzog. Gestern im Vollsuff war er sicher, dass der Durst der Vergangenheit angehörte, aber der Durst gehörte niemals der Vergangenheit an. Er versuchte sich von diesem Satz zu entfernen.

Entfernen musste sich auch Susanne, die junge lebensfrohe Studentin, die in Heuchelheim eine fabelhafte Heimat gefunden hatte.

Wie liebte sie diesen Ort, wie oft warf sie die Worte und Pläne durcheinander, nur damit sie aus dem Fenster sehen konnte.

Hier lebten die Menschen länger als irgendwo, hier gab es immer einen, der einem über die Strasse helfen wollte, vor allem die Alten lächelten freundlich, sie zwinkerten mit ihren Hüten und verhehlten nicht, dass diese Hilfsbereitschaft auch etwas mit der Sehnsucht zu tun hatte, die weit unterhalb ihres Herzens wuchs.

Seit Wochen schon hatte Susanne vor, die erste Flasche Sauerkrautsaft in ihren hübschen Mund zu kippen.

Alle in ihrer Familie hatten es bereits hinter sich und niemand von ihnen hörte damit auf. Der Sauerkrautsaft wurde zum Familiengetränk, nur sie hatte ihn noch nicht probiert.

Schon seit Tagen ging sie um die Flaschen herum, traute sich nicht, traute sich nicht zu zuzugreifen, griff einmal zu, erschrak darüber, ließ die Flasche beinah fallen und kaufte stattdessen irgendeinen Weichspüler.

Rolf war ortsansässig, er war beliebt, er war beliebt, weil er immer etwas mehr trank als die Anderen.

Er galt als größter Säufer in Heuchelheim, man überlegte sogar die Kirmes nach ihm zu benennen, aber sobald man wieder nüchtern war, verwarf man diese Idee, man verwarf sie auf die beste Art, man erinnerte sich einfach nicht mehr daran.

Zurück zu Susanne. Die war sicher, heute würde sie es kaufen, heute würde sie den Sauerkrautsaft kaufen, aber ob sie ihn heute auch trinken würde, das wusste sie nicht.

Rolf kam aus dem einzigen Supermarkt in Heuchelheim. Er hatte einer Kassiererin ein Kompliment gemacht, aber sie hatte es nicht verstanden.

Er nuschelte schrecklich, wenn er noch nichts getrunken hatte, aber um etwas zu trinken musste er es erst kaufen. Er kaufte vier Flaschen Bier, trank draußen eine Flasche, wollte hineingehen um das Kompliment noch einmal zu wiederholen, aber er tat es nicht. Dafür wäre er beinah von einem Geländewagen überfahren worden.

Der Geländewagen eilte zu Susanne und die konnte nicht ausweichen. Der Geländewagen überfuhr sie und machte sich aus dem Staub. Der Staub war noch lange deutlich zu sehen, nur der Geländewagen nicht.

Ein paar Zeugen, die vor einer Bushaltestelle standen, drehten sich nach dem Geländewagen um, einige von ihnen hätten gerne gebellt und sie bellten auch, sie bellten, weil sie keine Menschen waren, es waren Hunde und sie bellten, sie bellten dem Geländewagen hinterher. Sie dachten, es wäre nützlich, wenn sie bellten, sie hofften das Bellen würde den Geländewagen erreichen, doch es erreichte ihn nicht und trotzdem bellten sie weiter. Sie bellten weiter, weil sie enttäuscht waren und weil alle Heuchelheimer Hunde von dieser Enttäuschung erfahren sollten, und sie erfuhren es, alle Heuchelheimer Hunde erfuhren, dass jemand überfahren wurde und dass es nichts genutzt hatte zu bellen.

Das Bellen wurde lauter, zog über das Dorf hinweg, nach Atzbach und von dort trat das Bellen unwiderruflich in die Welt, bis es blitzartig stoppte. Warum konnte keiner sagen, und es fragte auch keiner, die Menschen bemerkten es nur und fielen in ihre gewohnte Lebensweise.

Nur Rolf blieb stehen. Er hatte den Eindruck, dass etwas geschehen war, etwas das nicht in Ordnung war, und nachdem alle weg waren, auch die tote Susanne, die niemals Sauerkrautsaft trinken würde, schaute er sich um, aber es war nichts zu erkennen, nur die Kreidezeichnung der Toten, die selbst in der Kreidezeichnung noch überrascht schien, über dass, was mit ihr geschehen war.

Rolf war sicher, irgendwer hatte diese Frau überfahren und nicht nur das, diese Frau wurde auf besondere Art überfahren, wie etwas, das geplant war.

Ein Mann mit geringfügigem Einkommen ging zum Nachdenken auf den Bahnhof. Der Mann hieß Rolf und der fühlte sich vom Leben gedemütigt, auch fühlte er eine Benommenheit, die ihm vertraut schien, die er aber trotzdem nicht leiden konnte.

An diesem Bahnhof fuhr schon lange kein Zug mehr.

Rolf dachte, das ist genau der richtige Ort für mich.

Der Bahnhof war zu einem Museum geworden, auch Rolf kam sich wie ein Museum vor. In seinem Kopf lag der Staub von vielen Jahren, er war ein alter verstaubter Mann.

Er versuchte sich an andere Zeiten zu erinnern, doch es fiel ihm nichts ein, drum wollte er der Erinnerung etwas nachhelfen und ging in die Richtung einer Kneipe.

Rolf setzte sich an die Theke, bestellte ein Bier, dachte, der Rest wird sich schon geben. Er musste an den vorherigen Vollsuff denken, er wusste nicht, ob er ihn wiederholen könnte, er könnte ihn wahrscheinlich nicht wiederholen, denn er hatte kaum Geld und anschreiben war nicht mehr. Der Wirt lauerte darauf, dass Rolf fragen würde, dass er fragen würde, ob er anschreiben dürfe, da würde er ihm die Rechnung präsentieren und sagen, aber gerne, doch zuerst zahlst du das, was du bereits gesoffen hast.

Rolf versuchte sich nach dem ersten Glas Bier zu erinnern, es kam ihm vor, als seien die Zeiten früher nicht so trocken gewesen. Er trank noch einen Schluck. er fiel so tief in Gedanken, dass er nicht bemerkte, dass Jutta neben ihm saß. Sie jedoch bemerkte ihn, schaute ihn an, verwarf es ihn anzusprechen, schaute ihn wieder an, machte sich Mut, bestellte einen Kaffee, trank einen Schluck, dachte daran zu gehen, ging aber nicht, schaute diesen heruntergekommenen Mann an und sagte sich, schau nicht so genau hin, und erst dann fragte sie.

Sind Sie ein Detektiv?

Er drehte sich zu ihr um. Ja, murmelte er..

Meine Schwester ist heute überfahren worden. Es sah alles wie ein Unfall aus. Aber es war Mord, es war Mord mit gegenseitigem Einverständnis.

Hören Sie, auf der ganzen Welt gab es keinen fröhlicheren Menschen als meine Schwester, aber sie hatte diesen Fehler, sie war zu neugierig. Sie wollte alles erfassen und erfahren. Sie wollte sogar Sauerkrautsaft trinken, nur weil sie herausfinden musste, warum es unserer Familie so schmeckte.

So wollte sie auch den Tod erkunden. Ich hatte ein Gespräch mit diesem Klaus belauscht. Er ist kein schlechter Kerl, aber er gibt zu schnell nach.

Sie überzeugte ihn es zu tun, und er tat es, er hätte alles für sie getan. Fassen Sie ihn, bringen Sie ihn dazu zu gestehen.

Rolf hörte zu. Er bestellte ein Bier und zeigte in die Richtung von Jutta, die bemerkte es und nickte, warum auch nicht, dachte sie, oder sie dachte sich überhaupt nichts, sie nickte einfach weil ihr danach war und weil es einen doch weniger traurig machte, wenn man nickte.

Rolf trank und sagte, als würde er mit einer Feder im Mund sprechen, wollen wir nicht lieber spazieren gehen.

Er sagte es und trank gleichzeitig das Bier aus, er trank es aus und stand schon an der Türe.

Ein paar Hunde gingen den Beiden hinterher, wollten wissen, ob es etwas Neues in der Sache gab, sie würden es wieder in die Luft bellen, damit es von allen gehört werden konnte, sie würden es auch überall hinpissen, damit es von allen gelesen werden konnte.

Aber erfahren taten sie nichts, weil sie so ziellos umherschlichen, weil sie immer etwas fanden, dass ihnen viel wichtiger erschien Da brauchte sie nur eine Fliege nerven, die sich den Spaß erlaubte um ihre Nasen zu tanzen, und schon verlegten sie ihre Schritte in eine andere Richtung.

So waren Rolf und Jutta alleine, konnten darüber reden was geschehen war, und wenn Rolf ab und zu lachte und es aussah, als machte er sich über die ganze Welt lustig, so sah dass nur so aus, in Wirklichkeit versuchte er seine Nervosität zu verstecken, denn er hatte das Gefühl, dass dies ein echter Fall war.

Jutta erzählte und Rolfs Nase nahm eine spitze Form an, er versuchte nicht leidenschaftlich zu schauen (was ohnehin nur selten gelang). Das war eine Kundin, sagte er sich, vielleicht die erste Kundin überhaupt. Er verzog sein Gesicht, er murmelte etwas in seinen unsichtbaren Bart, er verstand selber nicht, was er da murmelte. Er zwang seine Augen diese Frau nicht anzusehen wie eine Frau, die man nicht ansehen konnte, weil die es bemerken würde und viel Schlimmes über ihn denken könnte.

Jutta erzählte von Susannes Leben, sie erzählte es so, als wäre sie schon länger tot, es klang an manchen Stellen wie ein Vergessen, als würde sie, während sie es erzählte, sich vom Erzählten befreien.

Sie sagte, Susanne hatte immer geträumt in der Sahara zu verdursten, sie hatte sich oft vorgestellt mit Klaus dort zu sein, aber irgendwann wäre er dann verschwunden, sagte sie, und man durfte sie niemals fragen, wohin er verschwunden wäre.

So war Susanne, sie wollte immer das, was man nicht tun konnte, weil es hinterher vorbei war. Sie glaubte dem Tod nicht, sie hielt den Tod für eine Möglichkeit zu überleben, vor allem wenn sie rauchte war es ganz schlimm, da schrieb sie Briefe an den Tod, und all diese Briefe schickte sie Klaus, gerade so, als wäre der der Botschafter des Todes.

Rolfs Mund trocknete ein, er fand, dass es genug war mit den Worten, jetzt sollte man wieder zum Trinken übergehen, denn auch beim Trinken konnte man reden, meistens ging es da dann viel lustiger zu, als wie hier, nüchtern wie eine Straßenlaterne und immer dieses Gespräch über die Tote. Was sollte das? Sie war tot, sie hatte es hinter sich. Keiner wusste, was danach kam, und das war gut.

Man stelle sich vor, auch hinterher wüsste man über alles Bescheid, müsste Anträge abgeben, müsste sich selbst während des langen Todes noch an Dinge gewöhnen, von denen man doch glaubte, dass sie mit dem Staub, der man selbst mal werden würde, verschwand.

Nein, man musste trinken, und er sah zu ihr, sah zu dieser Frau und hätte sie gerne auf ein Bier eingeladen, aber dann hätte es für ihn nicht mehr gereicht.

Also hieß es weitergehen, weiterfragen, sich an die Fragen erinnern, oder vergessen.

Am Ende wäre es gut gewesen alles aufzuschreiben, aber er bildete sich doch immer ein nichts zu vergessen, und selbst wenn er etwas vergaß, was machte das schon, das machte doch nichts, das durfte nichts machen, denn wenn er es vergaß, wäre doch alles verloren und er würde kein Geld bekommen.

Nichtsdestotrotz, er musste es sich merken, er musste sich nicht alles merken, aber er musste sich wenigstens das merken, was sie ausgesprochen hatte, obwohl er viel lieber gewusst hätte, was es da an Unausgesprochenem gab, aber wenn es nichts Unausgesprochenes gab, das war doch auch dumm, da wäre er doch nur wieder enttäuscht und hätte einen Grund zu trinken.

Also weiter fragen, und er fragte weiter. Er fragte zum Beispiel, ist dieser Klaus gewalttätig? Sie schüttelte den Kopf, Klaus ist unschuldig, sagte sie, er konnte nicht anders, er musste sie überfahren, er hatte sie lange gebeten, das nicht von ihm zu verlangen, aber sie wollte es.

Sie sagte, es wird alles wie ein Unfall aussehen und so war es doch auch, ich hab es doch gesehen, alle, die dort an der Bushaltestelle standen, haben es betrachtet, nur dass niemand auffiel, dass der Täter geflohen war.

Plötzlich fiel Rolf etwas ein.

Wir haben noch gar nicht über das Honorar geredet, es ist mir ja immer ein bisschen peinlich darüber zu reden, aber ich muss darüber reden, denn ich habe nur noch drei Salamischeiben im Kühlschrank, die bereits beginnen Selbstgespräche zu führen. Sie sehen, ich habe es dringend nötig, auch habe ich ein kleineres Alkoholproblem, auf das ich nicht unnötig aufmerksam machen will, das aber da ist und von mir geduldet wird, auch dafür brauche ich den ein oder anderen Euro, also was denken Sie, wie viel könnten Sie mir gleich geben und wie viel überweisen, auch bräuchte ich noch etwas extra für meine Recherche.

Für was für eine Recherche, dachte Jutta, der macht doch gar nichts, der denkt ja nicht einmal nach, wer hat ihn mir nur empfohlen, ich glaube es war Klaus. Doch nickte sie trotzdem erleichtert, denn auf der anderen Seite war sie froh, dass er das Geld erwähnte, das machte ihn in ihren Augen zu einem Profi und sie sagte, ich kann Ihnen hundert Euro geben und später etwas überweisen, auf das Extra aber müssen Sie verzichten, denn das habe ich nicht.

Nun, die Zeit verging. Jutta erzählte weiter Anekdoten über Susanne und Rolf begrub die Hoffnung, dass er noch rechtzeitig den Supermarkt erreichen würde.

Er war wirklich ein alter verstaubter Mann, der sich nicht daran gewöhnen konnte, dass die Türen des Supermarktes vor 21 Uhr nicht schlossen.

Schließlich sah Jutta auf die Uhr und im nächsten Moment war sie bereits verschwunden, er hatte nicht einmal die Zeit ihr hinterherzusehen.

Rolf ging nun alleine. Er spürte den Hundert-Euro-Schein in seiner Tasche, und es tat gut ihn zu spüren.

* * *

Als er am nächsten Morgen erwachte, erinnerte er sich, dass er einen Traum gehabt hatte, der ihm etwas schenkte, der ihm die Lösung dieses Falles schenkte.

Er versuchte ihn sich nachzuerzählen, er wusste, dass es durchaus nicht möglich war, ihn nachzuerzählen, dass alle Träume die wir träumen, sehr anders sind, als die von denen wir glauben zu erzählen, und dennoch erzählte er sich diesen Traum.

Er stand an der Giessener Strasse. Susanne stand neben ihm und rief ihm zu, sehen Sie genau hin.

Er versuchte es, was ihm schwer fiel, was er aber eigentlich tun musste als Detektiv.

Er sah den Geländewagen kommen, sah wie jemand Susanne auf die Strasse schubste, sah wie sie dort lag und ihm zuzwinkerte.

Was war das? Warum zwinkerte sie ihm zu? Ja warum wohl?

Rolf wusste es, er hatte die Lösung, er musste nur noch draufkommen, noch war der Deckel auf der Geschichte nicht zu.

Von wem wurde Susanne getötet?

Er wollte die Person nicht erkennen, sie hatte sich hinter einer Bushaltestelle versteckt. Sie musste genau den Moment abgewartet haben, an dem der Geländewagen angefahren kam, aber warum, fragte Rolf, warum sollte sie das getan haben? Sie bezahlte ihn doch und sie bezahlte ihn doch sicher nicht dafür, dass er sie als Täterin entlarvte.

Nein, das durfte nicht sein, das konnte nicht sein, davon wollte er nichts wissen.

Wo gab es schließlich auch so etwas, dass Geschwister sich gegenseitig umbrachten?

Er leckte seine trockene Zunge, es kam ihm vor, wie ein Ballast. Selbst das Geld, das er von Jutta bekommen hatte, lag wie Blei in seiner Hosentasche.

Was sollte er tun? Der Fall war nicht zu lösen und der Fall war nicht zu lösen, weil er bereits gelöst war. Susanne hatte ihn gelöst, sie hatte ihm im Traum gezeigt wie sich alles abgespielt hatte.

Aber waren das nicht nur Kindereien?

Er lachte.

Es war ein Traum.

Er lachte noch einmal.

Es war ein Traum gewesen, und nun war der Traum verschwunden. Wahrscheinlich wollte Susanne ihrer Schwester nur eine reinwürgen, vielleicht war es dort, wo sie nun war, doch nicht so toll, wie sie sich das vorgestellt hatte.

Nein, er musste sich von diesem Traum wegdenken, es war so viel Schlüssiges an diesem Traum, auch fiel ihm die Art auf, wie Jutta über ihre Schwester geredet hatte, sie hatte auf eine Art über sie geredet, als wäre diese bereits tot gewesen, bevor sie Susanne auf die Strasse geschubst hatte.

Nein, nein, rief er und kratzte sich am Kopf, es hatte überhaupt nicht gejuckt, aber was machte das schon, wenn er es sich lange genug einbildete, würde es schon jucken.

Er musste logisch vorgehen.

Wer bezahlte ihn?

Jutta.

Wer war der Mörder?

Jutta.

Nein, nein, nein, er fing an, sich darüber lustig zu machen, dass er so etwas denken und für sich auch aussprechen konnte, nur gut, dass er so undeutliche Selbstgespräche führte. Nicht auszudenken, wenn ihn einer belauschte und es ernst nahm, was er von sich gab.

Er musste es anders fragen.

Wer bezahlte ihn?

Jutta.

Wen musste er zu einem Geständnis zwingen?

Klaus.

Bingo.

Das war es. Der Rest war ein Kinderspiel. Er musste sich nur noch auf die Suche nach ihm machen, und selbst wenn er ihn nicht fand, seine Bemühungen würde er schon nachweisen können, und so bräuchte er wenigstens die hundert Euro nicht zurückbezahlen.

So machte er sich auf die Suche, aber was, wenn er ihn finden würde, er blieb stehen und dachte über diese Frage nach, er musste sogar beinah über diese Frage lachen, denn hatte er schon jemals etwas gefunden, was er auch suchte.

Er konnte sich nicht erinnern.

Aber das hieß doch nichts.

Jeder Fisch springt zum ersten Mal ins Wasser.

Das hatte seine Klassenlehrerin oft gesagt, sie hatte es gerne gesagt, ja sie hatte es sogar gesagt, wenn es dafür keinen Grund gab.

Aber für Rolf war der Grund da. Er musste diesem Satz entgehen. Er musste ihn vergessen, denn wenn er an diesen Satz dachte, dachte er an seine Klassenlehrerin und müsste an den Schwur denken, den er ihr einmal gegeben hatte.

Eines Tages werden Sie noch stolz auf mich sein, sagte er, er sagte es auf dieselbe Art, mit der er sich sonst immer lächerlich machte, doch in diesem Augenblick blickte ihn seine Klassenlehrerin an, und in diesem Blick stand es bereits geschrieben, dort stand bereits alles fest und er wollte das Feststehende wegschieben.

So ging er ohne Hoffnung und hängenden Kopfes auf die Suche.

Würde er ihn finden, musste er ihn zu einem Geständnis zwingen, und er würde das ganze Honorar einstreichen, aber was, wenn er ihn nicht zum Geständnis zwingen konnte, was, wenn der auf seine Unschuld pochte, es gab solche Menschen, sie pochten auf ihre Unschuld, obwohl die Anderen sie so gerne vom Gegenteil überzeugen würden

Da sah er ihn, er ging an ihm vorbei. Es durfte nicht sein. Er sah ihn genau auf sich zukommen, aber er ging an ihm vorbei.

Rolf durchsuchte seine Schritte und fand darin nichts Falsches und doch war darin etwas Falsches. Dieser Mann saß mit einem Bein im Gefängnis. Er hatte eine Frau überfahren und er war geflüchtet. Vielleicht war er gar nicht geflüchtet. Wenn er lange genug darüber nachdachte, sah er den kummervollen Blick des Fahrers vor sich, und wie sollte er denn wissen wie Klaus aussah, wenn er ihn nicht gesehen hätte, wie er dastand, und das Bellen der Hunde hörte er auch, aber das was sie verkündeten, war etwas ganz Anderes, aber wenn es etwas ganz Anderes war, wie konnte er dafür sorgen, dass dieser Mann ins Gefängnis musste.

Auf der anderen Seite wollte er sich auch nicht vorstellen, dass Jutta im Gefängnis saß und wie sollte sie auch, was gab es denn für Beweise.

Sollte er in den Zeugenstand und erklären, er sei Susanne im Traum begegnet und die habe ihm alles erklärt?

Jeder Fisch springt zum ersten Mal ins Wasser.

Er dachte an seine Klassenlehrerin, er dachte daran, wie sie ihn ansah, als er sagte, eines Tages werden Sie stolz auf mich sein.

Sie musste die Hoffnung schon lange aufgegeben haben. Wenn sie überhaupt noch lebte.

Rolf drehte sich um. Er drehte sich schnell um. Er ging in die Richtung, in die Klaus ging

Klaus spazierte in den Supermarkt, Rolf auch, Klaus kaufte ein paar Getränke. Rolf tat das auch, beinah hätte er vergessen, dass er das tun musste, weil er doch durstig war, wie konnte er das nur vergessen, er verstand sich nicht, aber dann verstand er sich doch, denn er kaufte sie ja.

Er ließ Klaus einen Vorsprung, weil er unbedingt einen Schluck nehmen musste. Er musste ja was trinken, sonst wäre er stehen geblieben. so war er stehen geblieben, damit es weiterging, und als er die erste Flasche ausgetrunken hatte, ging er auf die Suche nach Klaus.

Klaus hatte es nicht eilig. Am Ende merkte er, dass er verfolgt wurde, am Ende war es ihm egal, ob er verfolgt wurde oder nicht. Er hatte Susanne überfahren, darüber kam er nicht hinweg.

Er wusste, dass er nicht schuld war, er wusste auch nicht, warum sie auf die Strasse stürzte, er fragte sich, ob sie von jemandem auf die Strasse geschubst wurde.

Er wusste es nicht.

Aber eines wusste er. Dass er heute noch etwas Gutes tun würde, dass er irgendeinem Hungerleider weiterhelfen würde.

Das machte ihn fröhlich, und er fing an ein Lied zu pfeifen.

Rolf hörte das Pfeifen und dachte, bald wird dir das Pfeifen vergehen. Zwischendrin trank er noch ein Bier und ließ die Flasche hinter einem Grasbüschel liegen.

Es war seltsam, mehr und mehr hatte er den Eindruck als wüsste Klaus, dass er ihm folgte, ja als genieße er es sogar.

Er wusste nicht, was er davon halten sollte, vielleicht sollte er nichts davon halten, vielleicht sollte er lieber in eine Kneipe gehen und sich alles wegtrinken, das Vergessen und das Erinnern.

Aber er tat es nicht. Er ging Klaus hinterher, und dann geschah es.

Klaus blieb stehen und Rolf bemerkte es erst, als er vor ihm stand.

Klaus holte einen Zwanzig-Euro-Schein aus der Hosentasche und gab ihn Rolf.

Wenn Du nichts mehr hast, sagte Klaus, ruf mich an, hier meine Visitenkarte.

Rolf nahm sie.

Er war so betäubt von diesem Satz, dass er am liebsten alles, was er vorher erlebte, vergessen möchte und wirklich vergaß er es, was für eine Gabe, seine Klassenlehrerin konnte wirklich stolz auf ihn sein.

Verliebt in die Montagsfrau

Himmel oder Hölle?

Von Stephan Scholz

Heute musste es einfach klappen, denn im Grunde genommen dauerte die ganze Sache schon viel zu lange. Dabei konnte man von Sache, die ja landläufig auch als Angelegenheit bezeichnet wird, eigentlich gar nicht sprechen, denn um von einer Sache sprechen zu können, braucht man einen Sachverhalt. Doch den gab es nicht – oder fast nicht. Kein Treffen, kein Kennenlernen und schon gar keine Affäre. Nur dieses bange Warten, das ihn, mal überlegen, ja, heute genau vor sechs Monaten getroffen hatte. Amors Pfeil war allerdings nicht süß und wonnevoll eingedrungen, sondern mehr wie ein heftiges Gewitter mit Sturm, Platzregen und allem was dazugehört. Realisten hätten ihre Vorahnungen gehabt, heute allerdings, an diesem herrlichen Sommermorgen, haben sich die dunklen Wolken erst einmal verzogen, und Frank fühlt sich so frisch und kräftig, dass er diese Fastangelegenheit unbedingt zu einem guten Abschluss bringen will. Denn um gegenüber unserem Helden fair und gerecht zu sein, sollten wir von einer Halbangelegenheit ausgehen, denn die Frau, die er vor gut einem Jahr zum ersten Mal gesehen und schlicht die »Montagsfrau« genannt hatte, begleitete ihn in seinen Träumen mit vehementer Hartnäckigkeit.

Mal war es eine romantische Hochzeit, die in idyllischer Runde am Wetzlarer Kalsmunt stattfand, mal ein Spaziergang zu zweit durch die pittoresken Gässchen der Lahnperle, mal eine gemeinsame Urlaubsreise in die heißgeliebte Toskana, von der mir unser Freund mehr als einmal vorgeschwärmt hat. Klar, das alles waren pure Phantastereien, und aus Gründen, die für den Fortlauf unserer Geschichte nicht unerheblich sind, hat der Leser schon zu diesem frühen Zeitpunkt das Recht, die Wahrheit zu erfahren, auch wenn sie prosaisch ist.

Also zurück zu den Anfängen. Wie an jedem Morgen war Frank eines Februartages von seiner Zweizimmerwohnung in der Wetzlarer Altstadt – die genaue Anschrift bleibt aus Pietätsgründen ungenannt – zur Bushaltestelle Goldfischteich gepilgert und wie gewohnt in die Buslinie elf Richtung Gießen gestiegen. Ich glaube, damals stand Thomas Manns »Doktor Faustus« auf seinem Busleseplan – vorher war es »Professor Unrat« vom aufbegehrenden Bruder Heinrich, doch das tut eigentlich nichts zur Sache. Um zum Philosophikum eins der Justus-Liebig-Universität zu gelangen, wo Frank bislang Philosophie und Geschichte studierte, muss er damals noch am Marktplatz umsteigen. Dort trifft ihn an diesem verhängnisvollen Februarmontag der Schlag. Die nüchternen Fakten: etwa 1,60 Meter groß, braungebrannt, langes schwarzes Haar, feine Züge eines Gesichts, das ganz sicher 90 Prozent der männlichen Weltbevölkerung als hübsch bezeichnen würde. Kurzum: eine bildschöne Frau – dabei allerdings keinesfalls aufgebrezelt. Zweifellos eine Naturschönheit. Hätten Sie sie gesehen, Sie hätten Frank Recht gegeben. Ich selbst habe mich einmal davon überzeugen können, aber ich schwadroniere. Zurück zu diesem Februarmorgen, denn alles andere ist in diesem traurigen Fall unwichtig: Also der Wetzlarer steigt aus dem Bus, überquert die Straße und geht zu seinem gewohnten Warteplatz an einem Baum, den es mittlerweile – für alle Nicht-Ortskundigen: Eine der charakteristischen Eigenschaften der Stadt Gießen ist ihr planierraupener Baueifer – nicht mehr gibt. Das Suchen dieses geschichtsträchtigen Ortes ist also wenig sinnvoll, denn der Baum ist Gießener Sanierungseifer zum Opfer gefallen, und in unseren Tagen findet sich an dieser Stelle ein Mülleimer, inklusive Aschenbecher. Ich schwadroniere schon wieder. Frank kann sich also noch an den Stamm lehnen an diesem schicksalhaften Tag, und wie gewohnt aus sicherer Distanz die anderen Fahrgäste taxieren. Doch jetzt bleibt der Blick hängen und es fühlt sich so an, ja wie? Zur Metapher gegriffen: Blitzeinschlag. Übertragen auf die reine Körperlichkeit: kalter Schweiß bricht aus, Zittern bis ins Mark, Übelkeit und die erste Zigarette am Filter anzünden. Es ist ein komisch Ding mit dem Verlieben, und jetzt steigt die Frau, die später die Montagsfrau heißen sollte, auch noch in denselben Bus, die 802 Richtung Rathenaustraße, es ist allerdings nur ihr Rücken zu sehen. Auch noch, als sie sich von der Haltstelle in Richtung Phil eins aufmacht, Frank immer hinterher. Am Haupteingang verliert er sie, als sie sich rechterhand in Richtung Fachbereich Germanistik aufmacht und mit einigen Freundinnen trifft. Ein Beobachten – für unseren Freund unter diesen Umständen viel zu gefährlich. Es sollte noch genügend Gelegenheiten dazu geben, ob nun beim traditionellen studentischen Sonnenbaden auf der Wiese vor dem Phil, in der Mensa oder am Bus, wobei die Angebetete merkwürdigerweise immer nur montags auftauchte und beobachtet werden konnte. Pragmatiker werden sich jetzt fragen: Warum spricht er sie nicht an? Pragmatische Antwort: Die Geschichte wäre dann zu Ende und der Schreiber ein Wichtigtuer, doch die Halbangelegenheit war auch nicht so einfach, was vor allem mit Franks komplizierter und verletzlicher Natur zu tun hatte. Man verdeutlicht das am Besten mit einem physikalischen Beispiel: Fällt auch nur ein Tröpfchen TNT auf den Boden, dann tut´s einen gewaltigen Schlag, und bei Frank genügte nur ein schiefer Blick eines Gegenübers, um Seelenqual Marke Höllenfeuer und emotionale Wirbelstürme auszulösen. Wie oft haben wir darüber stundenlang gesprochen – allein helfen wollte nichts.

Die Beobachtungen setzen sich – immer mit mir im Schlepptau - also bis in den Sommer fort, als die angebetete Schöne plötzlich verschwunden ist. Es beginnen tagelange Suchaktionen in ganz Gießen, auch in beliebten Studentenkneipen wie dem Ulenspiegel. Ich glaube, ich habe nächtelang nicht geschlafen, trotzdem: Fehlanzeige. Telefonieren scheidet natürlich aus, denn wie soll man von jemandem, dessen Namen man nicht kennt, die Nummer im Telefonbuch finden. Ist schon blöd, und alles hätte sich zu einem wunderbaren »Es war einmal …« entwickeln können, doch Vater Zufall war wohl dagegen. Denn als sich Frank in diesen Sommerferien ein Buch über Kantsche Moralphilosophie aus der Universitätsbibliothek holt und anschließend mit der Elf den heimatlichen Hafen ansteuert, steigt die Montagsfrau zusammen mit einer Freundin zu. Freudiges Entzücken gemischt mit bangem Beben, bis die beiden in Dutenhofen an der Haltestelle Gießener Straße aussteigen. Und wer permanent Menschen beobachtet, der kriegt auch scharfe Ohren und kann hören, dass die Frauen sich regelmäßig mittags am Dutenhofener See sonnen.

Das war gestern, und natürlich klingelte prompt mein Telefon. Angesagt ist stundenlanges Diskutieren und Debattieren, wie man denn nun – oh, bitte entschuldigen Sie meine Unhöflichkeit, ich habe mich noch gar nicht vorgestellt. Ich heiße Dieter Silbermann, studiere Mathematik und Physik an der Justus-Liebig-Universität, und oft wird mir vorgeworfen, ich sei ein unterkühlter Charakter. Die Leute mögen Recht haben, denn ein derart heftiges Aufbrodeln der Leidenschaften, wie es unser Freund, der sonst eigentlich ein ruhiger Vertreter war, erlebte, ist bislang immer an mir vorbeigegangen. Babsi und ich, nun ja, zwei Naturwissenschaftler sehen die Dinge wohl eher rational. Wie auch immer, bei unserem Telefonat ging es vor allem darum, wie man die Angebetete am Besten ansprechen solle, was im Erfolgsfall zu tun ist, und mein temperamentvoller Freund schwebte schon in himmlischen Sphären. Vergessen hatten wir dabei allerdings auch das Niederlagenszenario zu erörtern. Ein fataler Fehler, denn am Ende hat sich dieser Sommertag blutrot gefärbt. Vielleicht hätte ich mich auch mit meiner persönlichen Meinung in Liebesdingen zurückhalten sollen: Hopp oder Topp, Mann oder Memme. Bei Babsi war das angezeigt. Warum nicht Frank mein Geheimrezept verraten? Darum: Dieses Rezept sollte sich im Fall der Montagsfrau, gelinde gesagt, als Idiotie erweisen. Ich war zwar nicht selbst dabei, bei den Vorkommnissen, die sich jetzt ereignen sollten, doch Franks Eltern, denen ich immer eng verbunden war, haben mir sein Tagebuch überlassen. Zumindest der Morgen vor seiner Fahrt zum See lässt sich daraus rekonstruieren …

Dienstag, elfter August 2003. Strahlend blauer Himmel, Sonne scheint beim Aufwachen ins Fenster. Merken: Ich sollte den Rollladen immer oben lassen. Öfter auf Dieter hören, denn er hat Recht: Hopp oder Topp, Mann oder Memme. Bin überzeugt, dass das Auftauchen der Montagsfrau ein gutes Omen ist. Was soll schon schiefgehen? 30 Minuten später. Geduscht, Kaffee trinken und Rauchen. In zehn Minuten mache ich mich auf in mein neues Leben. Ich fühle mich stark wie tausend Mann und schreibe später weiter, hoffentlich gute Neuigkeit. Das ist der letzte Eintrag. Es gibt zwar keinen schriftlichen Beleg für die Ereignisse, die sich dann am See abgespielt haben, aber wir erzählen sie trotzdem, und keine Sorge: Der Leser, der längst gemerkt haben wird, dass nicht nur Dieter Silbermann berichtet, was – ohne dem guten Mann zu nahe treten zu wollen – wirklich langweilig wäre, kann sich ganz auf seinen Erzähler verlassen.

Schon auf dem Weg zum Dutenhofener Badesee legt Frank sich seinen Plan zurecht: Da am See gibt´s doch diese Kneipe mit Aussichtsterrasse, von der aus man den Badestrand überblicken kann. Da hocke ich mich hin und peil erstmal die Lage, bevor ich zum Angriff übergehe. Gesagt, getan? Nicht so ganz, denn als Frank am See ankommt, nach einem nervenaufreibenden Marsch am großen Supermarkt vorbei, klappt alles bis zum Hinsetzen auf der Aussichtsterrasse, denn die ist brechend voll. Was also tun? Die Sache wird ungleich schwieriger, auch deshalb weil die Angebetete, die unser Held bislang nur in schlichtem Sweater und Jeans kennt, heute einen knappen Bikini trägt. Um dem Leser einen Eindruck zu vermitteln, ohne dabei schlüpfrig zu werden: braungebrannte, straffe 90, 60, 90, die das Problem jetzt noch verschärfen. Frank bleibt nichts anderes übrig, als hinter einem großen Baum am Strand notdürftig Deckung zu suchen. Bange Minuten. Hatte er sich heute Morgen selbst überschätzt? Wo ist die martialische Angriffsrhetorik geblieben? Die Panik wird größer, als er plötzlich Silbermanns Stimme in seinem Kopf hört: Mann oder Memme. Bange Stunden lang wird der Baum zum Schützengraben, die Kehle schnürt sich zu und er sieht Doppelbilder. Und immer wieder Silbermanns Stimme: Mann oder Memme. Da ist er wieder, der kalte Schweiß, willkommen vertraute Übelkeit, aber: Hopp oder Topp. Der Strand leert sich schon, als der Wetzlarer seinen Beobachtungsposten verlässt. Die Knie drohen ihm wegzusacken, und der Weg zur Angebeteten, die keine zehn Meter vom Baum entfernt auf ihrer Matte liegt, wird endlos. Sein Körper zittert wie Espenlaub als sich Frank der Montagsfrau nähert. Und die Gelegenheit ist günstig, denn gerade hat sich die Strandgefährtin aufgemacht, das letzte Eis des Tages zu besorgen. Überall werden Strandmatten zusammengerollt, Badehosen in Handtücher gewickelt und Kinder überzeugt: Ja, wir kommen ja morgen wieder. Nicht mehr viele sind am See, die das mitbekommen.

Entschuldige. Ja? Darf ich dich kurz stören? Wieso? Würdest du eine Zigarette mit mir rauchen? Nein, würde ich nicht.

Ein freier Tag

»Mensch Müller, sind wir verheiratet oder was? Ich hab frei und buchstabier Ihnen das auch gern noch mal: f r e i. Ich habe Ihnen gesagt, Sie sollen mich heute nicht stören, selbst, wenn die Ganoven auf der Lahnbrücke Lambada tanzen.« Eigentlich gehörte Hauptkommissar Günther Eugenski immer schon zu den eher ruhigen Vertretern, doch eins konnte der Mann partout nicht leiden: Wenn er sich an einem schönen Sommerabend mit einem guten Buch auf die Wiese in der Wetzlarer Colchester-Anlage gelegt hatte, um langsam und gemütlich, immer berieselt vom leisen Gesäusel der Passanten, in einen guten Krimi abzutauchen und dann vom diensthabenden Kollegen gestört zu werden. Pest und Pocken! Gerade will er zum verbalen Großangriff ausholen, als ihm Müller ins Wort fällt: »Mensch Herr Hauptkommissar, entschuldigen Se man mal, aber wir haben da in Dutenhofen am See eine Sache. Ich glaube man, dass Sie als Leiter der Mordkommission da dann man mal doch mal am Besten selbst hinfahren.« »Müller, was soll das Gestammel, was ist los in Dutenhofen am See?« »Ich weiß es nicht, Herr Hauptkommissar. In jedem Fall haben wir eine tote Frau, und – na ja, ich habe eben mit dem Kollegen Schmidt gesprochen und der hat mir auch was von Kannibalismus erzählt«, schluckt der Diensthabende. »Am besten, Sie fahren man mal schnellstmöglich dahin« – und genau das war der Satz, der einen schönen Sommerabend zunichte machte. Dabei war die Lesestunde an der Lahn erst der Anfang. Eigentlich hatte Eugenski geplant, seine Frau Ellen, die im Klinikum Spätschicht hatte, ganz kitschig mit einem Dinner bei Kerzenschein zu überraschen. Das wäre nur recht und billig gewesen, denn gerade in den letzten Monaten hatten sich die beiden - jeder eher mit seiner Arbeit als mit dem Partner verheiratet - zunehmend auseinandergelebt. Kitsch konnte da eine Brücke bauen, doch jetzt war Widerstand zwecklos, nicht nur weil Eugenski als Leiter der Moderkommission schon kraft Amtes die Verantwortung trug. Nein, es ist vor allem der Instinkt des Mordermittlers, der ihn jetzt in Bewegung bringt: Sachen zusammenpacken, Lesezeichen ins Buch und über die alte Lahnbrücke zum Parkplatz Haarplatz, wo der Ermittler gerade noch sieht, wie ein silberner BMW seinen Golf rammt und sich aus dem Staub macht. Tiefe Kratzer an der hinteren linken Stoßstange, Wut kocht auf, aber egal jetzt. Auf dem schnellsten Weg über die Bergstraße und die Frankfurter Straße in Richtung Dutenhofen, vorbei am Großmarkt und über den Feldweg zum See – natürlich bei abgeschaltetem Polizeifunk, denn eines hatte sich der Hauptkommissar schon vor Jahrzehnten angewöhnt: möglichst ein unverfälschtes Bild vom Tatort und vom Täter machen, und das geht nur, wenn man nicht schon vorher mit Informationen überfüttert wird. Schon von weitem sieht Eugenski die blauen Lichter von mindestens fünf Streifenwagen, dem Notarzt und einem Rettungswagen, doch quasi in letzter Minute fährt der Kommissar rechts ran, um seiner Frau eine SMS zu schreiben: »Mausi, es wird später heute.« Dann geht´s rein ins Getümmel, und – ach ja – es gibt noch etwas, das Hauptkommissar Eugenski in die Raserei bringt: die Schaulustigen, die ihm auch diesmal den Weg zum Tatort fast völlig versperren. Gerade will er zu einer Tirade ausholen von wegen unverschämte und notgeile Gaffer und so, als ihm Gerd Petermann, langjähriger Freund und Kollege, den Wind aus den Segeln nimmt. »Mensch Günther, reg dich doch nicht über die Leute auf. Komm besser mit, wir brauchen dich hier dringend.« »Gerd, schön dich zu sehen. Was haben wir denn?« »Junge Frau, 25 Jahre, Studentin an der Gießener Uni und Badegast.« »Na deswegen bin ich ja wohl nicht hier.« »Nee, nee, Günther, aber alles weitere siehst du dir besser selbst an. Ist doch sowieso deine Philosophie, oder? Sie liegt da vorne.« So gespenstisch leer hatte Eugenski, der den Dutenhofener See schon lange wegen der vielen Badegäste mied, den Strand zuvor noch nie erlebt. Doch diese Stille war auch ein gutes Zeichen, denn sie bedeutete auch, dass die Kollegen anständige Arbeit gemacht und zügig abgesperrt hatten. Für die Untersuchungen der Spurensicherung waren das beste Bedingungen. Was der Hauptkommissar zu diesem Zeitpunkt noch nicht wissen konnte: Spurensicherer würde man beim Dutenhofener Kannibalen-Mord – so ist er in die Geschichtsbücher eingegangen – nicht brauchen. Und eine weitere Wahrheit offenbarte sich dem Polizisten, der mittlerweile auf die 60 zuging, in diesen Minuten: Den Anblick dieser Frau am Dutenhofener Strand würde er sein Leben lang nicht mehr vergessen. Dabei konnte man von Frau eigentlich nicht mehr sprechen, denn es war nicht mehr viel davon übrig. Auf dem sonst weißen Strand lag eine Person in einer großen Blutlache. Der oder die Mörder hatten ihr vom linken zum rechten Ohr hin die Kehle durchgeschnitten. Über und über war der Oberkörper mit Messerstichen traktiert worden – Eugenski schätzte, dass es so um die 40 gewesen sein dürften. Nicht schon genug damit: An Armen, Schultern und Fußgelenken fanden sich Bissspuren und zerrissenes Fleisch, vom Täter durchgebissen. Und rings um die Leiche schaudernde Ermittler, darunter Kommissar Ernst Drewer, Mitarbeiter bei der Mordkommission. »Mensch Ernst, was ist das für eine Schweinerei hier. Was sagt der Pathologe dazu?« »Nicht viel. Der Mann kam hier an, hat die Leiche kurz untersucht und ist seitdem praktisch die ganze Zeit am Kotzen – kommt bei dem nicht oft vor. Blitzattacke. Keiner hat so richtig was mitbekommen, obwohl noch einige Leute am Strand waren. Aber den Täter haben wir schon. Er sitzt dahinten im Streifenwagen mit zwei Kollegen und sagt kein Wort. Auch die Tatwaffe haben wir gefunden. Ein Klappmesser mit einer feststehenden, zehn Zentimeter langen Klinge. Nur das Motiv ist noch völlig unklar.« »Warum in Gottes Namen hat er sie gebissen?« »Wissen wir nicht – der Mann hüllt sich in Schweigen. Die Fotos sind gemacht, die Leiche ist untersucht so gut es ging. Wenn du dir dein Bild vom Tatort gemacht hast, schlage ich vor, dass wir sie wegbringen lassen.« »Weißt du Ernst, mehr Bild kann ich mir eigentlich gar nicht machen. Das hat sich mit Sicherheit für ewig festgebrannt. Ich nehme mir lieber mal den Täter vor.« »Viel Glück, er heißt übrigens Frank Häusler. Ach, und noch was. Die Freundin des Opfers, eine gewisse Nicole Tamari, hat erzählt, dass dieser Häusler dem Opfer schon seit Monaten nachgestiegen ist. Willst du eigentlich gar nicht wissen, wie die Tote heißt oder besser hieß?«

Was zu beweisen war

Jedem, der sich mit dem Gedanken trägt, Physik zu studieren, sich seiner Sache aber noch nicht ganz sicher ist, sage ich: Vorsicht, Vorsicht, Finger sind schnell verbrannt. Und ich sage das immer noch deutlicher, wenn eine Arbeit ansteht wie die Nachholklausur zum Thema »Urknall«. Doch am Abend dieses elften August 2003 kam ich nicht wirklich zum Lernen, denn gegen 21 Uhr klingelte das Telefon. Silbermann, Dieter Silbermann?, fragt ein gewisser Hauptkommissar Eugenski. Es sei etwas mit Frank passiert. Ob er gleich bei mir vorbei kommen könnte. Natürlich wisse er, dass ich in Dahlheim wohne. Nein, es spiele überhaupt keine Rolle, ob es in der Wohnung nach Großangriff aussehe, in etwa zehn Minuten sei er da. Banges Warten in diesen endlos scheinenden Minuten: Autounfall, heimtückischer Überfall oder – ich meine, wir leben in der Werther-Stadt und Frank neigte schon immer zur Schwermut – Selbstmord? Das alles wäre noch glimpflich gewesen, im Vergleich zu dem, was ich jetzt erfahren sollte: Mein Freund Frank, der ruhige, sensible und zeitweise fast unerträglich leidenschaftliche Frank, hatte die Montagsfrau ermordet. Alles Weitere wollte mir Eugenski beim besten Willen nicht verraten. Ohnehin war der Kommissar nicht zum Antworten sondern zum Fragen gekommen. Ob Frank Familie hat, ob er sich mir gegenüber schon einmal gewalttätig gezeigt hatte, ob er in einem stabilen sozialen Umfeld lebte, warum er sich gerade diese Frau zum Opfer ausgesucht hatte, ob er vielleicht pervers veranlagt sei? »Warum ich Sie das frage, Herr Silbermann? Die Antwort ist einfach. Es wird Tage dauern, bis sich unser psychologischer Gutachter ein Bild gemacht hat, und die Sache wird zusätzlich dadurch erschwert, dass Ihr Freund einfach kein Wort spricht. Aber ich brauche Anhaltspunkte, vor allem über sein Motiv.«

Also erzählte ich dem Hauptkommissar alles, was ich wusste. Von unserem blödsinnigen Gespräch über Männer und Memmen, von Franks Besessenheit von der Montagsfrau, seiner Suche und dem Glück, sie endlich wiedergefunden zu haben. Zum Ende unserer Unterhaltung bat mich der Kommissar darum, alles aufzuschreiben, was mir über den Lebenslauf meines Freundes einfallen würde. Sie bräuchten das zu Vernehmungszwecken oder so. Was die Polizei damit angefangen hat, kann ich heute, etwa sechs Jahre nach dem Geschehen nicht sagen, will es aber in die treue Obhut des Lesers geben, in der Hoffnung, er möge sich ein eigenes und gerechtes Bild von Franks vernichtender Liebe zur Montagsfrau machen.

Geboren in einer norddeutschen Kleinstadt – auch ihr Name bleibt aus Gründen der Pietät ungenannt – wächst Frank in einem behüteten, aber überstrengen Elternhaus auf, wie er mir selbst einmal in einer stillen Stunde erzählt hat. Die Eltern haben nie Schwierigkeiten mit dem Jungen, der die Schulzeit als Musterschüler durchläuft. Warum er nie eine Freundin hat? Na er ist eben ein Spätzünder, so könnte man es sich erklärt haben. Und genauso habe ich ihn kennengelernt. Fleißig, immer freundlich und nie im Clinch mit irgendwem. Hätte es nicht bisweilen diese dramatischen leidenschaftlichen und depressiven Ausbrüche gegeben – man hätte meinen können, eine Maschine vor sich zu haben. Von der Familie habe ich im Übrigen nicht mehr gehört, außer dass Eltern und Großeltern regelmäßig vorbeikamen, um – so sollen sie es gesagt haben – nach dem Rechten zu schauen, wohlgemerkt bei einem Mitzwanziger. Mehr weiß ich nicht von diesem Mann, bei dem ich immer den Eindruck hatte, er würde sein Bett mit dem Lineal machen und niemals schlafen, um bloß keine der Verpflichtungen, die das Leben für ihn bereithielt, zu verpassen. Und um ganz ehrlich zu sein hatte ich große Hoffnung, als Frank die Montagsfrau entdeckte. Fast schien es so, als könne er sein Glück endlich finden - allerdings nur für einen kleinen Moment. Glauben Sie mir, noch heute frage ich mich: Hätte ich es ahnen können? Wie hätte ich es verhindern können und warum, warum musste ich über Memmen und Männer sprechen? Für den Sensiblen, den sein übergroßer Liebeshunger selbst in den Träumen nicht losgelassen hat, war das zuviel. Zugegeben, ich bin kein psychologischer Gutachter, doch auch das ist völlig klar: Die Zurückweisung der Montagsfrau, die Frank im Grunde überhaupt nicht kannte, war eine Enttäuschung zuviel. Was bleibt? Die Frau ist tot und Frank sitzt nach höchstrichterlichem Spruch in einer geschlossenen Anstalt ein. Bis heute hat er kein Wort gesprochen, und ich glaube, dass er mit sich und der Welt abgeschlossen hat. Apropos Welt. Wissen Sie, was von dem Mord am Dutenhofener See in Erinnerung geblieben ist? Die Bisse, mit denen der Wahnsinnige sein Opfer traktiert hat. Sie waren postmortal, spielten also – wenn auch furchtbar grausam – in der ganzen Tragödie die geringste Rolle. Aber sie waren eben spektakulär, und wer heute an den Dutenhofener See fährt, der kann dort noch immer die Geschichte vom mittelhessischen Kannibalen oder Vampir oder Werwolf hören. Die Lebensgeschichte meines Freundes oder sein Motiv oder die Frage danach, wer eigentlich das Opfer gewesen ist, spielen keine Rolle. Jahre später hatte ich Gelegenheit, mit Nicole Tamari zu sprechen, und der geschätzte Leser soll die ganze Wahrheit erfahren: Das Opfer hieß Sabrina Gehrke, war 25 Jahr alt, stammte aus Gießen und studierte Anglistik an der Justus-Liebig-Universität, und ja, Frank war ihr aufgefallen, und ja, durchaus positiv. Wen wundert´s, denn mit seinen 1,80, blonden Haaren und stahlblauen Augen, machte unser Freund eine stattliche Figur. Dumm nur, dass auch Sabrina sich niemals getraut hat, den Unglücklichen anzusprechen und es an dem Strand am Dutenhofener See vermutlich einfach nur mit der Angst zu tun bekommen hat. Vielleicht hätte es auch ein Happy End geben können, doch das werden wir nie erfahren. Die Gehrkes, die seit Generationen im Gießener Stadtteil Kleinlinden gelebt haben, sind übrigens schon vor langer Zeit weggezogen, um sensationslüsternen Nachbarn aus dem Weg zu gehen. Etwa ein Jahr nach den blutigen Ereignissen hat sich Kommissar Eugenski in den vorzeitigen Ruhestand versetzen lassen, und gelegentlich taucht er in der Tageszeitung als Vorsitzender eines hiesigen Kaninchenzüchtervereins auf. Richtig glücklich wirkt er nicht, aber das kann auch am Zeitungsfoto liegen. Ich selbst bin mit dem Leben fertig. Von Babsi habe ich mich getrennt, denn mit Mann oder Memme ist Schluss. Ich habe mein naturwissenschaftliches Studium abgeschlossen, allerdings nur, um mich jetzt der Philosophie zuzuwenden. Denn nach wie vor quält mich diese eine Frage: Sind wir vielleicht alle am Ende doch nichts mehr als Tiere?

Abgesang

Gießen (P). Am frühen Donnerstagmorgen wurde Frank H., auch bekannt als der Werwolf vom Dutenhofener See, tot in seiner Zelle aufgefunden. Die Polizei spricht von Selbstmord. H., der vor sieben Jahren eine junge Frau bestialisch am Dutenhofener See zugerichtet hatte, soll sich mithilfe einer Rasierklinge die Pulsadern aufgeschnitten haben. Weitere Einzelheiten folgen. Stephan Scholz

Onkel Horst vom Schillerplatz

Von Henrike Heiland

Das Problem mit Erbonkel Horst war gar nicht mal, dass er sein gesamtes Geld mit dieser Frau verprasst hatte. Was das anging, waren wir noch ganz entspannt. Das Problem war vielmehr, dass die Frau ihn verlassen hatte, kurz nachdem ihm das Geld ausgegangen war, und er sich deshalb vor Liebeskummer eine Kugel in den Kopf jagte.

»Er hätte doch einfach warten können, bis sich die ganze Sache auf, äh, natürliche Weise erledigt«, schimpfte Hilde, meine Frau. »Er war doch eh schon so krank.«

»Er hat sich halt so geschämt, wegen dieser Frau«, nahm ich ihn in Schutz.

»Ich hab gleich gesagt, die ist nicht gut für ihn.«

»Aber so hatte er wenigstens noch ein bisschen Spaß vor seinem Tod.« So, wie ich ihn verteidigte, könnte man meinen, Erbonkel Horst wäre mein Onkel gewesen. War er aber nicht. Er war der Bruder der Mutter meiner Frau, und er hatte gute fünf Jahre gebraucht, bis er sich merken konnte, dass ich Hartmut und nicht Helmut heiße. Trotzdem war ich wahrscheinlich der einzige, der ihn halbwegs gemocht hatte.

»Und vor lauter Spaß hat er sich jetzt erschossen?« Hilde ließ sich auf das Sofa fallen. »Schau dir mal diese Sauerei an. Der schöne Sessel. Den können wir jetzt nicht mal mehr auf Ebay versteigern. Selbst, wenn das Blut rausgehen sollte, wie sieht das denn aus: ›Original 50er Jahre Clubsessel, Topzustand, sehr gepflegt, kleines Einschussloch oben mittig‹? Wer will denn sowas kaufen?«

»Die kaufen alles auf Ebay«, beruhigte ich sie und dachte darüber nach, ob ich mir auch frontal in die Stirn oder lieber in die Schläfe schießen würde. Also, falls ich mal vorhätte, mich umzubringen. Und dann noch mit einer Schusswaffe. Ich musste daran denken, dass sich vor nicht ganz 250 Jahren im Nachbarhaus dieser Freund von Goethe, Karl Wilhelm Jerusalem, auch aus Liebeskummer erschossen hatte. Goethe hatte das in gewisser Weise zu seinem Werther inspiriert. Das und die gute Charlotte Buff, die ihn nicht wollte. Wetzlar musste ihm ganz schön zugesetzt haben, dem jungen Goethe.

»Ist das eigentlich eine Pistole oder ein Revolver?«, fragte ich Hilde.

Sie zuckte die Schultern und fächelte sich mit der Hand Luft zu. »Keine Ahnung. Das Ding ist noch vom Opa aus dem Krieg. Und der Opa hat immer nur von seinem Schießeisen gesprochen. Wie lang liegt er wohl schon hier?«

Ich nahm einen Schreibblock, der auf dem Wohnzimmertisch lag. Auf der ersten Seite war in Erbonkel Horsts akribischer Handschrift sein Abschiedsbrief zu lesen:

Liebe Hilde, lieber ~~Helm~~ Hartmut,

wie Ihr wisst, habe ich nicht mehr lange zu leben. Aber ich habe Angst vor diesem langsamen, qualvollen Tod, und ohne meine einst so geliebte Miriam, die mir die letzten Tage versüßen sollte, kann ich das alles nicht länger ertragen. Seid nicht traurig, mir geht es besser dort, wo ich jetzt bin.

Euer Onkel Horst

PS: Genaue Instruktionen für meine Beisetzung und die dazugehörigen Feierlichkeiten habe ich schon vor einiger Zeit mit Hilde abgesprochen. Es gäbe da allerdings zwei Änderungen:

1. Rüdiger hat mir ernsthaft krumm genommen, dass ich ihn wegen Falschparkens auf dem Schillerplatz bei der Polizei angezeigt habe, und er war sehr unhöflich zu mir. Er darf nicht kommen.

2. Ich möchte doch nicht, dass Andrea Berg gespielt wird. Das würde mich zu sehr an Miriam erinnern, würde ich noch leben. Spielt bitte »Ich denk so gern an meine Mutter« von Captain Cook und seinen singenden Saxophonen.

Hilde hatte ihn mir bereits vorgelesen, und ich hatte ihn mir danach noch zwei Mal kopfschüttelnd angesehen, deshalb blätterte ich gleich weiter zur nächsten Seite, wo Erbonkel Horst halbstundengenau notiert hatte, wer wann wo und wie auf dem Schillerplatz parkte. Alle Falschparker und Parkzeitüberzieher waren mit rot markiert. Ein Bleistifthäkchen hinter den Nummernschildern bedeutete, dass er die Polizei über die Ordnungswidrigkeiten informiert hatte. Der letzte Eintrag war von gestern Abend, 23:00 Uhr, mit einem Häkchen dahinter. Er war jeden Tag bis 23 Uhr aufgeblieben, hatte die letzten Parksünder notiert und war dann schlafen gegangen. Gestern hatte er also die Falschparker noch der Polizei gemeldet und sich dann in der Nacht erschossen. Einen Eintrag von heute Morgen um 6 Uhr gab es nicht mehr. Ich teilte meiner Frau gewissenhaft mit, was ich herausgefunden hatte.

»Dieser Vollidiot«, murrte sie.

»Dann rufen wir mal den Bestatter an«, schlug ich vor. »Oder wen ruft man da an?«

Hilde stöhnte auf und fächelte sich wieder Luft zu. Dabei war es in Erbonkel Horsts kleiner Zweizimmerwohnung in dem Fachwerkhaus am Schillerplatz mit Blick auf das imposante gelbe Musikschulgebäude lange nicht so heiß wie draußen. An diesem Augustsonntag war das Thermometer auf über 30 Grad geklettert. Die dicken alten Mauern und die winzigen Fensterchen hatten bei diesen Temperaturen nicht zu leugnende Vorteile.

»Wir rufen gar niemanden an«, sagte Hilde. »Überleg doch mal. Wenn irgendeiner rausfindet, dass Onkel Horst sich umgebracht hat, sehen wir keinen Cent von seiner Lebensversicherung. 250.000 Euro! Da können wir nicht einfach so drauf verzichten.«

Hilde konnte manchmal wirklich lustig sein. »Nicht drauf verzichten« war die Untertreibung des Jahrhunderts. Wir hatten das Geld schon längst ausgegeben. Erbonkel Horsts Hausarzt hatte uns im Frühjahr durch die Blume zu verstehen gegeben, dass der Alte nicht mehr als ein halbes Jahr zu leben hatte. Also hatte Hilde eine Maisonettewohnung in einer Villa am Deutschherrenberg gekauft, neue Möbel bestellt und den Umzug in die Wege geleitet. Den Kredit hatte man uns bereitwillig genehmigt, weil Hilde die Bankberaterin gut kannte und die wiederum mit der Sprechstundenhilfe von Erbonkel Horsts Hausarzt befreundet war, die ihr natürlich steckte, dass wir schon bald mit unserem Erbe rechnen konnten. Wir saßen also in einer überteuerten Wohnung mit überteuerten Möbeln ziemlich unbequem auf einer Viertelmillion Schulden. Die einzige Chance, diese ohne die Lebensversicherung von Erbonkel Horst abzubezahlen, bestand darin, dass wir beide 200 Jahre alt wurden. Natürlich könnten wir die Wohnung auch wieder verkaufen. Und die Möbel. Und den geleasten, nagelneuen Mercedes zurückgeben, von dem Hilde fand, dass er zu unserer gehobenen Wohnsituation am Deutschherrenberg einfach dazugehörte. Aber nichts davon wollte Hilde. Weder 200 Jahre alt werden, noch die Wohnung verkaufen.

»Ich zieh nicht wieder nach Dalheim«, erklärte sie. »Ich hab in den zwanzig Jahren unserer Ehe jeden Tag meine Einkäufe in den vierten Stock geschleppt …«

»Wir hatten einen Aufzug«, erinnerte ich sie.

»… und konnte kein Mittagsschläfchen halten, weil immer irgendwo im Haus irgendjemand Lärm gemacht hatte. Wenn ich aus dem Fenster geschaut hab, hab ich auf Betonwände geglotzt. Dieselben Betonwände wie von unserem Haus. Und wenn wir mal eine Postkarte bekommen haben, hat gleich die ganze Nachbarschaft gewusst, von wem die war. Ich will so nicht mehr wohnen! Ich will in meinem eigenen Garten grillen, nicht auf einem zwei Quadratmeter großen Balkon, und dann beschwert sich wieder der Kettenraucher aus dem fünften Stock, dass es zu sehr qualmt. Ich will genau da bleiben, wo wir jetzt sind!«

Ehrlich gesagt hatte ich auch keine Lust, wieder nach Dalheim in eine 58-Quadratmeter-Mietswohnung zu ziehen. Am Deutschherrenberg war es herrlich ruhig und grün, man konnte prima Spaziergänge machen, und in die Altstadt war es auch nicht weit. Das war besonders abends von Vorteil, wenn ich mit ein paar Kollegen noch in einer der vielen gemütlichen Altstadtkneipen ein Bierchen trinken war. Ohne Angst um den Führerschein konnte ich mich zu Fuß auf den Nachhauseweg machen. Und das Beste: Seit wir am Deutschherrenberg wohnten, gab Hilde endlich Ruhe. Sie lag mir nicht mehr mit ihrem ewigen Genörgel über die Nachbarn in den Ohren. Sie regte sich nicht mehr über verdreckte Treppenhäuser, falsch sortierten Müll in den Gemeinschaftsmülltonnen oder unsachgemäß abgestellte Kinderwagen auf. Im Gegenteil, ich kam an den Wochenenden dazu, in Ruhe die Wetzlarer Neue Zeitung zu lesen oder abends Sportschau zu schauen, weil sie entweder in unserem geleasten Mercedes herumkurvte, um ihre Freundinnen neidisch zu machen, die sie mittlerweile zu entfernten Bekannten herabgestuft hatte, weil sie nicht mehr »zu uns passten«, oder in ihrem neuen Reich, dem Garten, herumwerkelte. Damit war sie dann auch ausführlich beschäftigt. Schließlich war im Garten für mehr als nur zwei Geranienstöcke Platz, und mit dem Mercedes hatte sie bestimmt schon ihren eigenen Sonderparkplatz vor sämtlichen Gärtnereien und Gartenbaufachgeschäften im Lahn-Dill-Kreis.

Aber man konnte es schlecht ungeschehen machen, dass sich Erbonkel Horst eine Kugel durch den Kopf geschossen hatte, die jetzt in der Rückenlehne des Sessels steckte.

»Wir werden wohl so schnell keinen Arzt finden, der uns eine natürliche Todesursache auf den Totenschein schreibt«, sagte ich und ging zum Fenster, um es zu öffnen. Warme Sommerluft strömte herein, viel wärmer als die kühle Luft in der Wohnung, aber trotzdem hatte ich endlich das Gefühl, freier atmen zu können. »Möglicherweise könnten wir sagen, dass es ein Unfall war. Das hört man doch dauernd in den Nachrichten, du weißt schon, dass jemand beim Reinigen seiner Waffe …«

»Das ist auch nur eine nette Umschreibung für Selbstmord«, ächzte Hilde. »Mach das Fenster zu, die Hitze bringt mich um.«

Ich schloss es. Unten auf dem Schillerplatz parkten sie wieder kreuz und quer. Einer ließ sogar den Motor laufen, während er sich in einem der Geschäfte schnell etwas holte. Erbonkel Horst hätte seine Freude gehabt. Ich drehte mich um und sah ihn mir an, wie er in seinem Lieblingssessel lag, ein rundes, dunkelrotes Loch mitten auf der faltigen Stirn. Die Arme hingen schlaf runter, der Kopf war nach hinten gefallen, die Waffe lag rechts neben ihm. Sein Mund stand offen. Wenigstens hatte er die Augen zugemacht. Er war mit dem Oberkörper etwas nach links gerutscht. Es sah aber nicht danach aus, als würde er jeden Moment vom Sessel kippen. Dem Anlass entsprechend hatte er sich seinen besten Anzug angezogen, einen dunkelgrauen Dreiteiler mit weißem Hemd und dunkelblauer Krawatte. Dazu schwarze Lederschuhe, die er sich vor fünfzehn Jahren voller Stolz in dem alteingesessenen Schuhgeschäft in der Brückenstraße gekauft hatte. Ich glaubte mich zu erinnern, dass er Hilde aufgetragen hatte, diesen Anzug als Beerdigungsanzug zu verwenden. Offenbar hatte er ihr die Arbeit abnehmen wollen, danach zu suchen. Oder er hatte Angst gehabt, sie würde ihn in dem falschen Zwirn beerdigen lassen.

»Ich hab's«, sagte Hilde. »Ich weiß, wie wir an die Lebensversicherung kommen.« Sie sah mich mit funkelnden Augen an. Zuletzt hatte ich ihre Augen funkeln sehen, als sie mir mitgeteilt hatte, dass sie sich die Wohnung am Deutschherrenberg kaufen würde, und ich bekam ein bisschen Angst. Sie holte tief Luft und verkündete feierlich: »Wir lassen es einfach so aussehen, als hätte ihn jemand ermordet.«

Tatsächlich war die Idee gar nicht mal so schlecht. Wir rissen ein paar Schubladen auf, schmissen hier und da etwas um, durchwühlten Schränke und Kommoden und hätten alles, was wertvoll aussah, einfach eingesteckt, aber da war uns schon vor Wochen diese Miriam zuvorgekommen. Erbonkel Horst hatte außer seiner Lebensversicherung wohl wirklich nicht mehr allzu viel besessen. Als nächstes kratzten wir am Schloss der Wohnungstür herum, damit es so aussah, als wäre jemand mit einem Dietrich eingebrochen. Ich hatte noch die Idee, eine Scheibe einzuwerfen – wegen der Dramatik -, aber Hilde überzeugte mich davon, dass das überhaupt nichts bringen würde. Um genau zu sein, sagte sie: »Völliger Schwachsinn, aber was soll man auch sonst von dir erwarten.«

Hilde kannte sich nun mal aus. Sie sah jeden Tag mindestens einen Krimi im Fernsehen und konnte sehr übellaunig werden, falls mal keiner lief. »Scheißsport«, fluchte sie dann, wenn das ZDF am Spätnachmittag die Leichtathletik-WM oder die Olympischen Winterspiele übertrug und deshalb irgendeine SOKO ausfallen ließ. Aber dank ihrer umfangreichen kriminaltechnischen und –ermittlerischen Kenntnisse wusste sie auch, wie die Waffe von Erbonkel Horsts Fingerabdrücken zu befreien war und wo sonst noch in der Wohnung gewischt werden musste.

»Das mit den Schmauchspuren an den Händen können wir erklären«, sagte sie, nachdem alles zu ihrer Zufriedenheit inszeniert war (eine Liste mit angeblich gestohlenen Dingen hatten wir auch schon fertig). »Die Schmauchspuren hat er, weil er mit dem Ding immer mal im Wald rumgeballert hat. Er ist doch so gern im Kirschenwäldchen spazieren gegangen.«

Ich wusste zwar nicht so genau, was sie meinte, aber ich merkte mir vorsichtshalber mal das Kirschenwäldchen als beliebten Aufenthaltsort von Erbonkel Horst. Nicht, dass ich mich dran erinnern könnte, dass er da jemals unterwegs gewesen wäre. Ich kannte ihn nur, wie er am Fenster seiner Wohnung hing und die Falschparker notierte.

»Nebenan ist das Jerusalemhaus«, brachte ich mich ein. »Findest du es nicht bemerkenswert, dass er sich genau wie Jerusalem aus Liebeskummer erschossen hat?«

»Das war doch der Werther«, grätschte mir Hilde ins Wort. »Und das wird die Polizei einen Dreck interessieren. So, wir sind hier fertig.« Sie klatschte in die Hände und betrachtete wohlwollend ihr Werk: Es sah wirklich aus, als hätte eine Bombe eingeschlagen.

»Der Einbrecher hat ihn also in den Sessel gezwungen und dann erschossen?«, fragte ich zur Sicherheit noch mal nach. Erbonkel Horst saß schließlich immer noch mit offenem Mund leicht nach links verrutscht in seinem Lieblingsmöbel.

Hilde zuckte die Schultern. »Ich seh das so. Der Einbrecher knackt das Schloss. Kommt rein. Durchwühlt die Wohnung. Onkel Horst überrascht ihn. Natürlich hat er sich noch schnell mit der Wehrmachtsknarre vom Opa bewaffnet. Aber der Einbrecher ist jung und sportlich. Er reißt dem Alten die Waffe aus der Hand und richtet sie gegen ihn. Zwingt ihn, sich zu setzen. Oder vielleicht fängt Onkel Horst auch an zu zittern, ihm wird schlecht, er fleht ihn an … ›Ein letzter Gefallen, bitte, darf ich mich setzen, ich kann nicht mehr!‹«

»Jetzt geht ein bisschen die Phantasie mit dir durch«, sagte ich.

»Der Alte setzt sich mit letzter Kraft in seinen Lieblingssessel«, ignorierte sie mich. »Er weiß, er wird sterben. Also schließt er die Augen, der Einbrecher kommt näher und immer näher … und bumm!«

Ich zuckte zusammen. Ihr »Bumm« war schon sehr laut gewesen. Und wie sie da mit ihren Fingern auf meine Stirn zielte, sah auch sehr überzeugend aus.

»Ja. Prima«, stammelte ich und wischte mir den Schweiß von der Stirn. Langsam wurde es sogar hier drinnen heiß. »Und warum hat er seinen feinen Anzug an?«

»Kirche«, sagte Hilde prompt.

»Er war doch noch nie …«, protestierte ich.

»Stimmt. Das kann man zu leicht überprüfen. Wir sagen einfach, es war eine Marotte von ihm, jeden Sonntag diesen Anzug zu tragen. Sein Sonntagsanzug eben. Lass mich das einfach machen, wenn die Polizei fragt. Das Wichtigste ist: Wir waren gestern von abends um 23 Uhr bis jetzt zusammen.«

»Aber …«

»Da sollen sie uns erst mal das Gegenteil beweisen«, rief sie triumphierend, schnappte sich Erbonkel Horsts Festnetztelefon und wählte die 110.

»Das geht glatt über die Bühne«, erklärte sie mir, als sie aufgelegt hatte. »Wirst schon sehen. Wir sind hier schließlich in Wetzlar, und nicht in der Großstadt. Die winken das durch und legen den Fall zu den Akten, weil sie den Mörder nicht kriegen. Bestimmt werden sie ihn unter denjenigen suchen, die Onkel Horst jeden Tag aufgeschrieben hat. Jemand, der etwas zu verbergen hatte und es sich nicht leisten kann, dass Onkel Horst sein Nummernschild notiert hat …« Sie bekam wieder diesen Blick, vor dem ich mich fürchtete. »Wenn du dich genau an das hältst, was ich dir sage, haben wir bald unser Geld.«

Ich nickte gehorsam.

Zwar war mir nicht so ganz klar, was Hilde damit gemeint hatte, wir wären nicht in der Großstadt, aber eins wusste ich nach ein paar Tagen: Der Kriminalpolizist, der den Fall bearbeitete, stand einem gewieften Großstadtbullen in nichts nach. Ganz im Gegenteil. Er verbiss sich sogar noch mehr als jeder Fernsehkommissar in Erbonkel Horsts Tod. Hundert Mal fragte er nach Erbonkel Horsts Gewohnheiten, wollte wissen, wann er im Wald seine Knarre abfeuerte, wenn er doch gleichzeitig halbstundengenaue Falschparkprotokolle führte, und so weiter. Kurz gesagt: Der geniale Plan von Hilde war irgendwie gar nicht mehr so genial, und alles, was uns noch retten konnte, war das Alibi, das wir uns gegenseitig gaben.

Der Kommissar, ein junger Typ um die Dreißig, der sehr authentisch den mittelhessischen Dialekt beherrschte, lauerte mir eines Abends im Philosophenweg auf, als ich gerade aus einer Altstadtkneipe auf dem Nachhauseweg war.

»Die Sache mit Ihrem Onkel, die stimmt doch hinten und vorne nicht«, sagte er. »Das war im Leben kein Einbruch. Dafür gibt es überhaupt keine Hinweise.«

»Aber es war doch alles durchwühlt«, sagte ich. Ich hatte zwei, drei Bier getrunken und musste mich wahnsinnig konzentrieren, um nicht solche Sachen zu sagen wie: »Aber wir haben doch alles durchwühlt!«

»Hören Sie«, sagte der Kommissar, als wir den steilen Wahlheimer Weg hinaufkeuchten. »Ihr Alibi ist nicht sehr viel wert. Unter Eheleuten ...« Er ließ den Satz in der Luft hängen.

Ich atmete tief durch. »Ist aber nun mal so«, sagte ich.

»Ist nicht so«, sagte der Kommissar. »Ich habe die Nachbarn befragt. Jemand hat gesehen, wie Sie am Samstagabend gegen 21 Uhr das Haus verlassen haben und weit nach Mitternacht immer noch nicht zurück waren.«

Ich schluckte. Damit, dass die ach so diskreten Nachbarn am Deutschherrenberg in Wirklichkeit Tag und Nacht hinter der Gardine klebten und andere Leute beobachteten, hatten wohl weder Hilde noch ich gerechnet. »Oh, ja, also ...«, stammelte ich.

»Also?«, fragte der Kommissar, und ich überschlug im Geiste meine Möglichkeiten. Das Schlimmste, was uns passieren konnte, war, dass wir Ärger bekamen, weil wir die Polizei an der Nase herumgeführt hatten. Na ja, und dann die Sache wegen versuchtem Versicherungsbetrug. Und wahrscheinlich kamen noch ein paar Dinge hinzu, von denen ich im Moment noch nichts wusste, weil ich eben nicht so viele Krimis schaute wie Hilde. Eigentlich schaute ich ja nie Krimis. Aber selbst mir war klar: Mein Alibi war geplatzt. Sollte ich alles zugeben? Auf der Stelle gestehen? Reue zeigen und auf eine mildere Straße hoffen?

»Ja, ich geb's zu«, sagte ich und blieb stehen, noch bevor links der Deutschherrenberg abging. »Ich hab Sie angelogen. Ich war gar nicht zu Hause.«

»Na also, geht doch«, sagte der Kommissar zufrieden. »Reden Sie sich's von der Seele, es wird Ihnen gut tun, wenn Sie mir die Wahrheit sagen. Glauben Sie mir.«

Ich nickte betreten und starrte auf meine Schuhspitzen. »Herr Kommissar, ich sage Ihnen ganz ehrlich, wo ich war. Ich war ... ich war mit meinen Kumpels was trinken. Wir sind erst nachts um drei heimgekommen.« Ich biss mir auf die Unterlippe und sah den Kommissar schuldbewusst an.

Er machte große Augen. »Sie waren ... äh ... also ... Sie haben ein Alibi?«

Ich hatte ihn ganz schön aus der Fassung gebracht.

»Ich kann Ihnen mindestens fünf Namen nennen«, sagte ich zerknirscht.

Der Kommissar schwieg. Rieb sich das Kinn, zog die Augenbrauen zusammen, schnaufte ein bisschen. Dann sagte er endlich: »Verstehe. Sie haben Ihrer Frau ein Alibi gegeben.«

Ich nickte. »Sie hat mich darum gebeten«, sagte ich absolut wahrheitsgemäß.

»Und ich war mir so sicher, es wäre anders herum.«

»Nein, hören Sie ... Sie hat mich gebeten, für Sie zu lügen, wegen der Lebensversicherung ...«, erklärte ich.

Der Kommissar winkte ab. »Ja, von der Lebensversicherung weiß ich doch.« Er rieb sich wieder das Kinn.

»Hilde hat schon vor einem halben Jahr das Geld verplant, und ...«

»Dann hat also Ihre Frau den eigenen Onkel getötet, um an die Viertelmillion zu kommen«, unterbrach er mich.

Mit dieser Wendung hatte ich gar nicht gerechnet. Ich starrte den Mann wie vom Donner gerührt an. In meinem Kopf sah ich Bilder von meiner Zukunft – einem Leben ohne Hilde. Ein Leben in Freiheit …

»Alles in Ordnung mit Ihnen?«, fragte mich der Kommissar besorgt. »Es ist schwer zu begreifen, wenn ein Mensch, der einem so nahe steht, eine so grässliche Tat vollbringt«, fuhr er fort, als ich immer noch nichts sagte.

Ich riss mich zusammen und schob die rosigen Phantasien für einen Moment zur Seite, um mich besser konzentrieren zu können. »Äh – ja, jetzt wo Sie es auf den Punkt bringen, ist das wirklich eine ganz ungeheuerliche Sache«, sagte ich. »Sie wird Ihnen natürlich sagen, ich hätte ihr geholfen«, fügte ich geistesgegenwärtig hinzu.

»Gut, dass Sie ein Alibi für die Tatzeit haben«, nickte der Kommissar. »Dass Sie ihr helfen wollten, wird Ihnen niemand zum Vorwurf machen. Dann rede ich jetzt mal mit Ihrer Frau. Sie ist doch zu Hause?«

Ich nickte und bemühte mich, ausgesprochen niedergeschmettert auszusehen.

Ums kurz zu machen: Die Polizei fand ausreichend Hinweise darauf, dass Hilde den Tatort manipuliert hatte, nachdem sie ihren Onkel aus Habgier getötet hatte. Ihre entfernten Bekannten – also ihre Freundinnen von früher – sagten allesamt aus, wie sehr sie mit der Erbschaft, die sie eines Tages zu erwarten hatte, geprahlt hatte. Die Bankberaterin und die Sprechstundenhilfe von Erbonkel Horsts Hausarzt konnten bestätigen, dass Hilde bereits Geld ausgegeben hatte, das ihr noch gar nicht gehörte, und dass sie ganz sicher mit einem Batzen aus der Lebensversicherung rechnete. Je lauter Hilde herumschrie, sie hätte gar nichts mit dem Tod ihres Onkels zu tun, desto weniger war irgendjemand im Gerichtssaal gewillt, ihr zu glauben, das war deutlich zu spüren. Man verurteilte sie zu lebenslanger Haft, bedauerte mich, mit so einer Furie verheiratet gewesen zu sein und beglückwünschte mich zu meiner Erbschaft. Denn in der Tat hatte Erbonkel Horst, ein durchweg konservativer Zeitgenosse, seine Lebensversicherung auf mich abgeschlossen und nicht auf seine Nichte, fand er doch, dass es dem Manne zustünde, sich um die Finanzen im Großen zu kümmern. Und mal unter uns, 140 Quadratmeter am Deutschherrenberg mit Garten – das ist nicht zu groß für eine Person. Wirklich nicht. Da kann man sich dran gewöhnen, wenn man mal so in Ruhe seine Zeitung lesen will oder alle seine Kumpels zu sich nach Hause einlädt, um zusammen Sportschau zu schauen. Das ist schon wirklich was Feines. Danke, Erbonkel Horst. Du warst ein guter Mann. Ich hab dich ja immer gemocht, irgendwie.

Nebenwirkungen

Von Regina Rosenkranz

Nein, so ein Mist! Wie man sich doch an so ein Navi-System gewöhnen kann, dachte Paul Werner. Gerade heute hätte ich es dringend gebraucht. Und muss es denn ausgerechnet heute auch noch so neblig sein, wo ich ohnehin schon spät dran bin? Aber erst macht der mit den Schildern nicht vorwärts und erzählt mir was von Bürozeiten erst ab 8.30 Uhr, an die ich mich gefälligst zu halten hätte. Und dann braucht ausgerechnet heute meine liebe Ulli den größeren Wagen, um mit irgendwelchen Freundinnen auf Angebershoppingtour nach Bad Homburg zu fahren. Nach Bad Homburg! Die Wut kocht wieder in ihm hoch. Das ist doch wirklich einfach, da braucht sie doch nur auf der Bundesstraße von Weilburg immer geradeaus zu fahren. Aber wie findet unsereiner auf dieser kurvigen Strecke den ehemaligen, längst stillgelegten Bahnhof Braunfels/Oberndorf? Und das in Eile, mit Umwegen und ohne sich zu verfahren! Der ist nämlich nicht gut ausgeschildert, wenn man von Weilburg her kommt. Na, wenigstens die Schilder hatte er jetzt in Hirschhausen doch schon mal einladen können, obwohl der Händler dort nicht gerade die Schnelligkeit in Person war. Doch Müller, sein Chef würde trotzdem sauer auf ihn sein, denn schließlich hatte er alle gestern noch einmal per Rundruf an den Arbeitsbeginn Punkt neun Uhr am heutigen Tag am Bahnhof erinnert. Vollkommen illusorisch, wie sollte er das schaffen, dachte Paul. Das war doch wieder so eine Müllersche Schnapsidee, mit der er nur den Chefstatus heraushängen ließ. Bei der Suppe da draußen! Trotzdem schaltete er in einen höheren Gang, als es Ullis altem Fiat zuträglich war. Ich kann nur hoffen, dass ich nicht der Einzige bin, der heute zu spät kommt. Musste er jetzt rechts oder links abbiegen, dachte er, als er am Ententeich in Braunfels vorbeifuhr. Eigentlich ganz schön hier, in Braunfels, diesem idyllisch gelegenen Kurstädtchen, rund um das stolze Schloss der Grafen zu Solms. Muss schon Ewigkeiten her sein, dass ich das letzte Mal hier war. Da gab es doch immer dieses leckere Eis auf dem Marktplatz, beliebter Treffpunkt zum Sehen und Gesehenwerden …

Und auch Vera Lehmann ist an diesem Morgen in Eile. Nein, eigentlich hat Vera ja viel Zeit, denn sie ist Rentnerin und kümmert sich drei Mal pro Woche um alte Menschen im Solmser Pflegeheim. Menschen, die keine Angehörigen mehr haben bzw. die keinen Besuch mehr bekommen. Vera ist eine gute Zuhörerin, freut sich, diesen Menschen etwas Gutes zu tun und macht dieses Ehrenamt seit vielen Jahren mit viel Engagement. Normalerweise schafft sie mit ihrem Kleinwagen die Strecke von Neukirchen bis Solms in 15 Minuten, aber heute ist irgendwie der Wurm drin. Bei dichtem Nebel schlängeln sich auf der kurvigen Strecke hinter Bonbaden mehrere Autos hinter einem Tanklaster her, der nicht an einem noch langsamer fahrenden Baufahrzeug vorbeikommt. Also bleibt auch Vera nichts anderes übrig, als sich dem Konvoi anzuschließen. Und gerade heute erwartet doch Frau Kaiser, die Heimleiterin, von ihr die zupackende Hand bei der Vorbereitung des Geburtstagsfrühstücks aller im März geborenen Pflegebedürftigen. »Immer wenn man es eilig hat«, seufzt sie und trommelt ungeduldig auf dem Lenkrad herum.

Was Vera nicht ahnt ist, dass das heute vielleicht ihr letzter Lebenstag ist …

Inzwischen nehmen Müller und sein Team schon mal das alte Bahnhofsgebäude des ehemaligen Bahnhofs Braunfels-Oberndorf in Augenschein. Eigentlich ein sehr schönes Haus mit mächtigem, weit nach unten gezogenem Dach, weiß gestrichen und von Bruchsteinmauern unterbrochen. Ein historischer Bahnhof, seit 1912 an der Solmsbachtalbahn gelegen. Wie viele kleine Strecken wurde auch diese in den achtziger Jahren (1985) stillgelegt, doch auch wenn die Gleise längst abgebaut sind, lässt sich die alte Trassenführung noch gut erkennen. Müllers Affinität, gerade dieses Gebäude für sein neues Projekt auszuwählen, rührt auch daher, dass er während seiner Schulzeit in Braunfels einen Kumpel aus Oberndorf hatte, dessen Familie hier in dem weitverzweigten Bahnhofsgebäude wohnte und dessen Vater mit seinen Schafen durch das Solmsbachtal zog. So verbrachten Müller und sein Kumpel viel Zeit beim nicht ganz ungefährlichen Spiel auf den Bahnanlagen, nicht immer zur Freude der Bahnbediensteten. Tja, alles Schnee von gestern. Was wohl aus Marco geworden ist? Ob er auch Schäfer geworden ist wie sein Vater? Gibt es denn diesen Beruf noch in der heutigen Zeit? Ist das nicht nur noch ein Beruf für Aussteiger?

Tagträumereien! Müller, reiß dich zusammen, befahl er sich selbst. Wo nur dieser Kerl mit den Schildern bleibt? Konnte der denn nicht einen Auftrag mal ohne Schwierigkeiten erledigen? Zum wiederholten Male versuchte er den jungen Mitarbeiter auf dessen Handy zu erreichen. Oh, wie er diese Mailboxen hasste! Ein Duft von frischem Kaffee lenkte ihn ab und stimmte ihn freundlicher. Wenigstens konnte man sich auf Annas Pünktlichkeit und ihre stets lecker zubereiteten Sandwiches verlassen. »Frühstückspause!«, rief er aus. »Und in exakt 15 Minuten wird hier aufgebaut!« »Hoffentlich hat sich bis dahin wenigstens der Nebel verzogen. Das Wetter kriecht einem ja in alle Knochen«, knurrte Harry, einer aus dem Team, der sich, mit Kaffeetasse und seiner obligatorischen Frühstückszigarette bewaffnet, auf eine alte Holzbank verkrümelte.« »Weicheier«, schimpfte Müller los, »ich musste jeden Morgen in aller Hergottsfrüh den Zug von Neukirchen bis hierher nehmen und, egal bei welchem Wetter, den steilen Pfad die Attenbach hoch und dann links durch den Wald zur Gesamtschule laufen. Mich hat niemand mit dem Auto kutschiert, so wie die verwöhnten Gören heute, die alle nur Mamas Taxiservice beanspruchen. Für uns war das schon ein Luxus, als wir später einen Schulbus bekamen, der uns zum Busparkplatz unterhalb der Schule fuhr. Da war es dann nur noch die halbe Fußstrecke. Sommers wie winters sind wir …« schimpfte er weiter, während sich die jüngeren Kollegen hinter seinem Rücken über ihn und seine »Früher-war–alles«-Attitüden lustig machten. »Ist schon ein mächtiges Gebäude, so ein alter Bahnhof. Fast wie eine Trutzburg. Wie haben die den denn früher geheizt, Müller?« Wie immer war es Anna, die versuchte zwischen dem knurrigen Müller und der übrigen Gruppe zu vermitteln. Aber Müller war heute kein bisschen auf Versöhnung aus: »Geheizt! Was glaubst du denn. Ein einziger Ofen stand da im Wartesaal, und entweder du hast dir die Klamotten angesengt, weil du ihm so nahe gerückt bist oder, wenn du weiter weggestanden hast, hast du dir in den hohen, zugigen Räumen den Hintern abgefroren. Ach, und jetzt lass mich doch in Ruhe mit dem alten Kram! -Auf Leute, Schluss jetzt mit lustig, ich zahl euch doch nicht fürs Frühstücken! Wo bleibt denn nur der Paul mit den Schildern? Wenn man sich nicht um alles selbst kümmert, der kriegt was zu hören …«

Dem Beschimpften klingelten wohl in diesem Moment die Ohren, denn natürlich hatte er sich gerade wieder verfahren, stand jetzt am Ortsende eines Ortes namens »Niederquembach«, ein Name, den man erst mal in der Schule schreiben lernen musste, wenn man hier wohnte, ging es ihm durch den Kopf. Und trotz seiner Bredouille musste er doch lachen, als er auch noch ein Hinweisschild nach »Oberquembach« las. Na, wenigstens hatte dieser kleine Ort gleich zwei Wirtschaften vorzuweisen, eine davon sogar ein Landgasthof mit eigener Metzgerei. Und der gerade hinter der Wursttheke stehende, ortskundige Metzger bestätigte ihm, dass es auch hier ein altes, historisch interessantes Bahnhofsgebäude gäbe, das aber mittlerweile in privater Hand sei. Na ja, eigentlich war Paul doch ganz nah dran, aber wie sollte er das Müller erklären? Und da ihm nach dieser Irrfahrt bestimmt keine Frühstückspause mehr zugestanden würde, warum sich nicht gleich hier beim »Experten« mit leckerer hessischer »Fleischworscht« und Brötchen eindecken? Noch ein Glas Hausmacher Wurst für die Mittagspause dazu, und bei der Gelegenheit konnte er auch gleich den richtigen Weg erfragen. Er musste nur wenden und die Strecke über Neukirchen, das er links auf der Umgehungsstraße liegenlassen musste, bis Bonbaden zurückfahren. Immer Richtung Braunfels, hinter Bonbaden aber rechts halten nach Burgsolms. Und gleich nach dieser scharfen Rechtskurve könne er das mächtige Bahnhofsgebäude auf der linken Seite nicht verfehlen, schärfte ihm der freundliche Metzger noch vor der Abfahrt ein. Na, das würde er schon schaffen, schließlich hatte sich der Nebel aus den Wiesen des Solmsbachtals inzwischen merklich verzogen. Es versprach noch ein ganz schöner Tag zu werden. Gutgelaunt, mit erstem Brötchen im Magen und weiteren auf dem Beifahrersitz fuhr er zurück durch den Ort…

Müller und sein Team waren inzwischen mit dem Aufbau fertig, es konnte losgehen. Endlich …

Veras Auto hatte schon so viele Jahre auf dem Buckel, aber stets war es zuverlässig gewesen. Bis heute. Just auf der Höhe des alten Bahnhofs »Braunfels/Oberndorf« stotterte der Motor und fiel kurz darauf dann ganz aus. Vera schaffte es eben noch, ihr Fahrzeug rechts an den Fahrbahnrand heranzufahren, dann ging nichts mehr. Gut, dass sie ein Warndreieck dabei hatte. Aber wo war nur die Sicherheitsweste? In der Sitztasche hinter ihr war sie jedenfalls nicht. Relativ mühelos ließ sich das Dreieck aufstellen. Leider hatte sie mit dem Mobiltelefon nicht so viel Glück. Der Akku war leer. Vera überzeugte sich, dass ihr Fahrzeug ausreichend gesichert war und schaute sich ihre Umgebung jetzt mal etwas genauer an. Natürlich, jetzt, wo sie Hilfe brauchte, war weit und breit kein rettender Engel in Sicht. Wenigstens wurde der zähe Nebel lichter, trotzdem machte sie ihre lange Strickweste fest zu und band sich ihr Tuch mehrfach um den Hals. Was tun? Vera war ein praktisch denkender Mensch, sie überlegte nicht lange, sondern nahm die Dinge gerne selbst in die Hand. Die Straße war jetzt wie leergefegt. Klar, da wo sie es eilig gehabt hatte, da schlichen sie im Schneckentempo hintereinander her. Der Anhängerwagen eben, der hätte mich locker abschleppen können und zwar unentgeltlich, so lange, wie ich hinter dem herfahren musste. »Hätte«, »könnte« – nicht umsonst nennt man ihn den Konjunktiv Irrealis, meine Liebe, sagte Vera zu sich selbst und schlug den Weg Richtung Alter Bahnhof Oberndorf ein. Ganz da hinten bewegte sich doch was. Waren da nicht einige Leute zugange, die brauchte sie doch nur freundlich bitten. Und was war schon passiert, sie hatte eine Autopanne und ein wenig von ihrer ausreichend vorhandenen Zeit eingebüßt. Was für eine adrette Anlage dieser Bahnhof doch war: ein mächtiges Dach, viel brauner Bruchstein, liebevoll restaurierte Gauben und Türmchen, die Wände zwischen dem

Bruchstein weiß getüncht. So ein Gebäude zu renovieren, muss ja ein Vermögen kosten, ging es Vera durch den Kopf, während sie sich forschen Schrittes über die Wiese dem alten Gebäude von hinten näherte. Niemand schien sie zu bemerken. Alle schauten interessiert durch die großen, bogenförmigen Fenster in die alte Bahnhofswartehalle. Von innen sah man einige ganz wild nach draußen gestikulieren. Veras Neugierde wurde wach, sie stellte sich dicht hinter die Zuschauer vor ihr, um auch einen Blick auf das Geschehen im Wartesaal zu erhaschen. Plötzlich kam Bewegung in die Köpfe, Vera erstarrte: Vor ihren Augen, hier in diesem schönen Gemäuer, wurde sie, Vera Lehmann, Zeugin eines Mordes. Direkt vor Veras Augen legte einer der Männer im Warteraum in Windeseile einer der wartenden Frauen von hinten eine Schlinge um den Hals und zog ohne Erbarmen fest zu. Die Frau versuchte sich noch zu wehren, indem sie mit den Fingern unter die Schlinge griff, sank dann aber zu Boden.

Vera erfasste das blanke Entsetzen, sie wollte schreien, aber ihr war fast, als würde sich die Schlinge jetzt um ihren Hals legen. Keinen Ton brachte sie heraus, hilflos bewegten sich ihre Lippen auf und ab. Schweißgebadet und zitternd lehnte sie sich an die nächstgelegene Wand. Doch was war das? In dem Augenblick drehte sich einer ihrer Vordermänner nach links um und schob vor aller Augen dem Mann neben ihm rechts etwas Glänzendes in den Rücken. Vera erkannte den Griff eines Dolches, in dickem Strahl schoss Blut aus der Wunde und spritzte zu Boden. War sie denn die einzige, die das mitbekam, wieso unternahm denn niemand etwas, wieso schaute sich denn niemand zumindest mal nach den zu Boden sinkenden Opfern um? Vera wurde kreidebleich, das Grauen erfasste sie, sie schnappte nach Luft, griff sich an den Hals, versuchte den jetzt zu engen Schal zu lösen. Sie konnte kaum noch atmen. Da ertönte ein gewaltiger Knall. In dem Moment, in dem das dritte Opfer durch einen Kopfschuss niedergestreckt wurde, glitt Vera mit einem Stöhnen zu Boden.

Als sie im Krankenhaus Braunfels erwachte, stand ein ziemlich zerknirschter Paul Werner mit riesigem Blumenstrauß vor ihrem Bett. Und er war sichtlich erleichtert, dieses Mal nicht zu spät gekommen zu sein.

Der Spot lief in der beliebten Vorabendzeit, kurz vor den 7-Uhr-Nachrichten und wurde ein toller Erfolg für den Pharmakonzern:

(Szene 1) »Schmerzen! Wie eine Schlinge legen sie sich um Ihren Hals!

(Szene 2) Wie ein Dolch können sie Ihren Rücken durchbohren!

(Szene 3) Und wie ein Schuss zerschmettern sie Ihren Kopf! Lassen Sie es nicht soweit kommen! Greifen Sie lieber zu BRAUNOBER!«

Vera Lehmann ließ von diesem Medikament die Finger, schließlich war sie auf fatale Nebenwirkungen gestoßen.

Nach ihrer Genesung lud Müller sie ein, beim nächsten Werbespot als Komparsin mitzuwirken. Ihre Aufgabe war es auch, Werner zur Hand zu gehen und sich persönlich zu vergewissern, dass die Schilder mit der entsprechenden Aufschrift »Achtung! Filmaufnahmen, Ruhe bitte!« rechtzeitig zur Stelle waren.

Der Anubis von Braunfels

VON NATASCHA N. HOEFER

Montag, 14. Februar 2011

Die hier is' aber besonders schwer …«

»Mensch, pass auf, du hängst gleich an der Ecke fest!«

»Ja, Mann – setz' mal ab, kurz!«

Unsanft stellten die beiden Männer die vermummte Gestalt ab. Einen Moment wankte sie auf ihrem Ständer, ehe der dickbäuchige Träger sie festhielt und ins Gleichgewicht brachte.

»Dafür will ich Schmerzensgeld von der Chefin«, knurrte er und hielt sich das Kreuz.

»Was wollen Sie von mir, Herr Schmitt?« fragte diese persönlich, die eben hinter den Männern den Tischbeinsaal betrat. Frau Weselich, elegant gekleidet, hochgewachsen, auberginerote Kurzhaarfrisur, zog spöttisch die Augenbraue hoch, als sie auf den gedrungenen Schmitt herabsah.

»Frau Weselich, jetzt mal ehrlich: Das Ding da wiegt sicher 'ne Tonne. Alle andern waren schlimm, aber nix gegen die hier. Das is' eigentlich zu viel für zwei.« Der andere Träger, der junge Christian, nickte. »Na, jetzt machen Sie mal nicht schlapp! Noch zwanzig Meter, dann haben Sie es ja geschafft!« Und Frau Weselich ging voran in den Fürstensaal. Grummelnd hoben die Männer die vermummte Gestalt wieder auf und machten sich daran, der Chefin zu folgen. Im Fürstensaal durften sie das Ding endlich absetzen, stemmten die Hände in die Hüften und sahen sich aus roten Gesichtern schnaufend an.

»So, dann wollen wir diese hier auch noch auspacken«,

wandte sich Frau Weselich an Frau Kurz, ihre Mitarbeiterin und Restauratorin. Die begann sogleich, die Schnur, die um den Hals der Figur gewickelt war, zu lösen. Sie zog die Öffnung des Leinensacks auseinander, ehe sie auf der einen, Frau Weselich auf der anderen Seite behutsam den hellbeigen Stoff von der unförmigen Figur hinunterzogen. Noch war der Reifrock hochgeschlagen und der Puppe über die linke Schulter geklemmt.

»Sorgfältig sind die Puppen nicht gerade verpackt«, bemerkte Frau Kurz. »Auch diese Krinoline ist wieder verbogen, das sehe ich jetzt schon.«

»Die machen das zum Platzsparen so, Frau Kurz. Aber Sie haben Recht, das ist eine Schande. Kriegen wir das für den Rückgabetransport besser hin?«

»Naja, ordentlicher als die hier wohl schon. Die ist besonders brutal zusammengeschnürt ...«

Unterdessen hatten die Frauen der Kostümpuppe die Krinoline von der Schulter geschoben. Der schwere Reifrock fiel, und zwar zu viel: Vorne hing er ganz gut, aber hinten lagen mehrere Zentimeter auf dem Boden auf.

»Da sieht man's«, ärgerte sich die Restauratorin, »hängt ganz ungleich, die Drähte sind verbogen. Da werde ich schon wieder unter den Rock kriechen und das zurechtbiegen müssen.«

»Ich weiß nicht, Frau Kurz, aber wenn Sie mich fragen, ist das gar nicht die richtige Puppe für das Kleid. Der Rock ist ja einfach zu lang. Und sehn Sie mal, da sitzt doch gar nichts, an dieser dicken Dame. Sieht unmöglich aus, die stellen wir nicht aus!«

»Was? Ach nee, Frau Weselich, das können Sie nich' tun! Dann hätten wir das Ding ja umsonst geschleppt!«

»Tatatata, Herr Schmitt. Na, ziehen Sie mal zumindest den Sack vom Kopf. Mal sehen, was uns da noch für eine Überraschung erwartet.«

Ein schriller Schrei. Frau Kurz, die wie gewünscht den Sack zum Schutz der Frisur der Puppe hochgezogen hatte, ließ ihn fallen und wäre fast selbst in die Knie gesunken. Die anderen starrten fassungslos. Es war keine Kostümpuppe. Unter den ausgepackten Burgfräuleins und Schlossdamen, die bei der Ausstellung »Frauenleben und Frauenkleider im Schloss – vom Mittelalter zum 19. Jahrhundert« gezeigt werden sollten, stand eine groteske Erscheinung: Aus dem Kleid einer dicken Barockdame starrten die weit aufgerissenen braunen Augen einer schwarzhaarigen Männerleiche mit fahlbrauner Haut. Vielsagend war auch der rostrote Fleck, der sich unter dem schlecht sitzenden Brusttuch abzeichnete.

Donnerstag, 10. Februar 2011

Es war kalt im Kurpark. Doch die Sonne glomm hell durch leichten Nebeldunst. Eine vermummte Gestalt – ein Mann in schwarzem Wollmantel, den Schal bis unter die Nase gewickelt und die Tweedmütze bis über die Ohren gezogen – schritt langsam die Kastanienalleen entlang. Unter seinen schlendernden Schritten und den Rädern des kleinen Trolleys, den er zog, knirschte der frostige Kies. Mohammed fror. Er hatte gewusst, dass Deutschland im Februar nicht warm sein würde, aber von dieser einschneidenden, bis zum Mark dringenden Eiseskälte hatte er noch keine Vorstellung gehabt. Zum ersten Mal in seinem Leben sah Mohammed seinen Atem als Wölkchen vor sich aufsteigen, und es wäre alles ganz schön gewesen, wenn er nicht so unruhig gewesen wäre. Er hatte das Gefühl, beobachtet zu werden. Dabei war ihm klar, dass er hier in Sicherheit sein musste – wer sollte darauf kommen, ihn hier zu suchen? Im Park eines kleinen mittelhessischen Luftkurorts? Bei ihm zu Hause wusste niemand, was »Mittelhessen« überhaupt war. Niemand wusste, wie kalt es hier war. Was für ein Land.

Langsam schritt Mohammed die Kastanienallee entlang. Aber so hin- und herschleichen, das war auch nichts. Das zog die Blicke der Leute nur noch mehr auf ihn. Sicher, nur wenige waren an diesem Spätvormittag im Kurpark. Aber trotzdem … Ärgerlich wandte Mohammed den Kopf von der Frau ab, die in einigen Metern Entfernung auf einer Bank saß. Hatte sie nicht eben zu ihm hinübergestarrt? – Vermutlich auf seinen lachhaften kleinen Trolley. Mohammed schämte sich. Er schielte noch einmal unter dem Schirm seiner Mütze hervor zu der Frau hinüber, die jung zu sein schien, mollig und blond, soweit man das unter ihrer Winterkleidung erkennen konnte. Eine Krücke lag neben ihr auf der Bank, sie blätterte in einer Zeitschrift. Er musste sich geirrt haben, sie beachtete ihn gar nicht. Er wandte seinen Blick wieder dem Kiesweg zu – und unterdrückte einen Schrei.

Alles in ihm war ein einziger Krampf. Er konnte sich nicht mehr bewegen und wollte doch nichts anderes als fortlaufen. Geradewegs auf ihn zu kam eine alte Frau – mit Hund. Ein schwarzer Hund. Der Hund sah ihn an. Mohammed schwitzte. Sein Herz pochte wie verrückt. Der Hund trottete an Mohammed vorbei. Die Alte sah den bleich gewordenen Fremden mit dem schwarzen Bart misstrauisch an. Er konnte nicht lächeln. Erst, als der Hund Meter von ihm entfernt war, atmete Mohammed etwas auf. Es war nur ein altersschwacher Pudel gewesen, aber für Mohammed war das egal. Hunde waren unreine Tiere, und er hatte eine krankhafte Angst vor ihnen. Seine einzige Schwäche, hatte sein Chef es genannt.

In einiger Entfernung, außer Hörweite, zog ein Mann ein Handy aus der Jackentasche. »Er ist hier«, sagte er in einer fremden Sprache.

Montag, 14. Februar 2011

Die Polizei war gerufen, das Morddezernat in Wetzlar eingeschaltet worden. Man hatte den Leichnam von der Stange der Puppe gehoben, an die er vermittels seines Kleids angesteckt war. Die Kostümpuppe, die der Mörder durch die Leiche ersetzt hatte, hatte man vergeblich im Depot des Museums, in einem Seitengebäude des Schlosses, gesucht. Auch die Kleidung des Mannes war unauffindbar. Unter dem Barockkleid trug er nichts als seine Unterhose, außerdem zwei massive Goldringe an Ring- und Mittelfinger der linken Hand. Der Tote war von kleiner Statur, muskelbepackt und leicht übergewichtig. Er mochte zwischen 25 und 30 Jahre alt gewesen sein. In seiner linken Brustseite steckte eine Pistolenkugel, die man aus dem Körper entfernt und zur Untersuchung ins Labor gegeben hatte. Der Tote entsprach mit seiner dunklen Haut und dem schwarzen kurzgeschorenen Haupthaar dem orientalischen Typus. Weitere Hinweise zu seiner Identität fanden sich nicht an ihm.

Da es sich fraglos um einen Ortsfremden handelte, beschlossen Kommissar Zimmermann und sein Kollege Werner, zunächst die Hotels und Pensionen der Stadt Braunfels zu befragen. Es konnte immerhin sein, dass der Unbekannte als Gast in der Stadt abgestiegen war.

Donnerstag, 10. Februar 2011

Mohammed hatte den ganzen Vormittag über vergeblich auf den Anruf gewartet. Er war zu nervös gewesen, um zu Mittag zu essen, und hatte sich nur in ein Lokal mit dem Namen »Das kleine Café« gesetzt. Es war ein seltsamer Ort, in dem er mit Frauen allein war, mit einer Porzellan-, Püppchen-, und Röschendekoration, die Mohammed exotisch vorkam. Er hatte sich an einen Tisch in einer Ecke des Zimmers gesetzt, der Ecke zum Marktplatz hin. So konnte er den Innen- und den Außenraum zugleich überschauen. Er trank einen Kaffee, den er nicht stark genug fand, und bestellte doch ein Stück Torte. Die Torte, eine stattliche Portion, bestand aus viel Creme, Sahne, Biskuit und Früchten und schmeckte Mohammed so gut, dass er sich im Genuss des Geschmackes auf seiner Zunge ein wenig gehen lassen konnte. Das Handy lag trotzdem griffbereit auf dem Tisch; an seinem rechten Schenkel spürte Mohammed den Trolley.

Nach dem Essen zündete er sich eine Zigarette an. Durch die erste Rauchwolke hindurch, die er durch die Nase ausstieß, sah er die Oberkörper der beiden alten Damen am Nachbartisch zusammenrücken. Nur wenig später kam die Bedienung auf ihn zu und bat ihn, mit überlauter Stimme, als meine sie, er könne sie nicht hören, die Zigarette auszumachen: Hier sei das Rauchen verboten. Er drückte die Zigarette auf den Sahneresten der Torte aus. Was für ein Land.

Dienstag, 15. Februar 2011

Die Umfrage nach einem männlichen orientalischen Gast in den Hotels und Pensionen der Stadt hatte ein Ergebnis. Im Hotel »Schlossblick« war ein solcher Gast am Mittwoch, dem 9. Februar, abgestiegen. Er hatte sich als Herr Ahmed Ikrimah vorgestellt und sein Zimmer für eine Woche genommen. Man hatte ihn seit dem Freitagabend nicht mehr gesehen, aber da er angekündigt hatte, er werde über das Wochenende einen Freund besuchen, hatte man sich noch nicht über seine Abwesenheit verwundert. In Beisein der Kriminalbeamten Kommissar Zimmermann und Werner klopfte man an die Zimmertür des Mannes und öffnete sie, da keine Antwort erfolgte, mit einem Zweitschlüssel. Das Bett war zerwühlt, aber Zimmer und Bad waren leer. Es waren keine Kleidungsstücke, persönliche Dinge oder Gepäckstücke zu sehen.

Kommissar Zimmermann bat Frau Dietrichs, die Hotelführerin, ihn und Werner zur Identifikation der Leiche in die Gerichtsmedizin nach Gießen zu begleiten. Etwas ängstlich stimmte Frau Dietrichs zu.

Auf die Nachfrage hin, ob etwas am Verhalten ihres Gastes auffällig gewesen sei, sagte Frau Dietrichs sofort, nein. Herr

Ikrimah sei wegen seines Akzents nicht leicht zu verstehen gewesen, und sie hätte den höflichen, aber wortkargen Herrn kaum gesehen. Er hätte bei seiner Anreise zwei Gepäckstücke bei sich gehabt, meinte sie sich zu erinnern, einen mittelgroßen und einen kleinen Trolley. Mehr wusste sie nicht über ihn zu sagen.

Donnerstag, 10. Februar 2011

Mohammed hatte mürrisch das Café verlassen. Das Warten auf den Anruf machte ihn verrückt und fahrig. Dieses Herumsitzen dauerte einfach zu lange. Zu viele Leute waren in dieser kleinen Stadt – immer noch zu viele Leute. Mohammeds Finger schlossen sich fester um den Griff des kleinen Trolleys. Er brauchte Sicherheit, ein Versteck. Einen Ort, an dem keine zudringlichen Augen ihn verfolgen würden. Denn er wusste wirklich nicht, warum, aber er fühlte sich beobachtet, dauernd.

Er hätte sich noch mehr beobachtet gefühlt, wenn er beim Durchqueren des Marktplatzes auf die Bankgruppen geachtet hätte. In zwei Halbkreishälften waren sie in der Mitte des Platzes angebracht. Auf einer dieser Bänke saß, eine SMS in ihr Handy tippend, zufällig die Blondine aus dem Park. Die mit der Krücke.

Dienstag, 15. Februar 2011

Frau Dietrichs war blass und zittrig, sie hatte überhaupt erst zwei Tote in ihrem Leben gesehen – ihre Eltern, einen nach dem anderen. Aber einen Ermordeten, nie. Sie musste sich stark zusammennehmen, um in das Gesicht mit den blauen Lippen zu sehen.

»Ist das Ahmed Ikrimah?« fragte Zimmermann.

Frau Dietrichs sah unsicher hoch. »Ich … ich glaube«, stammelte sie.

»Sind Sie sich nicht sicher?« fragte Zimmermann.

»Er sieht schon so aus. Aber Herr Ikrimah hatte einen Bart.«

»Was für einen Bart?«

»Einen Vollbart, mein' ich.«

Zimmermann warf Werner einen raschen Blick zu. Die Sache verkomplizierte sich. Frau Dietrichs schien keine gute Beobachterin von Menschen zu sein. Das machte ihre Aussagen zur Identifikation des Leichnams unsicher. Werner las die leise Irritation in den Augen des Kommissars und wandte sich seinerseits an Frau Dietrichs.

»Frau Dietrichs, ich weiß, dass das für Sie nicht leicht ist, aber sehen Sie sich den Toten noch einmal genau an. Wie ist es mit seiner Größe? Könnte es der Größe nach Ahmed Ikrimah sein?«

»Ja, das heißt, ich habe ihn natürlich nie im Liegen gesehen. Aber er könnte so groß gewesen sein.«

»Und sehen Sie, der Mann hier ist sehr muskulös, auffallend muskulös und breit gebaut.«

»Jaja, das ist schon der Herr Ikrimah, glaub' ich.«

»Und die Farbe der Haare? Wenn man mal vom fehlenden Vollbart absieht?« hakte Zimmermann nach.

»Ja, die waren schwarz. Aber ich weiß nicht, ob sie so kurz waren.«

»Und die Farbe der Augen?«

Frau Dietrichs zwang sich sichtlich, in die weit aufgerissenen Augen des Toten zu sehen. »Ja. Ja, das ist wohl der arme Herr Ikrimah«, antwortete sie schließlich betrübt.

Donnerstag, 10. Februar 2011

Mohammed hatte den Trolley auf den Beifahrersitz des Golfs gelegt und sich eine Zigarette angezündet. Zum Herunterlassen der Scheibe war es zu kalt; dann würde der Mietwagen eben nach Rauch stinken. Mohammed startete und fuhr los. Wohin? Erstmal aus dieser Stadt raus. Bergab, weg vom Schlossberg, das war schon mal richtig. Er fuhr bald auf eine Landstraße auf, die teilte sich, er bog nach links ab. Er fuhr zu schnell. Als er wenig später ein gelbes Ortsschild passierte, ging er abrupt vom Gas runter. Philippstein, es schien ein Dorf zu sein, keine Menschen zu sehen. Das war das, was er suchte. Er bremste scharf, wendete und fuhr ein paar Meter zurück. Vor der Kirche hatte er zwei Autos gesehen. Ein Parkplatz – es war sinnvoll, von hier aus zu Fuß weiter zu suchen.

Er packte den kleinen Trolley aus dem Wagen und folgte der schlecht asphaltierten Straße. An der Kirche entlang führte sie von der Hauptstraße fort, wie ein weißes Schild ihm verraten hatte, in Richtung Friedhof. Friedhof – begraben – verstecken. Er hatte sicher zu viele Filme gesehen, in denen so etwas passierte, aber etwas Besseres fiel ihm schlichtweg nicht ein. Als er nach fünf Minuten am Eingang des Friedhofes stand, erwartete ihn allerdings eine Enttäuschung: Dieser Friedhof war so ordentlich, übersichtlich. So nüchtern. Er stand einen Moment nur da, das Kinn auf der Brust; dann zog er den Trolley langsam am Friedhof vorbei, Richtung Dorfausgang.

Gut eine Dreiviertelstunde irrte Mohammed fröstelnd durch die feuchte Kälte, über Feldwege, an Waldsäumen vorbei. Vorübergehend hatte er die irrwitzige Idee, die Burgruine zu seinem Versteck zu machen. In nicht allzu großer Ferne ragte sie aus Nebel und Tannen hervor. Aber – wo eine Burg war, waren vermutlich Touristen.

Unschlüssig und verdrossen machte er kehrt. Es dämmerte bereits – warum war der Anruf nicht längst gekommen? Mohammed blieb stehen, um sich mit ungeschickten Fingern eine Zigarette anzuzünden. Als er von seinem Feuerzeug hochsah, noch einmal in Richtung der Burgruine, fiel sein Blick auf eine Senkung des Terrains, direkt rechts von dem Feldweg, auf dem er sich befand. Ein Kieselpfad führte dorthin, an einem Garten vorbei, mit einem seltsamen weißen Springbrunnen (ohne Wasser) und einem Gerümpelschuppen. Aber da unten, in der Senke, zwischen den Büschen, das war … noch ein Friedhof! Eng und alt, man sah von hier das Moos auf den Grabsteinen. Ein einsamer und verlassener und verborgener Friedhof … Mohammeds wilde Filmphantasien nahmen bei diesem Anblick überhand, sein Herz klopfte, als er langsam, den schweren Trolley im Arm, über Kies und Erde auf das bescheidene Gittertor zutrat. Abgeschlossen. Ein Schild hing daneben. Natürlich, an Samstagen und Feiertagen nicht zu betreten. Schlüssel bei Kirche abzuholen. Aber niemand holte je diesen Schlüssel, das hätte Mohammed schwören können. Diese Pforte war immer zu. – Die Idee war verrückt, aber warum denn nicht…?

Nur war es noch zu früh. Und er brauchte etwas zum Graben.

Mittwoch, 16. Februar 2011

Der Name des Toten, Ahmed Ikrimah, verwies auf eine arabische Herkunft. Mehr verriet er nicht; er war in jeglicher Hinsicht überprüft worden. Den Gerichtsmedizinern zufolge musste Ikrimah am Abend des 11. Februar gestorben sein, vermutlich zwischen 20.00 und 20.30 Uhr. Allerdings hatte die Kälte im Depot des Museums, in dem der Leichnam das Wochenende verbracht hatte, ihn gut konserviert. Eine zweite Neuigkeit betraf den Fund des Tatorts. Unterhalb des hinteren Burgeingangs, beim Verlassen der Anlage links davon, begann der Botaniklehrpfad des oberen Kurparks. Gut zehn Meter vom Eingang dieses Lehrpfads entfernt war man auf eine Blutspur gestoßen. Es war bereits festgestellt, dass es sich um das Blut des Ermordeten handelte. Der Schuss musste in dem engen und gewundenen Pfad – so wie man schon aufgrund des zerfetzten Einschussloches vermutet hatte – aus nächster Nähe abgefeuert worden sein.

Donnerstag, 10. Februar 2011

Es war jetzt dunkel genug. Mohammed hievte vorsichtig den schweren Trolley über die verschlossene Friedhofstüre. Ein leises Klirren ertönte beim Absetzen. Dann folgte die spitz zulaufende Schaufel, die er an eine Scheune gelehnt gefunden hatte, dann Mohammed selbst, mit einiger Mühe aufgrund seiner kurzen Beine und des langen Mantels.

Nur wenige Grabsteine machte der bläuliche Schein der Handy-Taschenlampe durch den weißlichen Nebel hindurch sichtbar. Mohammed wählte die rechte hintere Ecke des kleinen Areals, wo Büsche wuchsen, unter deren kahlen Zweigen noch Reste frostüberzogenen Herbstlaubes lagen. Das Laub würde er später wieder auf der Grabstelle verteilen.

Ein anderer hätte es kaum geschafft, in knapp anderthalb Stunden mit klammen Fingern ein Loch in den steinharten Boden zu graben, dessen Tiefe zur Versenkung eines kleinen Trolleys ausreichte. Doch Mohammed war außergewöhnlich entschlossen und stark. Unterdessen sah er nicht den Mann, der dem Friedhof gegenüber, in knapp 15 Metern Entfernung, bäuchlings hinter einem Erdhügel lag, die feuchte Kälte verfluchend und mit dem Schaft einer eiskalten Waffe spielend. Er sah auch nicht das längliche Objekt, das von hinter dem Gerümpelschuppen des Gartens auf der anderen Seite des Feldweges nach ihm zielte, wiederholt und sehnsüchtig.

Donnerstag, 17. Februar 2011

»Ein neuer Tag, ein neues Glück« – mit diesem Motto hatte Frau Zimmermann ihren Gatten morgens aus dem Haus geschickt. Der zweifelte insgeheim daran, den bizarren Mordfall je aufzuklären. Seltsam war vor allem die Art und Weise, wie der Mörder die Leiche mit zeitraubender Hingabe entkleidet hatte, um ihn dann in das lächerliche Kostüm einer dicken Barockdame zu packen und an diesem Kleid auf den Ständer einer Kostümpuppe zu spießen. Es war, als hätte der Mörder den Toten damit verunglimpfen wollen. Was steckte dahinter? Ein Akt der Rache? *Wer* steckte dahinter? Kein einziger Anhaltspunkt war gegeben.

Inzwischen hatte man die Einwohner der Häuser im hinteren Burgeingangsbereich befragt, aber niemand wollte am Abend des 11. Februar zwischen 20.00 und 20.30 Uhr einen Schuss vom Botaniklehrpfad her gehört haben. Ärgerlich war auch, dass die Medien die Neugier der Öffentlichkeit auf Braunfels hochgepeitscht hatten. Ein für seine knackigen Überschriften bekanntes Blatt hatte den Fall tatsächlich »Der Kostümpuppenmord« getauft – sehr dumm, da keine Kostümpuppe ermordet worden war. Nun zog der Mord eine neue Art von Touristen nach Braunfels. Dass ausgerechnet die ihn weiterbringen könnten, hätte Zimmermann am Donnerstagvormittag noch nicht vermutet.

Doch die Sache kam so: Am Donnerstagnachmittag gegen 15.45 Uhr war ein Pärchen durch den Kurpark flaniert, trotz der frühen Jahreszeit Motorradfahrer. Die beiden gaben freimütig zu, aus Interesse am Kostümpuppenmord Braunfels zu ihrem Ausflugsziel gemacht zu haben. So hatten sie sich zuerst den Schlossbereich angeschaut und dann, etwas enttäuscht, weil nichts Kriminelles zu sehen war, in den Park begeben. Als sie die schmale Treppe hinaufstiegen, die zur Aussichtsterrasse des oberen Kurparkes führte, war es zu einem kleinen Unfall gekommen. Der Motorradfahrer, ein großer und breitschultriger Mann, hatte versehentlich, während er sich zu seiner Freundin umdrehte, eine Frau angerempelt, die ihnen auf der engen Treppe entgegenkam. Diese Frau, eine üppige Blondine, die sich auf eine Krücke stützte, war gestolpert; die Krücke war ihr entglitten, und als sie unterhalb der Treppe auf dem Boden aufkam, war ein Knall ertönt.

Die Motorradfahrerin hatte erschrocken zur Besitzerin der Krücke geblickt und gesehen, wie diese trotz ihres dunklen Teints bleich wurde. Im nächsten Moment wollte sich die Blondine an dem Paar vorbei die Treppe hinunterdrängeln, aber die Motorradfahrerin hielt sie am Arm fest. Die Verdächtige wollte sich losmachen und schrie, mit stark akzentuierten, langgezogenen Vokalen: »You biiitch!« Inzwischen war der Motorradfahrer die Stufen hinuntergesprungen und hatte die »Krücke« aufgehoben, an deren Fußende er ein vielsagendes Loch entdeckte. Die Krücke war eine Schusswaffe.

Die Polizeipräsenz in Braunfels war erhöht, die Frau rasch festgenommen worden. Ein sofortiges Verhör war jedoch unmöglich, weil die Verdächtige kein Deutsch sprach, sondern nur Englisch, das aber mit einem so starken Akzent, dass keine Verständigung mit ihr möglich war. Das Morddezernat musste eine Übersetzerin kontaktieren. Frau Inâs Abdallah Hassan, eine Ägypterin, die in Marburg Orientalistik studierte und schon mehrfach mit Polizei und Justiz zusammengearbeitet hatte, war zum Glück sofort zu erreichen.

Freitag, 11. Februar 2011

Mohammed war todmüde aus Philippstein nach Braunfels zurückgekommen. Er hatte heiß geduscht, das Handy an den Lader gehängt und war dann wie zerschlagen ins Bett gefallen. Beim Aufwachen fühlte er sich müde und schlapp. Er schaltete das Handy ein und fand eine SMS von Salib. Endlich! Salib hatte ihm seine neue Handynummer bis dahin noch nicht gegeben. Jetzt hatte er sie, die Kontaktmöglichkeit. Er schrieb Salib, dass er sich mit ihm noch heute treffen wolle, in Braunfels. Er schlug als Treffpunkt den hinteren Eingang zum Schlossbereich vor.

Donnerstag, 17. Februar 2011

Die Übersetzerin war sofort aus Marburg angereist, so dass es noch am späten Donnerstagnachmittag zum Verhör der Frau mit der »Krücke« kommen konnte. Das Resultat war unglaublich genug. Die Verdächtige nannte sich Fatima Yussuf Raschad. Sie war Ägypterin, hatte aber angeblich trotz der politischen Umbrüche und Unruhen ihres Landes diesen Zeitpunkt gewählt, um sich in Braunfels von einer Bandscheibenoperation auszukurieren. Nach eigenen Angaben konnte sie sich das leisten, da sie »hohen Kreisen« entstamme. Braunfels sei ihr von Bekannten empfohlen worden, die vor zwei Jahren in Wetzlar gewohnt hatten. Sie nannte einen ägyptischen Namen. Die als Krücke getarnte Waffe begründete sie schließlich damit, dass es ihr als Frau eigentlich verboten sei, ohne männlichen Schutz zu reisen. Daher habe sie sich zu ihrer weiblichen Sicherheit eine Waffe anfertigen lassen, die sie jederzeit zur Hand haben könne. Im übrigen habe sie natürlich von dem Mord an dem Araber gehört, jeder wisse davon aus den Medien; auch fordere sie ausdrücklich, man solle ihre Waffe untersuchen, dann werde man schon sehen, dass das nicht die Mordwaffe sei!

Die Verdächtige wurde nach diesem Verhör, trotz ihres vehementen Protestes, weiterhin in Untersuchungshaft verwahrt.

Freitag, 11. Februar 2011

»Vorsicht, Kira«, schimpfte Salib. Die große Hündin hatte ihn im Übermut angesprungen und ihm fast das Handy aus der Hand geschlagen. Er überflog noch einmal die SMS von Mohammed. Mit unguten Gefühlen brach er zu dem Treffen auf. Seine Kindheits- und Jugendfreundschaft mit Mohammed war stark belastet durch ihre unterschiedlichen Religionszugehörigkeiten. Schon früh hatte Salib erkannt, dass sein entfernter Cousin und »bester Freund«

sich gerne heraushielt, wenn muslimische Jungen ihn, Salib, als Kopten drangsalierten. Als Jugendliche waren sie mehr und mehr auf Distanz gegangen, ohne ganz den Kontakt zu verlieren. Das lag an ihrer gemeinsamen Leidenschaft für Judo und Gewichtheben. Regelmäßig trafen sie sich auf Wettkämpfen in der einen oder der anderen Sportart und kämpften meistens untereinander die höchsten Platzierungen aus. Auch hatten beide als Teenager denselben Zukunftstraum – später in Deutschland bei BMW zu arbeiten. Eine seltsame Hassliebe verband sie von jeher. Doch seitdem Salibs Schwester Gisèle vor drei Monaten Opfer eines muslimischen Bombenanschlags auf eine koptische Kirche in Kairo geworden war, überwog Salibs Hass auf Mohammed seine Liebe.

Sicher, nicht Mohammed hatte die Bombe gelegt, die Gisèle tötete. Aber seitdem er Karriere gemacht hatte und zum Leibwächter des Mannes aufgestiegen war, den die Bevölkerung ironisch ihren »Pharao« nannte, verachtete Mohammed seine alten Freunde, und erst recht die koptischen. Mohammed hatte sich nach Gisèles Tod nicht gemeldet. Aber dann plötzlich, nach Monaten, diese merkwürdige E-mail: Er werde nach Deutschland kommen und brauche seine, Salibs, Hilfe. Er bat um eine genaue Beschreibung des Klosters Kröffelbach, seiner inneren Räumlichkeiten wie auch seiner Lage in Deutschland – als wolle er dort Unterschlupf finden. Aber Salib wollte Mohammed im Kloster nicht. Er hatte ihm eingeredet, im nahen Kurort Braunfels sicherer zu sein. Wäre er erst einmal da, würde man dann weitersehen. Salib nahm an, dass Mohammeds Ärger mit dem Sturz des Staatsoberhauptes zu tun hatte, doch damit wollte er nichts zu tun haben. Er war wütend, dass er sich dazu gezwungen sah, Mohammed zu helfen.

Er öffnete die Heckklappe des Kombis und warf die Leine hinein. »Yallah, Kira«, befahl er. Er hatte sich den Hund ausgeliehen, um seiner abendlichen Abwesenheit im Kloster ein Alibi zu geben, für alle Fälle. Kira gehörte einer Frau Hofmann, die sich das Bein gebrochen hatte. Salib war schon oft mit Kira spazieren gegangen, zuerst, weil er Frau Hofmann mochte. Dann hatte er, was ihn selbst überraschte, den Hund selbst lieb gewonnen. Er hatte Kira zu einer Abendrunde abgeholt und versprochen, sie in einer Stunde zurückzubringen. Mehr Zeit wollte er Mohammed nicht geben.

Freitag, 18. Februar 2011

Gießen, die Gerichtsmedizin. Lange konnte Fatima Yussuf Raschad den Blick nicht von den weit aufgerissenen Augen und blauen Lippen der Leiche abwenden. Dann sah sie Kommissar Zimmermann direkt an und sagte etwas wie: »Not know him, never!« Inâs Abdallah Hassan übersetzte hierauf die ausführlichere arabische Aussage der Ägypterin: Diese schwöre, den toten Mann noch nie in ihrem Leben gesehen zu haben.

Leider war dem insofern nichts zu entgegnen, als eine Untersuchung ihrer Krücke ergeben hatte, dass es sich tatsächlich nicht um die Mordwaffe handelte. Die tödliche Kugel hatte ein für die Krücke unpassendes Kaliber. Man teilte das nunmehr der Ägypterin mit, die sichtlich aufatmete und plötzlich zu reden anfing. Sie gestand, eine Information zurückgehalten zu haben, aus Angst, den Mordverdacht auf ihr zu verfestigen. Jetzt wolle sie aber nicht länger verschweigen, dass sie am Abend des 11. Februar noch zu einem kleinen Spaziergang im Kurpark gewesen war. Genauer hatte sie sich auf einer der Kastanienalleen des unteren Kurparks befunden, unterhalb des Schlossbergs, den man aber über Serpentinenpfade erklimmen kann. Diese Serpentinenpfade münden im oberen Kurpark in den Botaniklehrpfad ein, in dem der Mord geschah.

So befand sich Fatima Yussuf Raschad ihren eigenen Angaben nach via Luftlinie ca. 30 Meter vom Mordgeschehen entfernt, das sie nicht sah, aber hörte. Konkret hörte sie einen Schuss, dann einen Schrei.

»Moment. Erst einen Schuss und dann einen Schrei?« hakte Zimmermann nach.

Die Übersetzerin gab die Frage an Fatima weiter, hörte sich ihre Antwort an und bestätigte auf Deutsch: »Ja, erst der Schuss, dann der Schrei.« Dabei blieb die Befragte, die man vorläufig, aus Mangel an belastenden Indizien, aus der Untersuchungshaft entlassen musste. Freilich ohne die Krücke.

Freitag, 11. Februar 2011

Salib war schon mehrfach in Braunfels gewesen und kannte den Weg zum Eingang des hinteren Schlossbereiches. Er stellte das Auto am Straßenrand ab, dem mit einem Wappen gezierten Steinportal gegenüber. Der Nebel verschluckte die Silhouette der mächtigen Burganlage allerdings weitgehend. Salib stieg aus und zog sich fröstelnd die Kapuze seines Anoraks über die Ohren. Im Auto fing Kira hysterisch zu bellen an. Salib musste sie aussteigen lassen, wollte er kein Aufsehen erregen. Er öffnete die Heckklappe des alten Kombis, und die Hündin schoss heraus. Schon rannte sie, die Nase am Boden, ins nahe Dickicht, wo sie in Nacht und Nebel verschwand. »Kira! Kira!« rief Salib gedämpft, wagte es aber nicht, lauter zu rufen. »Was soll's«, dachte er; er kannte den Hund, er würde von selbst zurückkommen.

Salib wartete. Er hörte Mohammed, bevor er ihn sah. Dumpf hallten die lauter werdenden Schritte eines Menschen vom Kopfsteinpflaster des Schlossberges wider, dann löste sich allmählich eine bullige Gestalt aus dem wabernden Nebel. Sie trat an Salib heran. Es war Mohammed. Er trug einen Trolley, den er neben sich absetzte.

»Ich konnte ihn nicht ziehen, er rollte zu laut«, sagte er anstatt einer Begrüßung. »Bruder, ist das dein Auto?«

»Geliehen. Von einem Freund im Kloster.«

»Gut, dass du da bist. Machst du den Kofferraum auf?« Mohammed zeigte auf sein Gepäckstück.

»Ich glaube nicht, dass das eine gute Idee ist. Ich weiß nicht, ob ich dich im Kloster verstecken kann.«

»Ich muss hier weg, Salib. Hilf mir.«

»Das Kloster ist für Christen.«

»Das Kloster ist für Ägypter.«

»Ich will es nicht entweihen. Wovor fliehst du?«

»Hör zu, ich erkläre es dir. Aber lass uns aus dem Licht gehen.« Mohammed lehnte den Trolley an Salibs Auto. »Komm«, sagte er und bewegte sich auf eine dunkle Öffnung im nahen Buschwerk zu. Es war ein Pfad, der hier begann und in den Mohammed Salib hineinzog. Der folgte nur widerwillig. Was sollte die Geheimniskrämerei? Mohammed hatte ein Handy hervorgezogen und schaltete die eingebaute Taschenlampe ein. Er ließ den bläulichen Lichtstrahl zwischen den Büschen hin und her gleiten. Nach einigen Schritten blieb er stehen. »Salib, mein Bruder«, sagte er noch einmal und umarmte den anderen. »Mohammed«. Und er ließ die Umarmung geschehen. »Salib, ich bin in großen Schwierigkeiten«, begann Mohammed – der plötzlich erstarrte. »Was ist?« fragte Salib. Mohammed hatte eine brüske Bewegung mit der Taschenlampe gemacht, die Salib blendete.

Obwohl sie den ausdrücklichen Auftrag hatten, Mohammed nicht aus den Augen zu lassen, hatten sie es nicht gewagt, ihm und dem Fremden im Anorak in das Dickicht hinein zu folgen. Wer da hineingegangen war, würde auch wieder herauskommen. Also warteten sie. Nur ein, zwei Minuten, dann hörten sie den Schuss. Dann, kurze Zeit später, einen Schrei, den verzweifelten Schrei eines Mannes. »Was machen wir jetzt?« fragte der kleine Beschatter den größeren. Dann ging alles sehr schnell. Der Mann mit dem Anorak sprang aus dem Dickicht, schloss mit zitternden Händen das Auto auf, warf den Trol-

ley, der neben dem Wagen gestanden hatte, auf den Beifahrersitz, stieg ein, startete, wendete, und brauste davon.

Sie sahen sich an. Ohne ein Wort zu wechseln, traten sie aus ihrem Versteck hinter der Mülltonnenreihe eines Hauses hervor und eilten auf den Pfad zwischen den Büschen zu. Nach einigen Schritten, die sie blindlings hineintappten, stolperte der Vorangehende über etwas. »Ich glaube, ich habe ihn«, zischte er. Der andere wartete. »Und?«

»Ich fühle Blut. – Brustloch. Mit dem ist es aus.«

»Nett von dem Fremden«, sagte der andere, zog sein Handy hervor und wählte. Eine Frauenstimme meldete sich: »Und?«

»Er ist tot. Was sollen wir machen?«

Im unteren Kurpark, unter den alten Kastanien, die im Nebel ihre kahlen Zweige hochstreckten in Richtung des Schlosses und einer Leiche, lächelte Fatima Yussuf Raschad finster in ihr Handy. »Lasst ihn verschwinden.«

Montag, 21. Februar 2011

Einmal mehr schlug der Gerichtsmediziner das Tuch von dem Leichnam zurück. Noch einmal sahen Kommissar Zimmermann und Kollege Werner das Gesicht mit den weit aufgerissenen braunen Augen und den blauen Lippen. Der dritte Mann, der bei ihnen stand, sah es zum ersten Mal. Er, der ohnehin bleich gewesen war, seinem dunklen Hautton zum Trotz, entfärbte sich noch mehr. Seine geröteten Augen hingen fassungslos an dem starren Blick der Leiche.

»Ist er das?« fragte Zimmermann.

Der Mann stieß einen heiseren Laut aus und legte in sichtlicher Erregung die Hand an die kalte Wange des Toten. Werner sah fragend Inâs Abdallah Hassan an, die Übersetzerin. Er sagte »Bruder«, sagte sie leise. Eine Träne tropfte auf die Stirn des Leichnams. Verlegen wandten die Kriminalbeamten sich ab. Dann fragte Zimmermann noch einmal: »Er ist es also?« Der Mann riss sich zusammen. »Ja«, stieß er auf Deutsch hervor.

»Und seine Name ist also…?«

»Mohammed Mohammed Mohammed.«

Der Ägypter war etwas unter mittelgroß, breit und muskulös gebaut. Er hatte kurzes, schwarz gewelltes Haar und einen starken Bartwuchs, der sich im Bartschatten der unteren Gesichtshälfte verriet. Die rote Farbe seines Anoraks betonte noch die gelbliche Blässe seines Gesichtes. Er hatte sich am frühen Vormittag auf dem Polizeirevier gemeldet, um mit den Bearbeitern des Braunfelser Mordfalls zu reden. Er hatte sich als Salib Salib Shenouda vorgestellt. Er vermisse einen ägyptischen Freund und befürchte einen Zusammenhang mit dem Mord an dem angeblichen Araber. Er sprach zwar Deutsch, aber mit starkem Akzent, so dass die Übersetzerin zu dem Gespräch hinzugezogen wurde.

Dieses Gespräch brachte folgendes zu Tage: Salib lebte seit drei Monaten im koptischen Kloster Kröffelbach. Dort versuchte er, in Meditation den Tod einer Schwester zu verarbeiten. Vor gut zwei Wochen hatte überraschend ein entfernter Verwandter und Kindheitsfreund sich bei ihm zu Besuch gemeldet, ein Mohammed Mohammed Mohammed. – Hier erklärte die Übersetzerin kurz, dass man in Ägypten die Vornamen des Vaters und des Großvaters als Nachnamen trage sowie dass »Mohammed« ein beliebter Vorname sei. – Mohammed sei also wie angekündigt nach Deutschland gereist, und es sei zu einer Begegnung zwischen Salib und seinem Freund gekommen, am Freitag, dem 11. Februar, in Braunfels, gegen 19.30 Uhr, am hinteren Eingang des Schlossbereichs.

Mohammed habe den Grund seiner Reise oder Flucht nach Deutschland indessen nicht verraten wollen; er, Salib, vermute aber, dass ein Zusammenhang zum Rücktritt des Präsidenten bestehe. Mohammed sei Leibwächter des ehemaligen Staatschefs gewesen und habe viele Freunde, aber auch viele Feinde gehabt. Salib habe seinem Freund Hilfe bei seiner Weiterreise versprochen, dann jedoch nichts mehr von ihm gehört. Allerdings sei er unglücklicherweise in der Nacht von Freitag auf Samstag schwer krank geworden und habe sein Zimmer bis vor kurzem nicht verlassen können. Erst gestern, am Sonntag (dem 20. Februar) habe er einem Freund im Kloster gegenüber seine Sorge um das Ausbleiben einer Nachricht Mohammeds geäußert. Von diesem habe er von dem Mord an einem vermeintlichen Araber erfahren, der sich während seiner, Shenoudas, Krankheit ereignet hatte.

Nun hatten sich in der Gerichtsmedizin, in die man im Anschluss an das Gespräch gefahren war, Salibs schlimmste Befürchtungen bewahrheitet. Als gebrochener Mann verließ er den Toten, den er in seiner ersten Ergriffenheit seinen »Bruder« genannte hatte. Die Polizei hatte Salibs Kontaktdaten aufgenommen; man bat ihn darum, im Falle weiterer Fragen der Polizei nochmals zur Verfügung zu stehen.

»Also, diese Geschichte muss ich erstmal verdauen«, sagte Zimmermann eben zu Werner beim Herausfahren aus Gießen, als sein Handy klingelte. »Zimmermann. – Was?« schrie er. »Ist gut.« Er ließ das Handy zuschnappen und sagte: »Werner, gib Gas. Wir müssen schnellstmöglich nach Braunfels. Ins Museum.«

Freitag, 11. Februar 2011

Ratlos standen die beiden Männer auf dem nebligen Pfad über dem Toten. »Was machen wir, Moussa?« »Mülltonne«, sagte der. Er war wortkarg. Ali grinste. Auch er war von den verschiedenfarbi-

gen großen Mülltonnen der Deutschen fasziniert. Ob Mohammed da reinpasste, war eine andere Frage. Er war so breit. Im Endeffekt war es Ali und Moussa aber sowieso egal, ob man Mohammed schon morgen oder niemals entdecken würde. Morgen würden sie weit weg sein, so viel stand fest.

Mühsam schleppten sie den schweren Leichnam durch die Windungen des Botaniklehrpfades. Einmal entglitten dem kleineren Ali die Beine, woraufhin auch Moussa die Arme losließ. Ali fluchte und gab dem Toten einen Tritt. »Wir lassen ihn liegen«, schlug er vor. »Gut.« »Gut«, echote eine zweite, fremde Stimme in ihrer Sprache. Die bläuliche Taschenlampe eines Handys leuchtete auf, unmittelbar danach folgten zwei fast lautlose, schallgedämpfte Schüsse. Der Nachteil war der, dass Abbas allein war, mit drei Leichen. Er hatte nur mit einer gerechnet.

Montag, 21. Februar 2011

Sie hatte gute Nerven, und das Verschwinden von Ali und Moussa hatte sie in den ersten Tagen ganz gut verkraftet. Aber das, was dem folgte, war zu viel gewesen – dieses unglaubliche, unerhörte Mysterium!

Sie war gleich fertig mit dem Packen, der Mietwagen wartete auf dem Hotelparkplatz. Sie würde nur noch die Rechnung bezahlen und dann diese verfluchte Stadt verlassen, auch ohne Ali und Moussa. Und dann musste sie ihre Angelegenheiten eben selbst in die Hand nehmen. Natürlich, es wäre ihr lieber gewesen, ihre Handlanger graben zu lassen, anstatt sich selbst die Fingernägel zu ruinieren – Pech gehabt. Und wenn diese unfähig gewesen waren, Mohammed zu töten … Denn dieser Tote da, wer auch immer es war, war jedenfalls nicht Mohammed gewesen.

Andererseits nicht so erstaunlich, dass Mohammed Ali und Moussa entgangen war. Er war stark und clever. Das hatte ihr an ihm gefallen. Sonst hätte sie sich nicht zu der Liebesnacht hinreißen lassen. Es war schon ein Risiko gewesen. Aber für ihre Bestrafung hatte Mohammed dann selber gesorgt: Dass er sie nur benutzt und ihr dann ihren Schatz geraubt hatte!! Sie würde sich noch an ihm rächen. So ungeschoren kam er ihr nicht davon. Er hätte wissen müssen, dass eine Frau wie sie immer Macht haben wird. Der General war ihr jedenfalls bereits vollkommen erlegen. Sie würde immer auf die Füße fallen.

Im Spiegel warf sie Fatima Yussuf Raschad, einer strahlend blonden, üppigen Schönheit, ein trotziges Lächeln zu. Versonnen zupfte sie die Haarspitzen der Echthaarperücke zurecht und schlug den Koffer zu.

Freitag, 11. Februar 2011

Er war nicht Abbas, der Agent, er war Abbas, der Künstler. Man sollte einen Künstler nie fragen, wie er sein Kunstwerk erschaffen hat. Das ist das Geheimnis des Künstlers.

Abbas wusste in der späten Nacht vom Freitag auf den Samstag, dass er soeben den ersten Teil seines Auftrags auf schlechthin geniale Weise erfüllt hatte. Das war die Kreuzschmerzen wert. Das Lächerliche würde schon bald in allen Zeitungen stehen. Er konnte kein Deutsch, würde aber die Zeitungen kaufen. Dann blieben ihm nur noch zwei Dinge zu tun. Hätte der Rücken nicht so wehgetan, hätte er das eine noch sofort erledigt. Aber es konnte noch eine Weile warten – bis der letzte Teil des Auftrags auch noch erfüllt war …

Montag, 21.2.2011

»Sehen Sie!« Die Dame war außer sich. Dabei wirkte Frau Weselich, Leiterin des Schlossmuseums, bald mehr empört als betroffen, als sie auf die zwei grotesken Erscheinungen zeigte. Zimmermann flog eine Übelkeit an; Werner kämpfte mit einem nervösen Lachen – ein Zeichen dafür, dass er mit den Nerven so ziemlich am Ende war. Vor den Kriminalbeamten standen, einmal mehr im Fürstensaal, zwei Kostümpuppen, die keine Kostümpuppen waren. An dem einen Puppenständer war ein kleiner, hagerer, dunkler Mann festgehakt, an dem anderen ein größerer Orientale. An den Stirnen der Toten prangte jeweils ein mittig gesetztes Einschussloch. Im Gegensatz zu der ersten Museumsleiche hatte der Mörder diesen beiden ihre männlichen Kleidungsstücke gelassen.

Es stellte sich heraus, dass der Aufbau der Ausstellung »Frauenleben und Frauenkleider im Schloss – vom Mittelalter zum 19. Jahrhundert« nach einem einwöchigen Stillstand heute wieder aufgenommen worden war. Im Depot hatten noch acht unausgepackte Kostümpuppen gestanden; der Hausmeister Schmitt hatte sich über den strengen Geruch im Depot gewundert, aber trotzdem alle muffelnden Puppen ins Museum geholt. Herausgekommen war *das*.

»Also, die Ausstellung können wir komplett vergessen«, schloss Frau Weselich ihren Bericht.

»Tja«, sagte Werner lahm.

»Jetzt reicht's!«, entfuhr es da Zimmermann. »Diese ganzen Orientalen stecken doch irgendwie alle unter einer Decke. Die wissen doch mehr, Werner, die wissen doch was! Jetzt hole ich diese Fatima her, und du pfeifst diesen Kopten zurück! Wollen mal sehen, was die zum Schlamassel hier sagen!«

Es stellte sich jedoch heraus, dass Fatima Yussuf Raschad vor gut zwei Stunden aus Braunfels abgereist war. »Die ist doch geflohen, Werner, das ist doch klar!«, ereiferte sich Zimmermann. Er hätte nur gerne gewusst, wovor. Werner seinerseits hatte mehrfach versucht, Salib Salib Shenouda über seine Handynummer zu erreichen. Es meldete sich niemand. Offenbar war das Handy ausgeschaltet. Die Übersetzerin war immerhin sofort am Telefon und nicht begeistert, aber bereit, nach Braunfels zu kommen. Sie hatte nach der Identifikation der ersten Leiche in Gießen noch eine Freundin in Wetzlar besucht und konnte in knapp 20 Minuten in Braunfels sein. Werner beschloss seinerseits, unverzüglich in das nahe Kröffelbach zu fahren, um dort persönlich nach Salib zu fragen.

Als er eine Viertelstunde später auf den Parkplatz des Klosters einbog, kam der Zufall ihm zu Hilfe. Auf dem besagten Parkplatz selbst traf er den Gesuchten. Der hatte zwar die Kapuze seines Anoraks tief über die Stirn gezogen und reagierte nicht sofort auf Werners Rufe; dann drehte er sich aber doch endlich um und erkannte den Kriminalbeamten. Werner bat Salib unumwunden, mit ihm nach Braunfels zu kommen – Kommissar Zimmermann und er brauchten dort seine Hilfe. Der Ägypter stimmte durch ein schroffes Nicken zu und stieg ohne weiteres mit Werner ins Auto. Schweigend fuhren die beiden Männer zurück in die nahe Kurstadt. Der kürzeste Weg zum Schlossmuseum war der zum hinteren Burgtor. Wie es schien, erkannte Salib die Straße nur zu gut – die Straße zum Ort seiner letzten Begegnung mit seinem »Bruder« Mohammed.

»Geht es Ihnen gut?« fragte Werner, denn sein Beifahrer sah extrem schlecht aus.

»Okay«, antwortete der.

Sie parkten den Wagen und stiegen aus. Einige andere Autos standen schon hier, unter anderem eines mit Marburger Kennzeichen. Die Übersetzerin war also bereits eingetroffen. Salib schlug die Tür zu. Zögerlich ging er um das Auto herum. Doch sehr weit kam er nicht. Woher auch immer, mit einem Mal war er auf ihm, der Hund. Es war ein großer, langbeiniger, schlanker Hund, tiefschwarz und offenbar sehr stark. Der Hund hatte den gedrungenen Orientalen zu Boden gerissen und packte ihn laut knurrend an der Gurgel. Salib versuchte zu schreien. Heraus kam ein Röcheln und Winseln; dann eine stockende, flehentliche Bitte in arabischer Sprache.

Werner traute sich nicht, den Hund vom Liegenden wegzureißen, aus Angst, selber gebissen zu werden. Erst als zwei Polizisten, vom Lärm angelockt, aus dem Schloss gerannt kamen, zerrten sie zu dritt an dem Halsband des Tieres. Endlich, nach Minuten, ließ der Hund los, zitternd, noch immer knurrend und bellend.

»Sind Sie verletzt, Herr Shenouda?« fragte Werner den Mann, der schluchzend in seinem Urin lag. Eine Hand legte sich von hinten auf seinen Arm. Werner blickte sich um und sah die ägyptische Übersetzerin. »Er ist der Mörder«, sagte sie. »Ich glaube, er hat es eben gestanden.«

»Was hat er gesagt?« fragte Werner.

»Er sagte: Bitte lass mich, Schakal. Ich bin schuld, aber lass mich.«

Als Salib wieder in einem verhörfähigen Zustand war, legte er ein volles Geständnis ab, das Inâs Abdallah Hassan wie folgt übersetzte: Er habe sich am Freitag, dem 11. Februar, für 20.00 Uhr mit Salib Salib Shenouda verabredet – er selbst sei Mohammed Mohammed Mohammed. Er sei als politischer Flüchtling nach Deutschland gekommen und habe von seinem Jugendfreund Hilfe erbeten. Er habe sich dauernd verfolgt gefühlt, auch am hinteren Burgeingang, wo er Salib traf. Daher habe er ihn auf einen Pfad zwischen Sträuchern gezogen. Dort habe er seine Probleme erklären wollen, als er im Dunkeln die Augen *eines Schakals* sah. (Man merkt an dieser Aussage, dass der Gestehende noch immer infolge der Attacke des Hundes unter Schock stand.) Der Schakal habe ihn fixiert und sei dann durch den Nebel hindurch auf ihn zugejagt. Er, Mohammed, habe geschrieen, geschrieen – und als das Tier zum Sprung auf ihn ansetzte, habe er geschossen.

Warum er eine Schusswaffe bei sich getragen habe, fragte ihn an dieser Stelle Kommissar Zimmermann. Zu seinem Schutz vor ägyptischen Verfolgern, antwortete hierauf Mohammed.

Dann fuhr er mit seinem Geständnis fort. Als er wieder ein wenig zu Sinnen kam, habe er Salib gerufen. Sein Handy mit der Taschenlampe habe er fallen lassen, er hob es auf und sah zu seinem Entsetzen den Freund am Boden. Er rief ihn an – nichts. Als er sich zu ihm niederkniete, sah er, was er getan hatte. Er hatte nicht den Schakal getroffen, sondern Salib. (An dieser Stelle weinte Mohammed hemmungslos.)

Er habe Angst bekommen, unsagbare Angst, fuhr er fort, sobald er wieder reden konnte. Er habe, halb ohne zu wissen, was er tat, seinen Mantel dem Toten übergestreift und selbst Salibs Anorak angezogen. Da Salib ihm genau erklärt hatte, wo das koptische Kloster in Kröffelbach lag und wo er dort wohnte, war er mit Salibs Wagen dorthin gefahren. Er hatte sich erst verirrt, dann aber doch das Kloster gefunden. Weil er nicht gewusst hatte, von wem Salib das Auto geliehen hatte, hatte er den Schlüssel stecken und das Auto auf dem Parkplatz offen stehen gelassen. Er hatte das Zimmer des Freundes gefunden, noch die Kraft gehabt, sich glatt zu rasieren wie Salib, und war dann zusammengebrochen.

Am nächsten Morgen war er krank, so krank, dass er das Zimmer nicht verlassen konnte. Ein Mönch kam und fragte nach ihm; er deckte sich bis über die Ohren zu und bat ihn, ihn allein zu lassen. Da er sehr heiser war, wunderte sich niemand über Salibs veränderte Stimme. Man ließ ihn in Ruhe, und nur einmal am Tag brachte jemand ihm etwas zu trinken und zu essen. Jedesmal hüllte er sich so tief in die Decke, dass niemand ihn als Fremden erkannte.

Als es ihm besser ging, beschloss er, das Unglück für sich zu nutzen. Wenn er weiterhin Salib blieb, konnte er Mohammed sterben lassen und so mögliche Verfolger von sich ablenken. Deshalb ging er zur Polizei, um seinen Jugendfreund als Mohammed zu identifizieren.

In der Nacht immer noch desselben Tages trafen sich vor dem winzigen, alten Friedhof von Philippstein zwei finstere Gestalten. Wer hier wen im Dunkeln gestellt hatte, ist kaum zu sagen. Jedenfalls standen sich zu gegebenem Zeitpunkt ein Mann und eine Frau auf zehn Schritte gegenüber. Jeder hielt in der einen Hand eine Handy-Taschenlampe, in der anderen einen Revolver.

»Abbas«, sagte die Frau.

»Seinab, meine Schöne.«

»Hast du Ali und Moussa getötet?«

»Der General schätzt dich nicht sonderlich. Die Männer, die er dir mitgab, waren Idioten.«

»Und nun suchst du …«

»Dasselbe wie du.«

»Es gehört mir. Mohammed hat es mir gestohlen.«

»Nachdem der Pharao es dir geschenkt hatte.«

»Das stimmt.«

»Und du hast den Pharao mit seinem Leibwächter betrogen.«

»Der Pharao ist nicht mehr der Pharao.«

»Das spielt keine Rolle. Der Pharao hat immer noch seine Leute, überall. Und er will Rache, auch an dir – und seine Gaben zurück.«

Abbas hatte seine Widersacherin nicht aus dem Visier gelassen; sie ihn auch nicht, aber er war der geübtere Schütze. Als sein Finger sich schon fester an den Abzug drückte, ging plötzlich das Gebell los. Ein Gebell von zahlreichen Hunden, in unmittelbarer Nähe.

Er fluchte; sie auch. Die Taschenlampen erloschen; mag sein, es gingen noch ein, zwei schallgedämpfte Schüsse im Dunkeln los, aber morgens waren keine Spuren des nächtlichen Spuks mehr zu finden.

Dienstag, 22. Februar 2011

Noch ein Ägypter auf dem Polizeirevier, diesmal ein koptischer Mönch. Er brachte zwei Gepäckstücke mit sich, die man im Zimmer von Salib Salib Shenouda gefunden hatte. Als man dem Kranken Nahrung und Wasser bringen wollte, am gestrigen Abend, hatte man den Raum leer vorgefunden. Auf dem Bett lagen aber, wie zur Abreise vorbereitet, zwei Trolleys. Der größere enthielt, zwischen schmutzigen Wäschestücken, eine Schusswaffe. Der kleinere, erdverschmierte Trolley war angefüllt mit Kleinobjekten und Schmuckstücken aus Alabaster, Gold und Edelsteinen – allem Anschein nach altägyptische Kleinodien.

Die Schusswaffe stellte sich, wie erwartet, als Mordwaffe heraus. Man beschloss, die altägyptischen Objekte, deren Wert man erst gar nicht einschätzen wollte, schnellstmöglich der ägyptischen Regierung auszuhändigen.

Mittwoch, 23. Februar 2011

Die für ihre knackigen Titel berüchtigte Zeitung hatte den Hund Kira zum »Anubis von Braunfels« umgetauft, dem schakalköpfigen Totengott der alten Ägypter. Diese mystische Benennung verbarg jedoch schlecht die zahlreichen

Ungereimtheiten des Falles, aus denen auch die besagte Zeitung keine schlüssige Geschichte zusammenweben konnte.
So bestätigten die Aussagen von Erika Hoffmann, der Besitzerin des Hundes, zwar, dass Salib Salib Shenouda am Abend des 11. Februar Kira zu einem Spaziergang abgeholt habe, von dem er schwer krank und unansprechbar wiedergekommen sei und Kira gar nicht. Frau Hoffmann zufolge war Kira ein anhängliches und unaggressives Tier. So bestätigte die Attacke auf Mohammed Mohammed Mohammed, dass das Tier diesen gesehen hatte, wie er Salib erschoss. Dass Mohammed eigentlich auf den Hund gezielt hatte, mochte die Abneigung des Hunds noch erhöht haben.
Gänzlich ungeklärt blieben jedoch die beiden weiteren Morde, sowie die Frage, wer, wie und warum die drei verschwundenen Kostümpuppen des Schlossmuseums gegen die drei orientalischen Männerleichen austauschte.

Nachtrag

Die Untersuchung des »Kostümpuppenmords« wurde mittlerweile, auf Befehl von oben hin, abgebrochen.

In einer palastähnlichen Villa in Scharm el-Scheich hatte die Geschichte des »Anubis von Braunfels« für viel grimmige Freude und Wohlwollen gesorgt, und Abbas lag glücklich in einer windgeschützten Ecke am Pool und streckte seinen noch immer leicht schmerzenden Rücken.

Höhlenmärchen

Von Almuth Heuner

Übrigens«, sagte sie im Hineingehen, »ich weiß Bescheid.« Er spürte, dass er sofort rot wurde. Der Fluch seiner hellen Haut. Sein Herz begann heftig zu schlagen, und die Knie wurden weich. Mit aller Kraft hielt er sich aufrecht und hoffte, dass seine Miene nur wenig von dem verriet, was in ihm vorging.

Er ging hinter ihr her in die vordere Gaststube des Caféhauses und setzte sich als Letzter an die zusammengeschobenen Tische, deren dunkles Holz von weißen Tischtüchern verdeckt wurde. Rings um ihn redeten die anderen Vertreter der kulturellen Verbände Weilburgs miteinander. Die indirekte Wandbeleuchtung, die von den cremefarbenen Wänden reflektiert wurde, sorgte dafür, dass man sich wie im heimischen Wohnzimmer fühlte. Moosröschen in kleinen Vasen standen zwischen den Gedecken, und die Caféhausbesitzerin trug gerade noch mehr Aprikosenstreusel und Stachelbeerbaiser herein. Ihre Tochter folgte mit mehreren Isolierkannen. Eine kleine Schiefertafel an der Wand pries Eiskaffee an, eine andere frische Waffeln mit Sahne.

Während der Vorsitzende der Bürgerinitiative Alt-Weilburg die Versammlung eröffnete und erläuterte, wie er sich »Synergie-Effekte bei der Sponsorensuche für den Kultursektor unserer Stadt« vorstellte, ging Gerolf Drach in Gedanken durch, welches seiner Geheimnisse Felizitas Lauterborn gemeint haben könnte. Die kreative Personalbuchhaltung seiner Baufirma? Der gewisse Materialschwund? Seine Frauengeschichten waren mehr oder weniger bekannt, die Hälfte davon ohnehin übertrieben, der Rest eher blanker Neid.

Oder meinte sie etwa ... Wieder spürte er, wie ihm das Blut erst ins Herz sackte, um dann hämmernd durch seine Adern zu steigen.

Durch den Nebel, den der hohe Blutdruck vor seinen Augen wabern ließ, und das Pochen in seinen Ohren drang die knorrige Stimme des Bürgerinitiativlers. »Wir sollten doch noch einmal die Geschäftsleute ansprechen. Ein reges kulturelles Leben lockt auch mehr Kunden an.«

»Dann sollten wir aber auch noch mal etwas in Sachen öffentlicher Nahverkehr unternehmen«, mahnte der Leiter des Bergbaumuseums. »Abends oder am Wochenende ist es immer noch nicht leicht, nach Weilburg oder wieder weg zu kommen. Schließlich hat nicht jeder ein Auto.«

»Wobei es an Parkplätzen ja nicht mangelt«, merkte Fee an und warf Drach über den Tisch hinweg einen listigen Blick zu. »Eigenartig, dass die Parkhäuser trotzdem leer stehen.«

Bedauerlich, dass sie so eine Zicke war, dachte er und starrte auf ihre kleinen Brüste, deren Ansatz deutlich im Ausschnitt des bestickten Leinenhemds sichtbar war. Schmales Gesicht, schwarze Kräusellocken bis zum Ellbogen, und unter dem mehrlagigen Folklorerock lange muskulöse Beine ... so zerbrechlich, wie sie aussah, war sie nicht; er wusste, dass sie Kraftsport trieb. Fee war professionelle Märchenerzählerin auf Mittelaltermärkten und vielen anderen Veranstaltungen und leidenschaftlich engagiert für die Gründung eines Märchenmuseums in Weilburg. Das Problem war nur, dass sie es in einem Haus einrichten wollte, für das er gerade eben einen zahlungskräftigen Mieter gefunden hatte. Das wiederum wollte Fee nicht zulassen. Erst gestern hatten sie darüber mitten auf dem Marktplatz so laut gestritten, dass bestimmt die halbe Stadt mithören konnte.

Gerolf Drach war ein Hüne, in dessen flachsblondem Haar das erste Grau kaum erkennbar war. Nachdem ihn auch seine dritte Frau verlassen hatte, stürzte er sich in die Arbeit. Sein Bauunternehmen reizte ihn allerdings nicht mehr, auch die Politik bot keine genügenden Herausforderungen. Seine Zukunft – und damit die des gesamten Landkreises Limburg-Weilburg – sah er nun im Denkmalschutz, insbesondere als Vorsitzender des Höhlenvereins. Dennoch war auch für ihn Geld immer noch ein gewichtiges Thema.

Die anderen diskutierten darüber, ob sie einen Rundgang zu den weiteren Sehenswürdigkeiten Weilburgs einrichten könnten und was das kosten würde. Dabei sprachen sie auch dem Kuchen noch einmal nachdrücklich zu. Drach ließ die Stichworte »Piséhäuser«, »Rollschiff«, »Steinerne Brücke«, »Tunnelensemble« und »Kirmes« an sich vorüberziehen und überlegte, woher Fee von seinen geheimen Plänen wissen könnte.

»Wenn wir nämlich als Erstes das Märchenhaus einrichten könnten, hätten wir auch ein Zentrum für alle anderen städtischen Kulturverbände«, erläuterte Fee. »Außerdem werde ich heute ein ganz einzigartiges und kostbares Ausstellungsstück bekommen, das wir zur Eröffnung publikumswirksam ausstellen können – und die Presseberichte nutzen wir dann dazu, unsere anderen Projekte voranzubringen.« Sie redete sich warm und gestikulierte mit der Kuchengabel. »Wir könnten, wenn das Wetter es erlaubt, dann im Schlossgarten die Einweihungsfeier fortsetzen. Das Haus ist ja sehr klein, aber da der Garten gleich gegenüber liegt, denke ich mir einen Freiluftempfang unter dem historischen Lindenboskett ... Buffet und Stühle ... Märchenspeisen ... natürlich Märchenmotivtorten von unserer wunderbaren Bäckerin hier – ich kenne auch noch eine junge Frau, die historische Zuckerbäckerei anfertigt und in zeitlich passendem Kostüm verkauft

... Und das Ausstellungsstück wird mir natürlich von einem Märchenprinzen überreicht. Ihr seht: Im Prinzip ist alles startklar!« Mit leuchtenden Augen sah sie sich in der Runde nach Zustimmung um. Ein kleiner Tupfer Sahne hatte sich auf ihr Kinn verirrt.

Was für eine Frau, dachte Drach.

»Wir wollen daraus aber kein Disneyland machen!«, rief der Hauptmann der Bürgergarde.

»Wie schnell könnte das gehen?«, wollte jemand wissen.

»Es fehlt nur noch Gerolfs Zustimmung«, antwortete Fee mit honigsüßer Stimme und warf ihm einen beziehungsvollen Blick zu.

»Ah!«, sagte der Vorsitzende der Initiative. »Gerolf Drach, die tragende Säule all unserer Pläne!«

Drach schreckte hoch.

»Ja, ohne dich wären Kulturarbeit und Denkmalschutz in unserer Stadt einfach nicht denkbar.« Fee lächelte süffisant. »Gib dir als Sponsor einen Ruck!«

»Was?« Hastig suchte er nach einer Antwort. »Ich sponsere mich schon seit Jahren selbst, das wisst ihr doch. Und wenn ich mehr tun konnte, hab ich das auch gemacht – kleinere Instandhaltungsjobs, ein bisschen Material ... Aber das mit dem Haus muss ich wirklich noch überdenken.«

Die eben noch so verlockende Fee funkelte ihn wütend an.

Sie konnte es nicht wissen, dachte Drach. Oder doch? Und woher? Vor kurzem war ein ausländischer Investor an ihn herangetreten, der in der Nähe seiner Höhle ein unterirdisches Wellnessbad errichten wollte. Dazu sollten aufgelassene Erzbergwerksstollen ausgebaut, aber auch neue gegraben werden.

Drach sah darin eine einmalige Chance, endlich den eigentlichen Zweck seines Vereins zu verwirklichen. Vor mehr als hundert Jahren hatten Bergleute angeblich eine Tropfsteinhöhle entdeckt, den Eingang aber wieder zugeschüttet. Seitdem war die Lage dieser Höhle verschollen. Drachs Vorgänger hatte nach dem Krieg davon erfahren und mithilfe eines eigens gegründeten Vereins nach der verschwundenen Tropfsteinhöhle gesucht. Gefunden hatten sie Mitte der 1970er Jahre eine in Deutschland einmalige Kristallhöhle, die zudem eine dreißig Meter hohe Halle besaß, die höchste in Deutschland. Die Kristallhöhle war nun das zentrale Schaustück, zusammen mit einem kleinen Museum und einem Freilicht-Steinpark sowie einem Kalksteinstollen, der sich noch in Restauration befand. Dennoch wurde unentwegt weiter nach der mysteriösen Tropfsteinhöhle gesucht. Drach war sicher, dass sie bald wieder entdeckt werden konnte – wenn er den Investor im Griff hatte, der sich sein Wellnesshöhlenbad mehr wie ein Disneyland vorstellte ...

Wenn die anderen hier im Kulturverband Wind von seinen Plänen bekämen, könnte er einpacken, befürchtete Drach. Überhaupt zog er es vor, sich allein um diese Angelegenheit zu kümmern. Aber er brauchte Zeit und Verschwiegenheit. Bei letzterem war er sich bei Fee keineswegs sicher. Nein, er musste unbedingt wissen, was offenbar zu ihr durchgesickert war und woher.

Der Rest der Sitzung plätscherte an ihm vorbei.

Vor der Gründerzeitvilla, in der sich das Café befand, schien die Sonne warm, und der stadteinwärts fließende Verkehr war für einen Freitagmittag spärlich. Die meisten Sitzungsteilnehmer hatten gegenüber auf dem alten Kirmesplatz geparkt und blieben dort noch stehen, um sich ausgiebig zu verabschieden.

Er trat zu Fee hin und hielt sie am Arm fest. »Kann ich dich sprechen?«

»Ich muss noch was besorgen ... aber dann komme ich

ohnehin nah bei dir in Kubach vorbei«, sagte sie. »Ich will nachher in Freienfels sein.«

»Wozu?«, fragte er dümmlich, denn noch im Sprechen fiel es ihm ein. Morgen begann das erste Maiwochenende: der traditionelle Termin für die Ritterspiele mit Mittelaltermarkt in Freienfels. Von seinem Museum aus oben auf dem Bergrücken konnte Drach nicht nur die Burgruine auf der anderen Talseite gut sehen, sondern auch, dass zur Zeit der Aufbau eines der größten Lager Deutschlands in vollem Gange war. Morgen um elf Uhr sollte der Markt feierlich eröffnet werden.

Fee lachte. »Es geht um mein zukünftiges Ausstellungsstück. Und natürlich den Überbringer.«

Er stieg ins Auto. Die Straße tauchte hinunter in das enge Lahntal, überquerte den Fluss, ließ links hinter dem Parkhaus einen kurzen Blick zu auf das einzigartige Tunnelensemble für Eisenbahn, Autos und Schiffe, mit dem die Lahnschleife um Altstadt und Schloss abgekürzt wurde, und kämpfte sich wieder hinauf auf den Bergrücken. Drach nahm von all dem nichts wahr. Seine Gedanken kreisten um Höhlen, Märchenprinzen und vor allem um schwarze Ringellocken.

»So«, knurrte er. »Und nun raus mit der Sprache: Was weißt du?«

Er hielt sie von hinten um Taille und Schultern umschlungen und drückte mit dem Unterarm ihren Kopf nach hinten an seine Brust. Sie zappelte, so gut sie konnte, und fluchte dabei ausgesprochen unfeenhaft. Er hielt ihr den Mund zu und presste sie fester an sich. Das hatte einen unerwarteten Effekt, doch bevor ihm das richtig klar wurde, nutzte sie den Augenblick seiner Unaufmerksamkeit und biss ihn in die Hand.

»Wenn du was von mir hören willst«, japste sie, »musst

mich aber auch reden lassen!«

Wie verabredet, hatte sie am Höhlenmuseumhaus geklingelt. Er hatte sie in sein Büro geführt und ihr auf ihre Bitte hin ein Glas Wasser geholt. Als er zurückgekommen war, hatte er sie dabei erwischt, wie sie in den Papieren auf seinem Schreibtisch blätterte. Nach einem Katz-und-Maus-Spiel rund um seinen Schreibtisch und durch den Eingangsbereich hatte er sie am Rock packen können, bevor sie nach draußen entkommen konnte. Nun standen sie beide keuchend in ungeplanter Umarmung – so ging das nicht, dachte er. Besser, sie setzten sich ganz ruhig wieder hin ...

Sie machte erneut einen Ausbruchsversuch, und er gab ihr eine ordentliche Kopfnuss. Erst traute er ihr nicht, als sie in seinem Arm zusammensackte. Doch dann ließ er sie vorsichtig auf einen Stuhl sinken, immer darauf gefasst, dass sie ihm nur etwas vorspielte. Sie kippte leicht zur Seite. Nein, richtig weggetreten war sie wohl nicht und würde auch gleich wieder aufwachen. Er musste die Gelegenheit schnell nutzen.

Fesseln? Mit was? Er sah sich um. Keine Zeit, nach hinten zu gehen und Seil zu suchen ... Sein Blick fiel auf ihre Beine, sichtbar geworden durch den teilweise hochgerutschten Rock. Da sieh an, die Fee trug sehr unmittelalterliche halterlose Netzstrümpfe! Flink streifte er ihre Schuhe ab, rollte beide Strümpfe herunter und hatte sie im Handumdrehen sicher am Stuhl festgebunden.

Sie kam wieder zu sich, sah an sich hinunter und seufzte. »Du Schuft«, sagte sie, klang dabei aber nicht sonderlich verärgert.

Doch auch in dieser misslichen Lage war sie nicht bereit, etwas über das mitzuteilen, was sie angeblich wusste. Gereizt von der fruchtlosen Fragerei, schrie er sie schließlich an.

Offenbar traf das endlich einen Nerv.

»Und wenn du mich tagelang verhörst«, schrie sie zurück, »ich sag nix, und du kannst mein Haus durchsuchen, wie du willst – ich hab alles sicher verwahrt!«

Sie starrten sich an. Gerolf dachte wieder, wie schade es sei, dass sie eine solche Zicke ... hübsche Zicke ... vor allem, wenn ihr Gesicht so erhitzt und ihre Haare so verstrubbelt waren.

Er zwinkerte ihr zu, und sie begann zu lachen.

»Komm«, sagte sie in normalem Gesprächston, »mach mich los. Ich hab jetzt ein Date mit einem Märchenprinzen.«

»Das glaubst du nur«, sagte er zufrieden, denn ihm war eine Idee gekommen. »Du bleibst hier, und ich werde dich bei deinem Date würdig vertreten.«

Noch durch die geschlossene Tür konnte er ihr unfeenhaftes Keifen hören.

Von Mittelalter konnte an diesem Nachmittag in Freienfels noch keinerlei Rede sein. LKW, Kombis, Anhänger, Holzbuden, Zelte, konventionell gekleidete Leute und ein paar Hardcore-Gewandete wimmelten auf dem schmalen Gelände längs des Weilbachs durcheinander.

Ein Märchenprinz würde ein weißes Pferd haben, vermutete Drach und ärgerte sich, dass er Fee nicht hatte entlocken können, wie er diesen Prinzen erkennen konnte. Er fragte sich durch das Gewusel zu den Lagerplätzen der Reiter durch. Das trockene Wetter der letzten Tage sorgte dafür, dass bei jedem Schritt von dem unbefestigten Boden Staubwolken aufstiegen; ungewohnt für diejenigen, die seit Jahren zum Spektakel kamen, das früher unter dem Spitznamen »Breienfels« berühmt-berüchtigt gewesen war. Die meisten »Ritter«, die bei den Turnieren auftraten, waren Stuntleute mit eigenen Pferden, oft aus Tschechien oder Osteuropa, die in drehfreier Zeit mit Fecht- und Reitkunststücken auf den

Mittelalterspektakeln etwas dazuverdienten. Ihre Muttersprachen enthielten viele Zischlaute, und Drach stellte sich vor, dass dies fürs Fluchen gut geeignet war.

»Probier's mal bei den Sorben da hinten«, riet ihm jemand, der Pflöcke für eine Umzäunung einschlug. Drach überquerte den Bach auf der schwankenden Metallbrücke. Dahinter standen die ersten Zelte des riesigen Lagers.

Die Sorben waren allesamt noch in zivil und beim Auspacken. Einer von ihnen hatte seinen Schimmel gesattelt und kontrollierte den Sattelgurt, bevor er sich aufschwang und das Tier eine Runde in der kleinen Einfriedung drehen ließ.

»Prinz?«, sagte einer der Truppe. »Na, wer wohl?«

Drach wartete ungeduldig am Zaun, bis der Reiter in seiner Nähe war, und sagte dann laut: »Fee kann nicht kommen!«

Der Reiter zügelte das Pferd, dass es fast auf seinen Hinterbeinen saß. Dann ließ er es zu Drach tänzeln.

»Falk vom Auwald, zu Euren Diensten!«, sagte er mit überraschend tiefer Stimme. »Was sagtet Ihr da über eine Fee?«

Der schlanke junge Mann mit kinnlangen dunklen Haaren, die ihm in die Augen fielen, sprach mit deutlichem ostdeutschen Akzent; vielleicht sogar dem Hauch einer slawischen Sprache, so gut kannte Drach sich da nicht aus. Aber möglicherweise gehörte das zu seiner Rolle?

»Fee ist kurzfristig verhindert und konnte Sie nicht erreichen«, meinte Drach und versuchte, seine Stimme freundlich klingen zu lassen. Die heftige Abneigung, die plötzlich in ihm aufstieg, konnte er sich nicht erklären. Fee nannte dieses halbe Hemd ihren Märchenprinzen? »Sie schickt mich, das Päckchen abzuholen.«

»Päckchen?«, wiederholte der Prinz. »Ach so ... Moment.«

Er stieg ab, bat Drach, sich auf einen Campingstuhl zu setzen, und verschwand in dem Zelt dahinter. Mit einem in

Stoff gewickelten Gegenstand gesellte er sich wieder zu Drach.

»Ich bin ja eigentlich kein Sorbe«, vertraute er Drach an, der sich fragte, ob er das alles wissen wollte. »Das machen wir nur so, weil wir aus Dresden sind und es wenige Darsteller aus der Lausitz und der Zeit kurz vor dem Jahr 1000 gibt. Ich stamme aus Transnistrien, und in meiner Familie gibt es dieses Erbstück, seit sie vor fast zweihundert Jahren nach Bessarabien ausgewandert sind. Und nun wird meine Fee es als Morgengabe erhalten!«

Hm, dachte Drach unwillkürlich, das werden wir noch sehen ... Er nahm von dem jungen Mann ein großes Buch entgegen und schlug es auf. Leuchtende Farben sprangen ihm entgegen, und erst nach einem Moment ordneten sie sich zu Figuren und Tieren und Schlössern und Häusern ...

»Es wurde neu gebunden, damit die Bilder nicht verloren gehen«, erläuterte der Prinz. »Das ist eine Erstausgabe der Grimmschen Märchen, illustriert von einem ukrainischen Ikonenmaler. Recht wertvoll, meinte Fee. Sie wollte es aber noch schätzen lassen.«

Drach blätterte flüchtig über Text und Bilder hinweg. Wertvoll fand er es auch, allerdings mehr als Pfand für das Wohlverhalten einer gewissen jungen Dame ... »Gut, dann werde ich es ihr überbringen«, sagte er und stand auf.

Der Prinz erhob sich ebenfalls, doch bevor er etwas erwidern konnte, piepte es in seiner Gürteltasche. »Vergebt mir«, murmelte er, zog ein Handy hervor und drehte sich zur Seite.

Das kam Drach sehr gelegen. Das Buch unter den Arm geklemmt, eilte er zurück zu seinem Auto. Doch bis er den Wagen zwischen den eintreffenden Mittelalterdarstellern hindurchmanövriert hatte, kam es ihm vor wie eine Ewigkeit, und beim Gedanken daran, dass oben im Museum eine sehr wütende Fee schon geraume Zeit unbeaufsichtigt war, stieg seine Ungeduld weiter. Wegen des starken Gegenverkehrs musste er eine ganze Weile warten, bis er vom Festplatz nach links auf die Bundesstraße einbiegen konnte.

Bevor sich eine Lücke für ihn auftat, glaubte er, eine Fata Morgana zu sehen: Ein Reiter auf weißem Pferd in gestrecktem Galopp raste über die Straße und einen Wirtschaftsweg hinauf. Drach wusste, dass dieser Weg zum Museum führte. Was zur Hölle tat der blöde Prinz denn jetzt? Das war in seinen Plänen nicht vorgesehen ... Er drückte auf die Hupe, fuhr einfach los und sofort rechts nach Kubach hinauf.

Die Eingangstür stand offen, ebenso die zu seinem Büro. Drach trat vorsichtig auf und sah sich um. Kein Prinz, keine Fee, nur ein paar zerschnittene Netzstrümpfe auf dem Boden ... und ein totales Chaos auf seinem Schreibtisch.

Auch der Eingang zur Höhle war geöffnet und die Beleuchtung eingeschaltet. Drach lauschte den Gang hinunter. Waren das Stimmen? Er schnappte sich einen Feuerlöscher und schlich die 347 Stufen bis zum eigentlichen Höhleneingang hinunter. Mit jeder Stufe wurde es kühler und die Luft feuchter.

Unterwegs drangen immer wieder Satzfetzen an sein Ohr, ein wenig verzerrt durch die tunnelartige Konstruktion des Abgangs, aber eindeutig von einer Frauenstimme.

Kurz vor dem eigentlichen Höhleneingang konnte er sie besser verstehen und begann zu grinsen.

»... ich dir eine SMS schicke, dass ich eingesperrt bin, dann will ich alles, aber bestimmt kein Gedicht als Antwort!«, fauchte sie.

Er mochte temperamentvolle Frauen.

Das folgende undeutliche Gemurmel stammte wohl vom

Prinzen. Drach schlich wieder ein paar Stufen tiefer.

»Das wurde aber auch Zeit! Nicht dass ich dich noch gebraucht hätte ... wenn frau nicht alles selbst macht!« Offenbar ging sie beim Sprechen auf und ab. »Nachdem ich das mit dem Handy hingekriegt hatte, war mir klar, dass ich auch an die Schere auf dem Schreibtisch herankommen konnte. Es dauerte zwar etwas, aber nicht annähernd so lang, wie du gebraucht hast, um zu raffen, was los ist.«

Wieder prinzliches Gemurmel, dann einige Momente lang gänzlich Stille. Drach traute sich kaum zu atmen. Schließlich hörte er Fees Lachen, das tief aus ihrer Kehle zu kommen schien, und in freundlichem, ja geradezu liebevollem Tonfall sagte sie: »Blöder Vogel!«

Drach sah rot, und in seinen Ohren rauschte es. Er hob den Feuerlöscher hoch und stürzte die letzten Schritte hinunter und in die Höhle. Er sah, wie sich der Prinz eilig aus Fees Armen löste und sein Schwert zückte. Drach warf sich, Feuerlöscher voran, auf ihn. Fee schrie irgendwas, doch im Kampf Mann gegen Mann fanden Frauenworte keinerlei Gehör.

Wie es genau passierte, war hinterher niemandem klar, aber sie spürten plötzlich beide einen heftigen Schubser und krachten gemeinsam gegen die Höhlenwand. Der Feuerlöscher traf das Gestein mit voller Wucht in einem ungünstigen Winkel, so dass ein großer Felssplitter abgeschlagen wurde und die Männer von der Wucht des Abpralls zu Boden geschleudert wurden.

Drach fasste sich als Erster und stand wieder auf. »Ich krieg euch dran«, schrie er, »das ist Sachbeschädigung und Hausfriedensbruch und ...«

Fee legte ihm die Hand auf den Mund. »Immer sachte«, sagte sie. »Sonst werde ich Umstände erwähnen wie Freiheitsberaubung und Nötigung ...«

Wütend starrten sie sich an, bis sie anfing zu lachen. Und Drach konnte nicht anders, er musste mitlachen. Sie schüttelte den Kopf. Dann trafen sich ihre Lippen.

Der Prinz saß noch benommen auf dem Boden und blickte verwirrt vom einen zur anderen.

»Verzeiht, wenn ich Euch störe«, sagte er. »Aber die Dame hatte versprochen, mich zu heira...«

Drach fand das so komisch, dass er vor lauter Lachen kaum noch Luft bekam. Er ließ sich neben den Prinzen auf den Boden plumpsen.

»Was machen wir denn jetzt?«, fragte er.

»Ich weiß nicht, was du machen willst«, sagte Fee und verschränkte fröstelnd die Arme. »Ich werde auf jeden Fall das Märchenhaus gründen und Falk heiraten, damit er mir das Buch gibt. Und es wäre nett von dir, Gerolf, wenn du mir das Haus gibst.« Sie überlegte kurz und setzte dann hinzu: »Dann sage ich auch nie wieder was von Freiheitsberaubung und Nötigung. Oder gar von Investoren oder Wellnessbädern.«

»Klingt wie Erpressung«, sagte Drach. Offenbar hatte sie genug Zeit gehabt, die Unterlagen auf seinem Schreibtisch gründlich zu lesen. Er fühlte sich wie betäubt und nicht imstande, ihr zu widerstehen. »Du hast heute Morgen vor der Sitzung noch gar nichts gewusst, stimmt's?«

Sie grinste. »Nein. Aber ich dachte mir, dass du so viel Dreck am Stecken hast, dass das egal ist. Irgendwas würde ich immer finden, früher oder später.«

Dem konnte Drach nicht widersprechen. »Aber was wird jetzt aus der Denkmalsbeschädigung?«

Fee warf einen Blick auf die Höhlenwand. »Na ja ... dein Denkmal ist so beschädigt, dass es sich quasi vermehrt hat. Sieh doch mal genauer hin.«

Drach sprang auf und spähte in das Loch, das sich hinter der abgeschlagenen Stelle aufgetan hatte. Im Zwielicht war nur schwer zu erkennen, was sich darin befand ... waren es etwa Tropfsteine? Unwillkürlich pfiff er. Das Geräusch fand ein vielfältiges Echo. Das musste ein riesiger Raum sein – und so nah an der Kristallhöhle!

Er drehte sich um. »Das ist ja ...«

»Siehste«, sagte Fee gönnerhaft, »gar nicht mehr nötig, von Investoren zu reden. Jedenfalls nicht auf dieser Ebene. Bist du mir nicht schrecklich dankbar, Gerolf?«

Der Prinz sah immer noch etwas verwirrt aus. »Ich dachte, du heiratest mich, damit ich in Deutschland bleiben kann!«

Fee streckte ihm die Hand entgegen und zog ihn auf die Füße. »Aber sicher doch.«

Drach öffnete den Mund, stellte fest, dass er nicht wusste, was er sagen könnte, und schloss ihn wieder.

»Ist es nicht so, dass wir jetzt alle haben, was wir wollten?«, fragte Fee munter. »Und es ist sogar ganz ohne Tote abgegangen. Du hast deine Höhle, ich hab mein Haus und er sein Bleiberecht. Ein Ende wie im Märchen.«

Einträchtig schweigend stiegen sie alle 347 Stufen wieder hinauf und blieben in der Eingangshalle stehen, um nach Luft zu schnappen.

Drach hatte genügend Zeit gehabt, um festzustellen, dass er doch noch nicht alles hatte, was er wollte. Er fasste Fee behutsam am Arm. »Was ist denn eigentlich nun mit ... uns beiden?«

»Ach das!«, meinte Fee und lächelte. »Ich könnte dich doch oft besuchen. So ein Prinz kann es sich leisten, großzügig zu sein.«

Der Prinz musterte Drach mit einem langen, nachdenklichen Blick. Dann wandte er sich wieder zu Fee.

»Okay«, sagte er völlig unprinzlich. »Mir soll's recht sein.«

Er stieg auf sein Pferd und zog sie hinter sich hinauf.

Drach sah ihnen nach, wie sie zum Lager hinunter ritten.

Sie saßen auf einer Bank vor dem Höhlenmuseum und sahen hinüber nach Freienfels.

»Ihr habt eine hübsche Wohnung gefunden da drüben?«, meinte Drach.

»Mit Stall«, bestätigte Fee und blinzelte träge in die Sonne.

Er legte den Arm um sie. »Eine schöne Hochzeit hattet ihr auch. Wie im Märchen.«

Sie nickte. »Ich weiß aber nicht, ob ich dir trauen kann, nach all dem ...«

»Dann trau mir halt nicht«, sagte er. »Wollen wir reingehen?«

Und da sie noch nicht gestorben sind, leben sie sicher glücklich auf ihre Art und Weise. Und man muss es dreimal sagen, sonst wird es nicht wahr: wie im Märchen.

Dunkel ist die Schleusenkammer

Von Hermann Henn

Es riecht so richtig schön modrig. Silke Haus hat das von ihr gesteuerte Kanu in die Schleuse gefahren. Am ganzen Körper spürt sie das sanfte Schlingern des Kanus. Sie hört das leise Plätschern des fast schwarzen Wassers an den nassen, bemoosten und kalten steinernen Wänden in der Schleusenkammer des Weilburger Schiffstunnels. Der ideale Ort, um mal total abzuschalten. Am oberen Tunneleingang ist zu lesen gewesen: ADOLPHUS DUX NASSOVIAE MONTIS JUGUM PERFOSSUM NAVIBUS APERUIT A. D. MDCCCXLVII.

»Wer von euch kann Latein?«, fragt Silke.

»Ich. Adolph Herzog von Nassau hat den Rücken des Berges durchstochen und den Schiffen geöffnet. Im Jahre des Herrn 1847«, übersetzt Songül gänzlich ohne zu stottern die Inschrift.

Der Schleusenvorgang würde einige Minuten dauern. Das sollen mal die Männer übernehmen. Silke gibt entsprechende Kommandos. Sie ist schließlich die Chefin.

»Heiner, Fritz, Dirk, auf, auf. Kurbeln ist angesagt.«

Heute Morgen haben sie am Lahnbahnhof in der Nähe von Leun bei Flusskilometer 24 und bei strahlendem Sonnenwetter die beiden dunkelgrünen Vierer-Kanus ins Wasser der Lahn gelassen.

»Habt ihr euch auch alle gut eingecremt?« begrüßt Karin Eickel, die Hüterin des Vorzimmers und glühende Verehrerin ihrer Chefin, die Kollegen.

»Ich hab zur Sicherheit noch ne große Flasche Sonnenschutz dabei. Und auch ein Paar Kissen. Für die harten Sitzbänke. Nicht dass ihr euch wund sitzt. Der Weg ist lang. Vor uns liegen 41 km.«

K11, das Kommissariat für Tötungsdelikte, intern auch als Königskommissariat bezeichnet, macht seine jährliche offizielle »gesellige Veranstaltung«. Gemeinhin auch als Betriebsausflug bezeichnet. Im Interesse der Teambildung stellt der Dienstherr für so etwas sogar bezahlte Arbeitszeit zur Verfügung. Denn damit wird ein Teil des Leitbildes der Polizei auch mit Leben erfüllt. Neben der Verantwortung, dem Bürger und dem Selbstbild als Teil der Gemeinschaft, steht das Team nämlich im Mittelpunkt. Silke und Karin haben alle mit einem kräftigen Frühstück am Einsteigeort überrascht. Heißer Leberkäse mit Brötchen und Senf, leckere Käsebaguettes, später Muffins. Dazu Kaffee, ein Gläschen Sekt oder auch ein Bier. Mit von der Partie sind Astrid Mierth, Kriminaloberkommissarin, 34, verheiratet, ein Kind. Nach sechzehn Jahren Dienst, davon neun in der Stadt, vier im Kriminaldauerdienst und fünf im Kommissariat, verfügt sie über eine Menge Berufserfahrung. Diese hat Songül Özler, Kriminalkommissarin, 25, ledig, noch nicht in diesem Maße angesammelt. Songül hat zwei Programme des Landes Hessen für ihren Berufsstart nutzen können. Zum einen die Initiative, vermehrt Beamtinnen und Beamte mit Migrationshintergrund für die Polizei zu gewinnen; auch welche ohne die deutsche Staatsbürgerschaft. Und zum zweiten die Einführung einer Laufbahn »Kriminalpolizei«, die es jungen Berufseinsteigern ermöglichen sollte, direkt zur Kriminalpolizei zu gehen. Heiner Binz, Kriminaloberkommissar, 45, verheiratet, zwei Kinder, ist Mitglied im Personalrat und hat sich vom anfänglichen Skeptiker einer weiblichen Kommissariatsleiterin zu einem loyalen Kollegen entwickelt. Fritz Gredmann ist einer der wenigen Beamten, die es nach der prüfungsfreien Überleitung aus dem mittleren in den gehobenen Polizeidienst geschafft hatten, Kriminalhauptkommissar zu werden. Er ist 50 Jahre alt und geschieden. Paula Reschka, die 21-jährige Polizeikommissaranwärterin macht zurzeit einige Wochen Dienst im Rahmen des Praktikums.

Silke Haus, 45 Jahre alt, Erste Kriminalhauptkommissarin, leitet das Kommissariat seit einem Jahr. Dirk Ommer, Kriminaloberkommissar vom Staatsschutz gehört eigentlich nicht dazu. Er unterstützt aber fast schon gewohnheitsmäßig bei irgendwelchen Sonderkommissionen. Immer dann, wenn politische Aspekte eine Rolle zu spielen scheinen. Und das kommt immer öfter vor. So auch in dem aktuellen Fall, an dem sie nun jetzt schon seit vier Wochen arbeiten und nicht so recht weiterkommen. Deshalb ist er auch eingeladen worden. Wäre das ein ganz frischer Fall gewesen, hätte man natürlich in der Phase keinen Betriebsausflug gemacht. Vielleicht ist es zu dem Zeitpunkt auch gar nicht so schlecht, einfach mal ein bisschen Abstand zu bekommen.

In Fürfurth bei Flusskilometer 50 wollen sie mittags die berühmten, tellergroßen Schnitzel essen. Nur mit Brot. Oder mit Bratkartoffeln. Pommes gibt's da nicht. Hoffentlich werden nicht wieder so viele Fliegen da sein. In Runkel bei Flusskilometer 65 dann aussteigen, die Boote abgeben, ein bisschen durch die malerischen Gassen bummeln, dort irgendwo beim Italiener ein leckeres Eis essen und dann mit der Lahntalbahn zurück zum Lahnbahnhof fahren. Mit dem modernen roten Triebwagen mit Neigetechnik aus der Baureihe 611. Das ist der mit den unbequemen Sitzen und mit der fehlenden Unterbringungsmöglichkeit für das Reisegepäck. Für den Abend ist noch nichts geplant.

Astrid Mierth, die nüchterne, eher naturwissenschaftlich denkende Kollegin, schaut sich eingehend um und misst mit den Augen die im Halbdunkel liegende Schleusenkammer aus. »Ich schätze mal 50 m lang, 5 m breit und 6 m hoch.«

Astrid behält die in der Wand eingelassenen rot-weißen Wasserstandsmarken im Auge.

»Weiß jemand, wie groß der Höhenunterschied ist, den wir mit der Schleuse überwinden?« fragt Paula. Als Praktikantin ist sie immer ganz besonders wissbegierig.

»Zwischen oberer Tunneleinfahrt und unterer Schleusenausfahrt liegen 4,65 m Höhenunterschied«, sagt Fritz, der die Tour organisiert und dabei natürlich auch das eine oder andere gelesen hat.

»Was weißt du denn sonst noch über den Tunnel? Tu mal was für unsere Bildung.«

»Also«, beginnt Fritz, »der Tunnel wurde in den Jahren 1844 – 1847 erbaut. Er ist der einzige seiner Art in Deutschland und gilt zusammen mit der an seinem unteren Ausgang befindlichen Kuppelschleuse als einmaliges technisches Denkmal, als Meisterwerk der Baukunst. Planungen, den Bergrücken bei Weilburg zu durchstechen und damit die Lahn für Schiffe einer gewissen Größenordnung schiffbar zu machen, gab es bereits seit 1838. Man wollte die Wirtschaft ankurbeln und die vielfältigen Rohstoffe des Lahntals, wie Holz, Eisenstein, Kalkstein, Marmor, Ton und Basalt per Schiff an den Rhein bringen. Die Lahn sollte das Verbindungsstück des Schifffahrtsweges zwischen Rhein und Elbe werden. Nach entsprechenden Gutachten, bergbautechnischen Untersuchungen, Kostenvoranschlägen und dem notwenigen Grunderwerb wurden die Arbeiten in Auftrag gegeben. Trotz vieler technisch bedingter Hindernisse und Schwierigkeiten bei den Felsarbeiten und den erforderlichen

Ausmauerungen, konnte das Bauwerk am 18. September 1847 seiner Bestimmung übergeben werden. Wirtschaftlich von Bedeutung war die Lahnschifffahrt allerdings nur 10 Jahre. Denn mit dem Bau der Lahntalbahn ab 1858 verschwand der Güterverkehr auf die Schiene.«

Sieben paar Hände klatschen lautstark – verstärkt durch die Akkustik im Tunnel – Beifall.

Fritz verbeugt sich andeutungsweise im Kanu sitzend. »Habt Dank.«

Karin ist die erste, der die Veränderung auffällt.

»Schaut mal noch vorne und nach hinten. Die oberen Spundwände an Ein- und Ausfahrt sind geschlossen. Da fällt auch kein Tageslicht mehr ein. Wir sind jetzt in einem geschlossenen Raum.«

»Ich will euch ja nicht beunruhigen«, sagt Astrid, die Naturwissenschaftlerin. Aber das Wasser steigt weiter in der Kammer an.«

»Ja, und?«, fragt Heiner.

»Du bist sonnig. Bei einer Schleusung nach unten sinkt der Wasserstand in der Schleuse für gewöhnlich.«

Der eine oder andere braucht für den Sinn dieser Worte etwas länger. Aber so langsam wird allen klar, was dies bedeutet. Zumal die gewölbte und gemauerte Kammerdecke immer näher auf die acht Köpfe zukommt. Beziehungsweise: Umgekehrt. Die Köpfe nähern sich der Decke. Noch leuchten die im Scheitelpunkt der Deckenkrümmung angebrachten gummierten, mit einem Schutzgitter versehenen typischen Nassraumlampen und geben ein nur schwaches, gelbliches Licht ab. Die Gläser sind stark verschmutzt. Wer putzt da oben schon Lampen?

»Ich schätz mal noch anderthalb Meter«, ruft Astrid. »Dann

steht das Wasser an der Decke und wir bekommen keine Luft mehr.«

»Was ist eigentlich der letzte Gedanke eines Menschen in so einer Situation? Weiß man da was?«, hatte Silke den Gerichtsmediziner Dr. Krumm gefragt, als sie mit ihm vor einigen Monaten telefoniert und das tödliche Ende des dringend Tatverdächtigen erörtert hatte. Er war gegen einen Brückenpfeiler gerast.

»Was denkt man, wenn man so eine Mauer rasend schnell und unwiderruflich auf einen zukommt sieht?«

»Schwierig zu sagen«, hatte Dr. Krumm damals geantwortet. »Bei rund 10 – 15 % führt das Erlebnis einer Grenzerfahrung – und das ist das Erlebnis, unmittelbar und real mit der Option des eigenen Todes konfrontiert zu werden – zu völliger Handlungsunfähigkeit. Einer Mehrheit bleibe die Handlungsfähigkeit weitgehend erhalten. Für ein koordiniertes und zielgerichtetes Verhalten benötigten diese aber meist Anleitung und Unterstützung von Außenstehenden. Entfällt aber in diesem Fall. Da ist nämlich niemand, der Anleitung und Unterstützung geben kann. Würde ja auch nicht wirklich etwas bringen. Eine dritte, kleine Gruppe behält auch in dieser Situation die Kontrolle und reagiert. Besser: Versucht, zu reagieren. Man denkt nach: Warum ich? Was kann ich noch tun? Mit zunehmender Diskrepanz zwischen der Ausnahmesituation und alltäglichen Erfahrungen damit, steige insgesamt aber die Wahrscheinlichkeit eines Zusammenbruchs der normalen Wahrnehmungs- und Verhaltenssteuerung. Erfahrungen mit derartigen Ausnahmesituationen hat man aber in der Regel nicht. Das heißt, viele denken eigentlich gar nichts mehr.«

Silke schaut sich nach jedem einzelnen ihrer Kollegen um.

Wer gehört wohl zu welcher Gruppe?

Heiner sitzt kreidebleich, inhaltsleer vor sich hin starrend, die Hände in die Bootswand gekrallt, das weiße der Knöchel deutlich erkennbar, hinten im zweiten Boot. Dieses Großmaul, sonst immer alles besser wissend, gehört also zu den ersten 10 – 15 Prozent. Rein statistisch gesehen dürfte es maximal noch einer in der Gruppe sein, der auch dazu gehört. Silke schaut sich weiter um. Auf Songül, die vor Heiner sitzt, trifft die eben geschilderte Beobachtung in gleichem Maße zu. Aber perfekt Latein können. Wer gehört zur Mehrheit derer, die ihre Handlungsfähigkeit behalten haben, allerdings klare Handlungsanweisungen benötigen? Silke schaut sich wieder um. Aus dem anderen Kanu schauen sie Paula und Dirk ängstlich und erschreckt, aber irgendwie gleichzeitig auch erwartungs- und hoffnungsvoll fragend an. In ihrem Boot sind es Fritz und Karin, die diese Botschaft in ihren Gesichtszügen stehen haben. Und die letzte kleine Gruppe, die die Übersicht behält, besteht offensichtlich aus Astrid und ihr selbst.

»Technischer Defekt oder Mordanschlag auf K11? Was meinst du, Silke?«, kommt die Frage von Astrid.

Wenn man die Ursache kennt, ist dies oft der erste Schritt zur Lösung des Problems.

»Hat irgend jemand ein Netz?«, ruft Silke. Sechs Handys werden aus dem Schlafmodus geweckt. Heiner und Songül bekommen das alles gar nicht mehr mit.

»Ich, ich!«, schreit Paula. »Einen Balken.«

»Ruf die 110 an«.

Paula drückt die Notruftaste.

»Notruf der Polizei«, meldet sich eine männliche Stimme und ist für alle in der Kammer aus dem kleinen Lautsprecher des Handys zu vernehmen … dann atmosphärisches Knarren … dann ist die Verbindung und auch der der Balken für die Stärke des Signals weg – und kommt nicht wieder.

»Die Anlage ist seit 1847 in Betrieb. Das sind 164 Jahre. Und ich hab niemals etwas von Störungen gehört.«

»Aber wer sollte K11 vernichten wollen?«, fragt Astrid.

»Ich denke, es hängt mit unserem aktuellen Fall zusammen. Vor vier Wochen wurde der Gießener Rechtsprofessor Dr. Wolfgang Maiyer erschossen. Wenige Tage vorher ist er vom Richterwahlausschuss des Deutschen Bundestages zum Bundesverfassungsrichter gewählt worden und soll auch der nächste Präsident des Gerichts werden. Bei unseren Ermittlungen haben wir vielfach eine Mauer des Schweigens vorgefunden. Dennoch sind wir sehr schnell auf die Existenz dieses mysteriösen Yburger Kreises gestoßen. Eine Vereinigung, der Maiyer seit deren Gründung Ende der 90er Jahre in Karlsruhe als Vorsitzender vorsteht.«

»Hhmm.«

»Ich sag´s dir. Hier geht es nicht um Eifersucht oder vielleicht Habgier. Das kann mir keiner erzählen«, sagt eine von ihren Gedanken überzeugte Silke Haus.

»Da haben Geheimdienste ihre Finger drin. Und das, was hier gerade in der Schleusenkammer läuft, kann keine einzelne Person machen. Das ist auch nicht irgendein irgendwann mal von uns gefasster Bankräuber, der seine acht Jahre abgebrummt hat und nun Rache nimmt. Das erfordert schon eine gewisse Infrastruktur, Personal und viel Geld. Für mich ist klar: Wir sind irgendjemandem mit unserem Wissen über den Yburger Kreis im Weg. Da steckt irgendeine verfassungsrechtliche Ungeheuerlichkeit dahinter. Und das hat irgendetwas mit dem Mord an Professor Maiyer zu tun. Da bin ich mir absolut sicher.«

»Riechst du das auch? Wie verbrannt«, unterbricht Astrid.

»Schau mal an die Decke, da kommen kleine blaue Rauchwölkchen aus den Deckenlampen«, findet Astrid selbst die Ursache.

Die Lampen fangen an zu flackern. Gehen mit einem leisen Zischen aus. Tiefste Nacht in der Schleusenkammer.

»Na, dann können wir wenigstens keinen Stromschlag bekommen, wenn das Wasser die elektrischen Leitungen erreicht«, schlussfolgert die naturwissenschaftlich-nüchterne Katja Mierth.

»Au, mein Kopf«, jammert Songül. Das Wasser steigt immer höher. Sie können nicht mehr aufrecht in den Kanus sitzen. Liegend teilen sie sich jetzt jeweils zu viert den Platz in den beiden Kanus.

»Ich halt diese Enge nicht aus«, schreit Heiner. Gleichzeitig schaukelt er das Kanu von links nach rechts. Mit dem Ergebnis, dass es kurz danach kentert. Heiner, Songül, Paula und Dirk gleiten unfreiwillig in das Wasser. Und müssen jetzt schwimmen. Zwischen Wasseroberfläche und Boden der Kammer liegen jetzt etwa fünfeinhalb Meter. Die Wassertiefe beträgt normal 1,75 m. Zwischen Wasseroberfläche und Decke der Kammer sind es jetzt noch etwa 50 Zentimeter.

»Ich lass mich doch nicht im Kanu liegend an die Decke drücken und ertrink dann hier drin jämmerlich wie in einer Sardinenbüchse«, sagt Astrid und steigt aus. Fritz, Silke und Karin folgen ihr wenige Momente später freiwillig. Beginnen mit langsamen Schwimmbewegungen.

Das Wasser hat jetzt Silkes Lippen erreicht. Den Kopf kann sie nicht mehr höher recken, auch ein weiteres aufrechtes Abwinkeln geht nicht mehr. Sie spürt das kalte Wasser jetzt erstmals auf ihren Lippen, schmeckt es mit der Zunge: Abgestanden, metallisch … tödlich. Erste Tropfen laufen ihre Speiseröhre runter. Hinterlassen einen üblen Geschmack. Brechreiz steigt auf.

»Silke, Silke!«

Silke nimmt in der Ferne eine Stimme wahr, die ihren Namen ruft. Spürt erst leichte, dann immer heftiger werdende Erschütterungen am eigenen Körper. Durch die milchige Nebelwand vor ihren halbgeöffneten Augen blickt sie in eine smaragdgrüne Iris. Ein zweiter Blick. Es ist die Iris von Paula.

»Aufwachen. Die Schleuse ist auf. Nimm deine Paddel in die Hand. Es geht weiter. Hast du was Schönes geträumt?«

Die Mörderpuppe

VON EVA LIROT

»Amelie?«

Jan drückt die angelehnte Tür auf, späht ins Zimmer. Leer. Er rennt die knarrende Holztreppe runter, stürmt über den marmorierten Flur, schaut in die Küche, das riesige Wohnzimmer, den Büroraum. Nichts. »Das kann doch nicht sein ... A-ME-LIE! Wo bist du!« Er bleibt stehen. Spürt ein Stechen in der Brust. Was, wenn jemand anderes den für ihn platzierten Haustürschlüssel unter dem Blumentopf auf dem Küchenfenstersims gefunden hat? Gefunden und auch benutzt hat? Er läuft zurück in den Flur. Mit pochenden Schläfen. Kämpft an gegen die Panik, die ihn zu überwältigen droht. Das Summen seines Handys in der Hosentasche unterbricht seine düstere Gedankenwelt. Er holt es raus. *Neue SMS*: Lieber Jan, sei nicht bös, bin noch beim Bibelkreis meiner Freundin Lisa. Für die Prüfung lernen. Bin bald bei dir, mach es dir solange gemütlich. GLG, Amelie.

Jan starrt auf das Display. Unterdrückt den Impuls, sein Handy an die Wand zu schmeißen. »Mann! Ich glaub, ich spinne!« Sturmfreie Bude. Der Herr Domorganist weilt nebst Gattin zum Auswärtsspiel in Augsburg. Und das sonst gar nicht so fromme Töchterlein fährt zum Bibelkreis! Jan´s Nasenflügel, sie beben. In seinem Bauch, eine Schubkarre voll glühend heißer Kohlen. Der Apfel fällt eben doch nicht weit vom Stamm! Und dafür hat er das Besäufnis mit seinen Kumpels sausen lassen? Am letzten Wochenende, bevor die heiße Vorbereitungsphase für die schriftlichen Prüfungen auch an seiner Schule beginnen würde? Der Tilemannschule – im Gegensatz zur Marienschule, die Amelie besucht, keine Privatschule. Und schon gar kein Mädchengymnasium. Das ihnen jede Menge leichte Beute garantiert, wie seine Kumpels immer sagen. Was ja auch stimmt: Die Flirtsignalfrequenz dieser Schülerinnen ist jedenfalls deutlich höher als die ihrer Mädels von der Tilemannschule, für die Jungs eben zum Alltag gehören. Doch das würde mit Sicherheit bald anders werden: Noch in diesem Jahr soll es an der Marienschule erstmals eine Jungenklasse geben.

Jan dreht sich um. Registriert seine zornentstellte Miene im großen Flurspiegel. Und die vielen Pickel in seinem Gesicht. Die Adlernase. Den langen Hals. Und zur Krönung der Horrorschau: Segelfliegerohren. Doch Amelie – die süße elfengleiche Amelie, noch schöner als die Arwyn aus «Herr der Ringe« – die scheint das alles überhaupt nicht zu stören. Wenn nur diese blöde Prüfung bald vorbei wäre, die ihre ganze Zeit auffrisst. Aber klar, das ist der Druck durch ihren Alten. Der wahrscheinlich Mulu laufen würde, wenn sie ausgerechnet im Fach Religion versagen würde.

Jan schüttelt den Kopf. Schickt seinem Spiegelbild einen letzten hasserfüllten Blick zu. Dann stapft er ins Wohnzimmer, wirft sich auf die Ledercouch, legt die Füße auf den penibel polierten Glastisch und hält Ausschau nach der Fernbedienung für den Flachbildfernseher an der Wand. Sie ist akkurat auf dem Tisch abgelegt – und Jans dunkle Augen, sie verfinstern sich noch um etliche Nuancen, als er den Wälzer unter seinen Füßen wahrnimmt. Er hebt die Beine an und tritt den Bildband mit Wucht zu Boden. *Die Geschichte des Limburger Doms*. Genau die hat ihm zur Hebung seiner Stimmung jetzt noch gefehlt! Wahrscheinlich wird Amelie ihn nachher sowieso wieder mit dem Kram zutexten. Besessen wie sie ist von der fixen Idee, dass das ein Teil des besagten Prüfungsstoffs sein wird. Wobei es natürlich auch sein könnte, dass ihr Vater seine Beziehungen hatte spielen lassen und ihr diesen Tipp ... »Ach, was soll´s!« Er greift nach der Fernbedienung, stellt den Fernseher an. Den Gedanken an Amelies Vater verdrängend. Der es bei keiner Gelegenheit versäumt, ihm sein Missfallen über die Liaison mit seiner Tochter mehr oder weniger subtil zu vermitteln. Wohl wegen seiner Verehrung für den französischen Aufklärer Voltaire, dessen Leben und Werk er im Philosophieunterricht der Oberstufe kennen lernen durfte. Der in den Augen des Domorganisten aber nichts weiter als ein rüder Atheist gewesen sei. Und der sich auf Diskussionen über den Unterschied eines Kampfes gegen den Glauben oder gegen die weltlichen Institutionen, die den Glauben verwalten, gar nicht erst einlässt. Aber so sind sie eben, die Dogmatiker. Nicht auf der Suche, sondern stets im Besitz der Wahrheit. »Ah! Nein ... Hilfe!« Jan reißt die Augen auf. Schlägt theatralisch die Hände vors winterbleiche Gesicht. »Gibt´s nicht, ich werd´ doch verfolgt ...« Auf dem Bildschirm, der neue Bischof des Bistums von Limburg. In Großaufnahme. Und voller Montur. Jan tastet nach der Fernbedienung. Und hält inne, als er die Worte der sonoren Stimme des Berichterstatters realisiert: »In Limburg, dem einst liberalen Bistum, kämpft einer der jüngsten Bischöfe für die alten katholischen Werte. Sein Kurs ist autoritär ...« Jan zieht eine Grimasse. Er denkt an Will Smith aus dem Filmoldie «Men in Black«, als der Dienstwagen des Bischofs gezeigt wird: ein schwarzer BMW mit abgedunkelten Scheiben.

»... ein Charismatiker mit glattem Gesicht, von dem sich fundamental gesinnte Katholiken so etwas wie einen Glamour-Effekt für ihre Kirche erhoffen ...«

»Sieht eher aus wie Chuky, die Mörderpuppe«, murmelt Jan. Und zieht die Lippe hoch.

»... maximales Kontrastprogramm zum Vorgänger, der mit einem alten Golf durch die Stadt fuhr und den Vatikan im Jahr 1998 mit der Gründung einer Schwangerenberatung herausforderte ...« Jans Gesichtzüge, sie werden weich. Beim Gedanken an Amelies zarten Körper. Ihre weiße straffe Haut. Die runden kirschroten Knospen auf ihren kleinen festen Brüsten. Und heute Abend, da soll es soweit sein. Auf ihren Wunsch hin. Jan atmet tief ein, das wonnige Gefühl seiner Erregung genießend.

»... vom Hochglanzkitsch, selbstverliebten Ritualen und klerikalem Dünkel ihres neuen Bischofs sehr verstörte Geistliche, die vor einer Gemeinschaft der Nachbeter und Kopfnicker warnen ...« Amelies Körper, er verschwimmt vor Jans innerem Auge. Das wonnige Gefühl lässt ebenfalls nach. »... neues Bischofshaus auf dem Domberg für 5,5 Millionen Euro. Durch ihn spreche Gott, sagt der Bischof. Das waren nicht meine Worte, das waren seine ...«

»Okay, jetzt reicht´s.« Jan greift nach der Fernbedienung und knipst den Bildschirm aus. Der Mensch als Sprachrohr Gottes. Und das im 21. Jahrhundert. Jan spuckt ein Lachen aus. Einer wie Voltaire würde sich im Grab umdrehen.

Er springt auf, hastet die knarrende Treppe hoch, stößt die Tür zu Amelies Zimmer auf und wirft sich aufs Bett. Durch die Erschütterung löst sich die Kopfverkleidung, fällt ihm aufs Haupt. Doch zum Glück ist die schmale Stange aus Plastik, so dass sich der Schmerz noch in Grenzen hält. Jan rappelt sich hoch, reibt sich über die betroffene Stelle an seiner Stirn – eine Beule ist ihm gewiss – und registriert den langen Schlitzschraubendreher, der auf dem Nachttisch liegt. Er nimmt das für den Zweck viel zu große Werkzeug, fummelt damit die Leiste fest – dieses Mal richtig! – und macht sich dann wieder lang. Den Schraubenzieher zwischen seinen

Fingern balancierend, starrt er an die Zimmerdecke. Und wartet. Und seine Augenlider werden schwer ...

An einem kalten Winterabend rasen sie in einem schwarzen BMW auf einer endlos langen Straße ins Nirgendwo. Steinwüste an den Straßenrändern soweit das Auge reicht. Amelie sitzt auf dem Beifahrersitz und starrt in einen alten Kirchen-Bildband. Sie sprechen kein Wort. Die Dunkelheit bricht herein, Amelie döst vor sich hin. Er sieht sie neidvoll von der Seite an, dann wieder nach vorn durch die Windschutzscheibe – und stutzt. Mit einem Mal hat sich die Umgebung gewandelt. Auf beiden Seiten der Straße ragt dichtes Baumwerk hoch, kaum erhellt von einem fahlen Mondlicht, das sich den Weg durch die pechschwarze Wolkendecke bahnt. Kein Stern funkelt. Kein Wipfel bewegt sich. Selbst das Wolkenbild erscheint irgendwie statisch. Das düstere Waldstück endet abrupt, dahinter zeichnet sich schemenhaft eine Feld- und Wiesenlandschaft ab, stellenweise mit einigen kleineren Ansammlungen von Lehmhütten bestückt. Die Straße – jetzt nur noch ein breiterer Schotterweg – führt in ein Tal. Auf einer Anhöhe inmitten dieser Einöde thront ein Kirchenbauwerk. *Georgsdom* lautet die Inschrift auf dem verwitterten Schild am Straßenrand, das sie gerade passieren. »Du musst abbiegen!« Amelie, sie sitzt wie angeknipst auf dem Beifahrersitz. Er lenkt den Wagen nach rechts. Und registriert das vertraute Lichtermeer einer Stadt in der Gegenwart. Limburg ...

»Du kennst den Weg.« Sagt Amelie. Mit ihrem elfenhaften Lächeln. Er nickt. Steuert den Wagen über die Schnellstraße an der alten Lahnbrücke vorbei, biegt an der Ampel links ab, dann nach rechts zur Grabenstraße, und beim Schuhhaus Lanz fährt er ungehindert in die Fußgängerzone. Die Stadt schläft. Kein Passant, nirgends. Gut so ...

Im Schritttempo bugsiert er den Wagen die schmale Fußgängerserpentine hoch. Vorbei am «Spiegelkabinett«, wo Amelie und ihre Freundinnen immer ihren Schmuck kaufen. Weil der Besitzer so gut mit Mädels kann. Jan gibt ein Grunzen von sich, drückt aufs Gas und schrammt nur knapp an der Hauswand der Pizzeria am Fischmarkt vorbei. Er reißt das Steuer nach rechts, zieht dann wieder gerade. »Halt an, wir sind da!« Amelie reißt die Beifahrertür auf, während er den Wagen noch stoppt, die Westfassade mit den Doppeltürmen und der Rosette in der Mitte des Doms, die die vier Evangelisten symbolisieren, fest im Blick Doch irgendetwas ist anders ...

Er steigt aus, betritt das Kopfsteinpflaster. Spürt einen scharfen Ostwind, der an seiner brünetten Lockenpracht zerrt.

»Die Führung fängt an, warte hier auf mich, bin gleich wieder zurück«, ruft Amelie.

»Führung? Mitten in der Nacht? Halt! Bleib stehen ...«

Doch Amelie ist schon durch die graue und sehr ritterlich wirkende Eingangstür verschwunden.

Fröstelnd schlägt er die Arme um den frierenden Leib. Tritt von einem Bein aufs andere. Lässt seinen Blick über den Domplatz kreisen. Kein Mensch weit und breit. Nicht ein parkendes Auto. Alle Straßenlaternen aus. Und trotzdem kann er jedes Detail klar erkennen ...

Er sieht zum angrenzenden Friedhof hin. Registriert dessen dustere graue Mauer und verspürt eine dröhnende Stille – die gleiche Art von Stille, die das Innere in Aufruhr versetzt wie bei einem Film, kurz bevor das Unheil hereinbrechen wird.

Er schaut zu dem schwarzen BMW mit den dunklen Scheiben. Dann wieder nach vorn zum Dom – und traut seinen Augen nicht! Er senkt den Blick, reibt sich die Lider, der

Mund noch immer sperrangelweit offen. Ganz langsam linst er erneut zum Dom. Oder vielmehr zu dem, was noch davon übrig ist: Das Gemäuer ist nun weitgehend zerfallen. Auch die beiden Türme kann man bestenfalls als gut erhaltene Ruinen bezeichnen. Einzig das große Radfenster in der Mitte, umgeben von den acht kleinen Rosetten, erscheint einigermaßen unversehrt.

»Aber ...« Jan hat Schwierigkeiten, sein Gleichgewicht zu halten. Er dreht sich erneut um – und stürzt fast zu Boden. Nicht nur der BMW ist weg. Sondern alles ... Unmittelbar hinter ihm bricht das Kopfsteinpflaster ab und markiert die Grenze zu einer vollkommenen Schwärze. Einer Schwärze, die ihn wie magisch anzusaugen scheint ...

Er reißt sich los von diesem Blick ins Nichts. Bewegt sich ein paar Schritte auf die stark renovierungsbedürftige Dombaracke zu. Verfallen ... verlassen ... vor langer Zeit ... doch hinter einem der Fenster, rechts unterhalb der Rosette, da glimmt ein schwacher Lichtschein.

Jan prescht vor, stolpert über die einzige Stufe auf dem Platz. Unmittelbar vor der wuchtigen grauen Rittertür kommt er zum Stehen. Fixiert einen schweren rostigen und unverzierten Eisenring. Den er dort zuvor noch nie gesehen hat ...

Er versucht, die Tür aufzudrücken. Verschlossen. Die mit Schweiß beperlte Stirn in tiefe Falten gelegt, packt er den Ring, hämmert ihn mehrfach gegen die Tür. Und lauscht. Nichts. Nach der vierten Klopffolge gibt er auf und beschließt, nach einer alternativen Zugangsmöglichkeit zu suchen, als er ein knarrendes Geräusch wahrnimmt. Die Tür öffnet sich. Im Zeitlupentempo. Und erbärmlich quietschend. Er tritt vorsichtig ein. Und bleibt abrupt stehen. Als wäre er gegen eine unsichtbare Wand gelaufen. Sein Zittern registrierend, kauert er sich tief in sich zusammen. Versucht zu verarbeiten, was er da vor sich sieht: Die Stützpfeiler des schmucklosen Strebewerks, sie sind durch riesige Spinnweben miteinander verbunden und ragen empor in ein stockfinsteres Deckengewölbe. Die von der Feuchtigkeit durchdrungenen Steinwände zieren keine Bilder, zeigen dafür aber jede Menge Risse. Die einst prachtvollen Kirchenfenster, blind. Und stark angesplittert. Im Mittelschiff, die kärglichen Reste einiger Holzbanksitzreihen. Ansonsten wabern nur Nebelschwaden durch das Dominnere. Und die Temperatur ist um mindestens fünf Grad gesunken.

Jan presst die Hände vors Gesicht, schüttelt den Kopf. Gar keine Frage, seine Fantasie spielt ihm einen Streich! Einen üblen Streich. Er nimmt die Hände langsam wieder runter. Und findet sich im gleichen Szenario wieder. Eine tiefe Verzweiflung greift nach ihm. Er schüttelt sie ab, zerteilt die Spinnweben mit beiden Händen. Schleicht über den harten Lehmboden ins Innere dieses Geisterdoms – beobachtet von den leuchtend weißen, da pupillenlosen Augen einer imposanten Heiligenfigur, die mit zerschlagenem Unterleib auf dem Boden liegt. »Sankt Georg über dem Domportal ...« Amelies Sopranstimme erfüllt den Raum. Wie ein fernes Echo aus einer anderen Welt.

»Okay ... alles klar ... also was ist hier los?« Jan spürt, wie etwas Fremdes, Unheimliches nach ihm zu greifen beginnt. Er blickt sich nach allen Seiten um: Nebelschwaden. In ständig wechselnden, bizarren Formen. Er beschleunigt seine Schritte. »Amelie!« Seine Stimme überschlägt sich fast. »Hör auf mit dem Quatsch! Wo bist du?« Dann durchläuft ihn ein Ruck – das Signal seines Gleichgewichtsinns, der jeden Orientierungspunkt in dieser schwimmenden Nebelsuppe verloren hat. Mit rudernden Armen balanciert er sich in eine halbwegs stabile Position. Starrt angestrengt in die wabernde graue Masse, die ihn nun vollständig umgibt. Er reißt die Augen auf, versucht dieses Nichts zu durchdringen. Jeder Muskel in seinem Körper, zum Zerreißen gespannt. Ruhig! Ganz ruhig ... Er atmet tief ein. Und wieder aus. Und bewegt sich auf zittrigen Beinen irgendwie vorwärts. Begleitet von den unheilvoll leuchtenden, aber toten Augen des Sankt Georg, deren brennende Blicke er in seinem Rücken zu spüren vermeint. »Amelie?« Seine Stimme, nur noch ein verhaltenes Flüstern. »Kannst du mich hören?«

Sie antwortet nicht. Und die graue Masse vor ihm, sie verdichtet sich. Mehr und mehr. Nimmt stellenweise deutliche Konturen an. Fast schon dankbar rudert er mit kreisenden Armbewegungen darauf zu – und erkennt ein Taufbecken. Ein nahezu vollständig erhaltenes Taufbecken. Gefüllt mit einer silbrig glänzenden Flüssigkeit. Weihwasser ...

Wie von Geisterhand ferngesteuert hebt er seine von der Luftfeuchte und Angst klammen Hände, taucht die Fingerspitzen in das Becken. Schreit auf. Und reißt sie sofort wieder hoch. Die Brühe zischt, schlägt Blasen, scheint irgendwie lebendig zu sein! Er starrt auf seine Finger. Sie sind unverletzt, doch umwabert von einem milchig weißen Dunst. Er hebt den Blick. Die graue Masse unmittelbar über dem Wasserbecken verdichtet sich noch mehr. Jan packt sich an die Brust. Sein Herz klopft. Bis zum Hals. Wie festgenagelt hängt er auf der Stelle – verdammt dazu, die neue Manifestation genau zu beobachten: Um das mit quadratischen Steinen gearbeitete Becken beginnen sich Figurenreliefs zu reihen. Deren steinerne Gesichter alle in eine Richtung weisen. Irgendetwas zwingt ihn, ebenfalls dorthin zu sehen. Und sein eben noch rasendes Herz setzt um mindestens einen Schlag aus: Hoch über ihm schwebt ein gigantischer Bildschirm frei im Raum, der im rasanten MTV-Schnitt verschiedene Stationen aus dem Leben der Bischöfe des Bistums Limburg zeigt.

»Das gibt es nicht ... Das kann nicht sein ...« Er schluckt. Hart. In der konturlosen Masse ohne Schwerkraft fest hängend. Unfähig, seinen Blick abzuwenden. Er weiß – das ist nicht wirklich, kann nicht wirklich sein. Dem Sog der Bilder entkommt er aber nicht – und muss sich wehrlos dabei zusehen, wie er weiter und weiter aus der Realität herauskatapultiert wird – hinein in eine unwirtliche Traumwelt, in der er sich immer weniger zurecht findet. Und in der es scheinbar nirgends mehr eine Spur von Amelie gibt.

Wie von Marionettenfäden geführt gleitet er vorwärts, immer tiefer ins Innere dieser surrealen Welt. Die sich nun in einen Irrgarten verwandelt. Ein Irrgarten, dessen Wände ein wild um sich selbst wirbelndes Bilderwerk mit der Ahnenreihe Jesu ziert. Was Jan erneut die Kontrolle zwischen oben und unten entzieht. Schwindel erfasst ihn, starke Übelkeit steigt in ihm hoch. Und mit einem ohrenbetäubenden Knall im Inneren seines Schädels stürzt er hinab auf den steinharten Boden aus dem über die Jahrhunderte festgetrockneten Lehm.

Wie leblos bleibt er liegen.

»Jan – hörst du mich? Du darfst mich niemals aufgeben!

Jan – hörst du mich? Du darfst mich niemals...«

Das ist Amelies Singsangstimme, die da heranweht. Ganz nah an sein linkes Ohr! Und die nun von einer deutlichen Angst durchzogen scheint.

Seine Lebensgeister kehren zurück. Er hebt vorsichtig den Kopf. Entdeckt einen schmalen Lichtstrahl, nicht weit von sich entfernt. Er rappelt sich hoch, mit bleischweren Gliedern, schreitet behutsam darauf zu. Seinem rotierenden Kreislauf angemessen. Das Licht intensiviert sich. Mehr und mehr. Und lenkt seine Aufmerksamkeit auf ein neues Phänomen: Direkt vor ihm kristallisiert sich wieder ein Bild aus den feucht wabernden Nebelschwaden heraus. Unscharf, wie ein verwackelter Schnappschuss. Jan kneift die Augen zu, öffnet sie wieder – und starrt auf das gestochen scharfe Abbild einer prunkvoll gearbeiteten Sitzmadonna. Mit gekröntem Haupt, Zepter in der Hand und Kind auf dem Schoß.

»Sedes Sapientiae, der Sitz der Weisheit«, singt Amelies melodiöse Stimme leise in seinem Kopf. Sie scheint sich von ihm zu entfernen. Doch dann wird sie wieder um einige Nuancen lauter. Klingt einschmeichelnd. »Jan – hörst du mich? Du darfst mich niemals aufgeben ...«

Er tritt näher an das Gnadenbild heran. So nah als irgend möglich. Verspürt ein Gefühl unendlicher Vertrautheit. Kann den Blick nicht mehr abwenden. Als ob ein magisches Band geknüpft wäre, das seinen Geist abschottet für alles andere jenseits dieser zauberhaften Figur.

Bis ihn ein markerschütternder Schrei aus seiner Trance reißt. Und auf das Tiefste erschauern lässt. Die vermeintliche Sitzmadonna, sie ist gar keine Heiligenfigur.

Es ist Amelie! Mit einer von Todesangst gezeichneten Miene. Und einem vollkommen starren Körper.

»Weiche zurück!« Eine hohe männliche Fistelstimme peitscht durch die Atmosphäre. Zerreißt Jan fast das Trommelfell. »Weiche zurück, denn jetzt ist sie für immer mein!«

Jan bleibt die Luft weg. Die Angst, sie brennt in ihm wie ein loderndes Inferno der Hölle. »Chuky, die Mörderpuppe ...« Im Bischofsgewand. Lebensgroß hinter der reglosen Amelie aufgebaut. Das fahle Puppengesicht wendet sich ihr zu, der fanatische Blick aus den schwarzen Pupillen ruht jedoch weiter auf ihm. Wieder dringt die Fistelstimme schmerzvoll und tief in seinen Gehörgang. »Ich bin die Stimme Gottes. MEIN Wille geschehe ...« Eine endlos lange Nadel ragt nun aus der rechten Hand der leibhaftig gewordenen Mörderpuppe. Angesetzt an Amelies Hals.

»NEEEIIIN!« Mit einem Satz hechtet Jan auf die Gestalt zu, stürzt sich auf den unheimlichen Feind, entreißt ihm die Nadel und sticht damit auf ihn ein. Wieder ertönt ein markerschütternder Schrei.

Er findet sich auf dem Rücken liegend wieder – schweißnass und, mit dröhnendem Schädel, eine Zimmerdecke fest im Visier. Seine Glieder schmerzen. Sein Gesicht glüht wie ein Lavastrom. Sein rasender Puls, er scheint sich jeden Augenblick zu überschlagen. Er hebt den Kopf, registriert das Pochen vorn an der Stirnseite. Verwirrt blickt er in die Dunkelheit. Versucht, sich zu erinnern: Samstagabend, die Suche nach Amelie, der Bischofsbericht im TV, die abgestürzte Bettstange ...

Er befühlt die kleine Beule auf seiner Stirn. Und fällt zurück ins Kissen. Presst die Hand vor den Mund. Um ihn herum rotiert alles so wild durcheinander, dass er glaubt, sich jeden Moment übergeben zu müssen. Wohl doch eine leichte Gehirnerschütterung ...

Er atmet ganz flach. Bis seine zittrigen Finger gegen einen warmen weichen Körper stoßen. Sein Blick hellt sich auf. Er dreht sich zu Amelie hin. Und erstarrt: Tief in ihrer blutenden Brust steckt der lange Schlitzschraubendreher.

Quellen:

Anna Catherin Loll, Peter Wensierski: »Limburger Leidkultur«. In: Der SPIEGEL 46/2010, S. 60-62.

Dieter Fluck: »Der neue Amts- und Wohnsitz des Bischofs«. In: Lokalanzeiger vom 11.12.2010, S. XW4.

Treuetest beim Kirchweihfest

VON BRIGITTE JAUDES

1

Aber, Herr Wachtmeister, das hätte ich doch gesehen, wenn der Matze weggefahren wär'. Hier aus Schadeck raus führt doch nur die eine Straße und die führt bei mir vorbei«, sagte die junge Frau, bei der sich Trebor nach dem Hof der Familie Hohmann erkundigte.

Strategisch gesehen hatte Asta Krüger Recht. Von Runkel führt die schmale Straße den Berg hinauf nach Schadeck hinein und endet am Gasthof Lahnblick. Zwei Häuser liegen nebeneinander am Hang. Auf der linken Straßenseite das Wirtshaus, das Asta Krüger bewirtschaftete, auf der anderen Seite der Hof der Familie Hohmann. Trebor konnte sich gut vorstellen, dass Asta nichts entging, in Schadeck.

»Beim Kirchweihfest hat der Matze noch mit allen getanzt. Und ein Fass Freibier hat er auch spendiert. Und einen Monat später war er dann weg«, erzählte die Wirtin weiter.

»Vielleicht wollte er ja einfach mal was sehen, von der Welt«, warf Trebor ein.

»Pah, was sehen«, Asta Krüger zeigte zum Hohmannhof. »Ein Hohmann verlässt seinen Hof nicht.«

Sie schüttelte energisch den Kopf.

»Halt Du bloß Dein Schandmaul!«, rief eine Frauenstimme von Hohmanns Hof her.

Eine kräftige Frau im selben Alter wie Asta Krüger kam hinter dem Wohnhaus hervor und gesellte sich zu Trebor und der Wirtin.

»Wissen Sie, es ist das viele Geld. So einem Bauerntölpel

steigt das gleich zu Kopf, und dann will der in Paris die Puppen tanzen lassen«, sagte Gundula Hohmann zu Trebor.

Die Bauersfrau trug eine lederne Weste, aus der ihre nackten muskulösen Oberarme herausschauten. Um den Bizeps lief eine blaue Tätowierung, die wie ein Armreif aussah. Ihr lockiges braunes Haar hatte sie mit einem breiten Band gebändigt. Die Haare standen wie ein Helmbausch hoch über ihrem Kopf. Ihre Hände und Unterarme waren mit Lehm verschmiert.

»Warum suchen Sie überhaupt nach meinem Mann?« fragte sie.

»Wir haben eine Anzeige bekommen. Anonym. Seit einigen Monaten sei Karl Hohmann spurlos verschwunden«, sagte Trebor, der angesichts der nackten Arme noch mehr fror.

»Ach, da kommen Sie dann gleich persönlich und in Uniform, damit die Leute was zu tratschen haben?« fragte Frau Hohmann und zog spöttisch die Augenbrauen hoch.

»Na ja«, sagte Trebor verlegen. »Wir müssen der Sache ja nachgehen. Ist Ihnen nicht kalt?«

»Kalt? Ich stehe den ganzen Tag an dem großen Backofen, da ist mir auch im Winter heiß.«

Während Asta Krüger in ihrer Gaststätte verschwand, schlenderten Trebor und Gundula Hohmann hinüber zum Hohmannschen Hof. Trebors Kollege Fiedler, der die ganze Zeit noch nicht aus dem warmen Streifenwagen herausgekommen war, schaute ihnen unschlüssig nach. Trebor würde bestimmt motzen, wenn er nicht käme, aber andererseits, die Erkältung. Fiedler beschloss, sitzen zu bleiben.

»Backen Sie Brot?« fragte Trebor, während er versuchte mit Frau Hohmann Schritt zu halten.

»Brot, nein, wieso?« fragte die überrascht.

»Na, Backofen«, sagte Tebor.

»Wissen Sie denn nicht, dass ich Künstlerin bin?« fragte Frau Hohmann empört. »Es gab doch schon so viele Artikel in der Zeitung über mich.«

Trebor fühlte sich schuldig. Er hasste dieses schlechte Gewissen, dass ihn schon von klein auf verfolgte. Woher hätte er wissen sollen, dass Gundula Hohmann Künstlerin war? Gab es eine geheime Regel, die Polizisten dazu verdammte allwissend zu sein, fragte er sich. Dass ihn in der Tageszeitung nur der Sportteil interessierte, erwähnte er lieber nicht.

»Sie waren an der Kunsthochschule?« fragte er eine Spur zu bissig.

Ein vernichtender Blick traf ihn. Trebor genoss das Gefühl, einer gelungenen, schlagfertigen Rache.

»Kunsthochschule, natürlich nicht, da lernt man doch nur Technik«, sagte Gundula Hohmann. »Ich habe Kunst am Gymnasium in Weilburg als Schwerpunktfach gewählt und im Abitur eine Kunstprüfung gemacht.«

In Runkel haben alle Bäuerinnen Abitur, sagen die Leute. In dem Städtchen gibt es kaum Ausbildungsplätze für Mädchen, aber einen Schulbus nach Weilburg. Was liegt da näher, als die Töchter bis zur Heirat auf die Schule zu schicken. Gundula Hohmann hatte nach dem Abitur den zweitreichsten Bauern von Schadeck geheiratet.

»Was ist denn dran an der Aussage von Frau Krüger, ein Hohmann verlässt seinen Hof nicht?« fragte Trebor vorsichtig nach.

»Erstens heißt es, ein Hohmann verlässt Grund und Boden nicht, und zweitens hat er sein Land ja verkauft und die Millionen angelegt. Auf den Hohmannschen Äckern wachsen jetzt Einfamilienhäuser statt Kartoffeln«, versetzte Gundula Hohmann.

Sie waren auf dem Hohmannschen Anwesen angekommen. Ein großer gemauerter Backofen stand mitten auf dem Hof und strahlte eine gewaltige Hitze ab. Mehrere gewaltige rotbraune Tonfiguren standen in einer Reihe vor dem großen Garten, der an den Hof anschloss. Im angrenzenden Garten des Lahnblicks standen zwei bunt bemalte, fast drei Meter hohe Skulpturen, die an russische Matrjoschkas erinnerten.

Gundula Hohmann folgte Trebors Blick und sagte: »Kitsch, das hat Asta gebastelt, nicht mal gebrannt, nur getrocknet! Meine Objekte sind eine Symbiose von archaischen Götterfiguren und moderner Skulptur. Das da sind Symbiosen aus Geschmacklosigkeit und Kitsch.«

»Was hat Ihr Mann denn zuletzt gemacht, bevor er, äh, verschwand?« fragte Trebor, ohne auf die künstlerische Belehrung einzugehen.

»Mit der Asta getanzt, würde ich sagen, der war schon scharf auf die, als wir noch Schülerinnen waren«, sagte Gundula Hohmann. »Na ja, ich habe mich ihrem Mann zugewandt. Der war schon ein ganz anderes Kaliber als die Asta.«

»Waren Sie zusammen auf der Schule?« fragte Trebor überrascht.

»In einer Klasse, und wir waren auch im selben Kunstkurs«, sagte Gundula Hohmann und schaute argwöhnisch zum Lahnblick hinüber. »Sie hat dann den Hein Krüger geheiratet und ich den Matze. So sind wir wieder Nachbarinnen, wie schon in Runkel.«

»Und Ihr Mann, seit wann haben Sie nichts mehr gehört, von ihm?« fragte Trebor.

»An dem Wochenende, einen Monat nach dem Kirchweihfest, bin ich auf einem Symposion gewesen. Als ich zurückkam, war er weg«, antwortete Gundula Hohmann.

»Dann ist er also schon sechs Monate weg und Sie haben nichts unternommen«, stellte Trebor fest.

»Was soll ich unternehmen?« fragte die Künstlerin. »Er hat eine große Summe Bargeld abgehoben und ist weg. Matze ist ein erwachsener Mann. Der Hein ist schon einen Monat länger weg und kein Hahn kräht danach. Das haben die bestimmt zusammen ausgeheckt, die beiden Kumpels.«

»Ach, Herr Krüger ist auch weg?« fragte Trebor verblüfft.

»Sehen Sie, den vermisst eigentlich auch keiner, schon gar nicht Asta«, versetzte Gundula Hohmann. »Wer vermisst denn meinen Matze?«

»Das war ein anonymer Anruf, wie ich bereits sagte«, gab Trebor zur Antwort, während er der Künstlerin ins Haus folgte.

2

Das Wohnzimmer glich einem Souvenirladen, Regale angefüllt mit Tonfigürchen, in jeder Ecke und neben dem Fernseher standen übergroße Vasen in schrillen Farben. »Kein Wunder, dass der weg ist«, dachte Trebur. Er nahm sein Notizbuch hervor und notierte alle Eckdaten des Vermissten. Seufzend wiederholte Gundula Hohmann ihre Angaben. Nach einer halben Stunde verließ Trebor das Haus und ging zu dem Streifenwagen.

»Herr Wachtmeister«, rief Asta Krüger von ihrer Haustür her.

Trebor wandte sich der jungen Wirtin zu.

»Ich hab' da was für Sie, wir haben davon zu viele«, sagte Asta Krüger und hielt zwei tote Enten in die Höhe.

»Ähm, tut mir leid, ich darf das nicht annehmen«, stammelte Trebor.

»Blödsinn, bis fünfzig Euro dürfen Sie, und ich bin doch wohl keine Verdächtige«, gab Asta Krüger zurück.

Widerwillig nahm Trebor die beiden Vögel. Seine Frau Felicitas würde sich freuen, da war er sich sicher. Obwohl sie nicht gerne Federvieh rupfte. Natürlich musste er pro forma Fiedler eine der Enten anbieten. Aber der, als Junggeselle, oder Single, wie er selbst seinen Familienstand bezeichnete, würde bestimmt dankend ablehnen.

Fiedler saß immer noch auf dem Beifahrersitz des Streifenwagens und schniefte zum Erbarmen. Am liebsten hätte ihm Trebor die Faust auf die Nase gesetzt für seinen Jammerblick. Wie erwartet lehnte der Kollege die Ente ab.

»Also, ich weiß nicht, so einer hätte doch die Frau weggejagt und wär' auf seinem Hof geblieben. Auch wenn er die Landwirtschaft an den Nagel gehängt hat«, sagte Fiedler, als sie die schmale Straße nach Runkel hinunterfuhren.

»Hm«, sagte Trebor, »die Gundi, also die Frau Hohmann glaubt, er taucht bald wieder auf. Er hat einen Haufen Geld abgehoben und ist auf Reisen gegangen, sagt sie.«

»Man müsste eine Bankauskunft einholen«, sinnierte Fiedler. »Wenn er in Paris oder sonst wo Geld abgehoben hat, Bingo.«

»Also, ich glaube, wir machen erst einmal gar nichts und warten ab«, sagte Trebor. »Und wenn wir meinen, es muss jemand ermitteln, holen wir die Kripo aus Gießen.«

3

»Hm, was riecht denn hier so lecker?« rief Trebor, während er seine Dienstjacke an die Garderobe hängte.

»Das Essen ist gleich fertig«, rief Felicitas.

Trebor setzte sich an den Tisch und harrte der Dinge, die da kommen sollten. Seine Frau brachte eine große Metallplatte herein, auf der etwas lag, das aussah wie ein amerikanischer Football aus Lehm. Neben dem Objekt lag ein Hammer aus Trebors Werkzeugkasten.

»Schlag zu«, forderte Felicitas ihren Mann auf.

Trebor nahm den Hammer und schlug auf das Lehmei. Es zerbarst in mehrere Teile, die Felicitas mit Topflappen zur Seite räumte. Der leckere Geruch wurde ungeheuer intensiv. Auf der Platte lag jetzt eine der beiden Wildenten, perfekt gerupft und gegart.

»Was ist das denn?« fragte Trebor entgeistert.

»Altes Zig, äh, Sinti- und Roma-Rezept. Ente ausnehmen und füllen, in Lehm einpacken und knapp eineinhalb Stunden in den Backofen. Die Federn bleiben im Lehm und die Ente ist wunderbar zart«, erklärte Felicitas stolz.

In diesem Augenblick klingelte es.

»Wer kann das denn sein?« fragte Trebor.

Felicitas stand auf und ging zur Haustür.

»Hallo Ruppi«, hörte Trebor sie sagen.

Felicitas und sein Kollege Ruppert Fiedler kamen ins Wohnzimmer.

»Ich hab' es doch noch geschafft, Felicitas, hallo Fietze«, sagte Fiedler und setzte sich ohne Umschweife an den Tisch.

Felicitas legte noch ein Gedeck auf.

»Schon komisch«, sagte Fiedler. »Der Hohmann und der Krüger sind seit ihrem Verschwinden nirgends mehr aktenkundig geworden und der Krüger hat gar kein Geld mitgenommen.«

»Beim Essen wollt Ihr doch wohl nicht über die Arbeit reden«, protestierte Felicitas.

Trebor sprang auf, schnappte den Hammer, warf noch einen Blick auf die Ente und zog Fiedler mit sich: »Schatz, iss du doch einfach schon mal, wir sind in einer Stunde zurück.«

Felicitas murmelte »Wer´s glaubt ...« und warf den beiden wütende Blicke hinterher.

4

Trebor und Fiedler rannten über den Hof der Hohmanns.

Der Kommissar nahm den Hammer und schlug einmal kräftig gegen den voluminösen Frauentorso. Beim zweiten Schlag brach eine große Scherbe aus der Skulptur heraus. Die braune Tonfigur war hohl. Kein Hohmann hatte darin seine vorletzte Ruhe gefunden.

»He, sind Sie wahnsinnig, Sie zerstören ja mein Objekt!« schrie die Künstlerin, die genau wie ihre Nachbarin angeeilt kam.

Trebor schaute sich um. Alle anderen Figuren waren zu dürr, um als Leichenversteck zu taugen. Er wollte schon resignieren, da fiel sein Blick auf die beiden Matrjoschkas. Mit erhobenem Hammer lief Trebor auf die beiden Figuren zu. Gundula folgte ihm schweigend. Asta blieb auf Abstand. Ihre Hände verbarg sie hinter dem Rücken, Fiedler ging misstrauisch zu ihr hinüber, doch als er das Splittern der Matrjoschka hörte, wandte er sich um.

Es wurde dunkel um den Polizisten.

5

Fiedler fror erbärmlich. Er hob mühsam seinen Kopf. Völlig nackt lag er auf dem Fußboden der Kunstscheune, links neben ihm lag sein Chef, rechts neben ihm Gundula Hohmann. Ihre Nachbarin Asta rührte in einem großen Bottich Lehm an. Auf dem Tisch lag eine dicke Rolle Plastikfolie. Fiedler wollte aufstehen, aber nachdem er sein Bein kurz angehoben hatte, sackte er wieder zusammen und schlief wieder ein.

›Asta will uns zu Entenbraten machen‹ ging es ihm durch den Kopf. ›Kein Wunder, wir haben ja auch nicht aufgegessen. Das ist jetzt die Strafe.‹

›So viel kann die unmöglich alleine essen. Vielleicht komme ich in die Tiefkühltruhe. Da ist es bestimmt ganz angenehm, nach der Hitze im Backofen‹. Ein seliges Lächeln breitete sich auf seinem Gesicht aus.

›Doch halt, da stimmt doch etwas nicht. Woher weiß die Asta, dass wir bei Felicitas nicht aufgegessen haben?‹ Fiedler hob seinen Kopf und streckte den Arm zu seinem Kollegen aus. Er kniff Trebor in den Oberarm, aber der reagierte nicht. Dann wandte Fiedler sich zu Gundula Hohmann um. Die war komplett in Plastikfolie eingewickelt. Undeutlich hörte er sie stöhnen: »Kitsch, alles Kitsch!« Dann war sie wieder still. Auch Fiedler sank wieder auf den Boden und nickte weg.

›Ist die Terrakottaarmee eigentlich innen hohl oder sind da die chinesischen Krieger mit eingebrannt worden? Krieger hätten sich bestimmt gewehrt. Polizisten würden sich auch wehren. Ich bin Polizist‹, schoss es ihm plötzlich durch den Kopf und er war hell wach. Jeder Muskel, jeder Knochen schmerzte. Doch es gelang ihm sich aufzurichten.

Asta stand am Tisch und rollte Plastikfolie ab. Neben ihr lag ein Teppichmesser. Fiedler sprang los, doch Asta war schneller und ging mit dem Messer auf ihn zu. Starr vor Schreck starrte er sie an. Er konnte sich nicht bewegen und seinen Blick nicht von ihr wenden.

Plötzlich stand Felicitas hinter Asta, in der linken Hand hielt sie ihr Handy, in der rechten die Dienstwaffe ihres Mannes. ›Eine Halluzination‹, dachte Fiedler. Er schüttelte den Kopf, schloss die Augen und schaute noch einmal hin.

»Messer fallen lassen« schrie Felicitas. Fiedler wurde es erneut schwarz vor Augen.

6

»Zwei Stunden habe ich gewartet, dann war die Ente eiskalt. Ich nahm deine Pistole und habe euch gesucht. Du hattest diese Hohmann so attraktiv beschrieben, da dachte ich mir, bei der suche ich als erstes. Du verstehst?« Felizitas grinste ihren Mann entschuldigend an. Dann verfinsterten sich ihre Züge: »Tut mir leid, dir sagen zu müssen, dass für die Frau Hohmann jede Hilfe zu spät kam. Sie ist in der Folie erstickt.«

In diesem Moment betrat die Stationsärztin das Krankenzimmer.

»Wie geht es den Herren? Das Labor hat eine unglaubliche Menge Narkotikum in ihrem Blut gefunden. Herr Fiedler, nehmen Sie regelmäßig Schlaftabletten? Ist bei Ihnen schon ein Gewöhnungseffekt eingetreten? Es tut mir leid, aber ich muss Sie melden.«

Fiedler richtete sich gequält auf: »Ich nehme höchstens Aspirin. Und gestern ein Grippemittel.«

»Ach, Grippemittel können auch Aufputschbestandteile enthalten.«

Nach einer kurzen Pause setzte die Ärztin neu an: »Herr Fiedler, nehmen Sie regelmäßig Aufputschmittel?«

Abgeschmiert
oder
Klamm in Lahnstein

Von Wolfgang Kemmer

Cora Arnstedts Galerie lag in Koblenz unweit des Deutschen Ecks. Leider half ihr das touristenträchtige Zusammentreffen von Rhein und Mosel weder dabei attraktive Künstler zu verpflichten noch solvente Interessenten und Sammler anzulocken. Als sie die sündhaft teuren Räume gemietet hatte, war ihr die Verwirklichung ihres Traums so nah erschienen: Neue große Talente wollte sie ausstellen, moderne zeitgenössische Maler und Bildhauer, die noch voller Kraft und Saft steckten, leibhaftig bei ihrer Vernissage erschienen und etwas zu sagen hatten. Sie hatte die Nase voll von toten Meistern und blutarmen Möchtegern-Picassos, deren einzige Kunst darin bestand, mit finsterer Miene Kette zu rauchen und sich ansonsten in kapriziöses Schweigen zu hüllen, so wie dieser alberne kleine Spanier, den sie erst letzte Woche vor die Tür gesetzt hatte. Aber um wirklich gute Leute anzulocken, musste sie sich erst einmal einen Namen machen, und dazu brauchte sie im Augenblick vor allem Geld.

Der Mann, der seine rostige Schrottkarre dreist auf ihrem Anwohnerparkplatz abstellte, um dann mit zwei verschnürten Paketen breitbeinig zu ihr hereinzustiefeln, sah nicht so aus, als könnte er ihr aus der Misere helfen. Von Künstlern war sie einiges gewöhnt, aber mit der ausgeprägten Stirnglatze, den aufgekrempelten Ärmeln an seinem karierten Flanellhemd und dem Bierbauch in der blauen Latzhose erinnerte er sie eher an einen biederen Handwerker oder Hausmeister.

»Tach auch«, sagte er und hielt sich nicht mit langen Vorreden auf. »Sind Sie Frau Arnstedt? Dann hab ich da was für Sie!«

Er wartete gar keine Entgegnung ab, sondern begann sogleich die beiden Pakete aufzuschnüren. Die Bilder, die zum Vorschein kamen, waren nicht modern, das sah Cora auf den ersten Blick.

»Was halten Sie davon?«, fragte er. »Draußen im Lieferwagen hab ich noch mehr.«

»Die haben Sie wohl bei Ihrer Oma im Keller gefunden, was?«, fragte sie spöttisch.

Es handelte sich um zwei alte Ölgemälde, eines davon eine romantische Rheinlandschaft, das andere ein Pferdebild. Nicht unbedingt ihr Fall. Aber sie sah sofort, dass es kein billiger Ramsch war. Trotzdem blieb sie dabei, den Mann erst einmal von oben herab zu behandeln.

Sie trat näher und hielt Ausschau nach den Signaturen. Auf dem Landschaftsbild glaubte sie »Astudin« zu entziffern. Das passte. Sie kannte die Ansichtskarten, die nach seinen Motiven immer noch im Handel waren. Außerdem hatte sie vor einigen Jahren bei einer Ausstellung in Lahnstein ein paar ähnliche Schinken gesehen. Ein russischer Landschaftsmaler, der Gefallen daran gefunden hatte, seinen Lebensabend an Rhein und Lahn mit dem Zusammenpinseln von Postkartenmotiven zu verbringen. Seine Werke waren nicht mehr auf dem Markt, sondern befanden sich praktisch alle in Privatbesitz. Ein paar Tausender waren die Bilder sicher wert, wenn sie echt waren.

»Wo haben Sie die denn geklaut?«

Er kniff die Augen zusammen, zeigte sich aber nicht beleidigt. Offenbar war er nicht so leicht zu schrecken wie die Mimosen und empfindsamen Künstlerseelchen, mit denen sie sonst oft zu tun hatte. »Ich hole die anderen auch noch rein.«

Er musste noch zweimal gehen, schleppte insgesamt sechs Pakete herein. Als die Bilder ausgepackt vor ihr standen, fragte er ohne weitere Umschweife: »Was würden Sie dafür zahlen?«

Sie lachte. Abfällig. »Die Rahmen wären vielleicht noch verwertbar.«

Er schüttelte den Kopf. »Astudin«, sagte er. »Bin zwar nur ein Entrümpelungs- und kein Kunstexperte, aber ich hab mich schon ein bisschen schlau gemacht.«

Sie nickte. »Alle Achtung.« Deutete auf die Signaturen. »Lesen können Sie also immerhin.« Sie fragte sich, wie weit sie wohl noch gehen konnte, ehe er seinen Kram wieder zusammenpacken und woanders anklopfen würde. »Astudins Werke sind meines Wissens alle im Besitz privater Sammler. Die stehen nicht mal einfach so beim Sperrmüll vor der Tür.«

»Stimmt.« Er grinste. »Die hier habe ich auch nicht auf der Straße, sondern auf einem Speicher in Niederlahnstein gefunden.« Das Grinsen wurde breiter. »Beim Entrümpeln.« Er gab ihr sein Kärtchen: Jaco Stelter. Wohnungsauflösungen. Entrümpelungen und Entsorgungen jeder Art. Adressen in Bonn und Mainz.

Sie sah sich die Bilder noch einmal näher an. Die Burg Lahneck hatte sie aus anderer Perspektive damals in der Ausstellung gesehen. Zwei weitere Motive glaubte sie ebenfalls aus Lahnstein zu kennen. Das Pferdebild trug eine andere Signatur. Meinecke oder Meinke. Eines der übrigen Gemälde war gänzlich unsigniert, stellte keine Flusslandschaft dar, sondern eine Meeresansicht und fiel auch stilistisch etwas aus dem Rahmen. Sie sah genauer hin. Der Stil erinnerte sie frappierend an den frühen Manet.

Völlig unmöglich! Dennoch – irgendwo in ihrem Kopf schwirrte etwas über eine Verbindung zwischen Astudin und Manet herum. Etwas, was dieser Professor oder Doktor damals in Lahnstein in seiner Eröffnungsansprache erwähnt hatte. War der Russe auf seinen Wanderjahren nicht auch in Frankreich gewesen und hatte sogar einen französischen Lehrmeister gehabt? Womöglich hatte da auch mal Kontakt zu Manet bestanden. Hatte er ihn vielleicht später einmal versucht zu kopieren? Oder war das, was hier vor ihr stand, vielleicht sogar eines jener Frühwerke, die Manet angeblich selbst später zerstört hatte.

Sie sah auf. Stelter schaute sie gespannt an. Er hatte offenbar gemerkt, dass ihre anfängliche Ablehnung geschwunden war. Sie hatte einen Fehler gemacht und zuviel Interesse gezeigt.

»Was ist nun?«, fragte er.

»Muss ich erst überprüfen? Wer sagt mir, dass sie nicht doch geklaut oder gefälscht sind.«

»Wie lange?«

»Kommen Sie in einer Woche wieder.«

Er zuckte die Achseln. »Ich verhandele sonst nur mit Trödlern, habe keine Ahnung, was in Ihren Kreisen so üblich ist. Ist mir ehrlich gesagt auch völlig wurscht. Geben Sie mir pro Bild 5000 Eier, dann sind wir einig. Scheint mir nicht zuviel.«

Sechs Bilder. »30 000!« Sie lachte ihm ins Gesicht. »Sie haben tatsächlich keine Ahnung.«

»Dann machen Sie mir einen anderen Vorschlag.«

»Sie lassen mir die Bilder eine Woche lang hier, und dann sage ich Ihnen, was ich dafür gebe.«

»Wie gesagt: Ich weiß nicht, was in Ihren Kreisen so üblich ist, aber ich brauche Sicherheiten, wenn ich Ihnen die Bilder dalassen soll.«

»Na schön, ich gebe Ihnen pro Bild 500, sozusagen als Pfand. Wenn die Bilder falsch sind und Sie sich mit den 3000 aus dem Staub machen, habe ich wenigstens nicht allzu viel verloren.«

»Okay, ich komme in zwei Tagen wieder. Das muss reichen. Ich bin im Moment ein bisschen klamm und brauche Geld.«

Sie zog überrascht die Brauen hoch. Was war das denn für ein Geschäftsgebaren? Selbst wenn es ihr nicht viel anders erging, wäre sie doch nie so blöd gewesen, es auch noch offen zuzugeben.

* * *

»Wirklich ein nettes Städtchen«, sagte die Goldgelockte mit dem gewagten Dekolleté und den Prinzessinnen-Allüren. Es klang etwas überheblich, sie schien es aber durchaus ernst zu meinen.

Tobias Hellbach hatte seine übliche Tour absolviert, bei der er sich ausschließlich auf Oberlahnstein konzentrierte und den Teilnehmern empfahl, die nicht minder interessanten Sehenswürdigkeiten in Niederlahnstein doch mit einer Wanderung durch die Ruppertsklamm zu verbinden. Angefangen hatte er wie immer an der Wenzelkapelle, um dann das Alte Rathaus, St. Martin und St. Jakobus und die sehenswerte Stadtbefestigung mit dem Hexen- und dem Pulverturm abzuhaken. Am Ende des kleinen Rundgangs stand wie immer Burg Lahneck. Er musste sich heute aber eingestehen, sich mehr als sonst ins Zeug gelegt zu haben. Offenbar war es ihm auch tatsächlich gelungen, die Goldgelockte zu beeindrucken. Sie mochte vielleicht nicht mehr ganz taufrisch sein, aber dafür, dass tatsächlich alles Natur zu sein schien, sah sie noch umwerfend aus.

Sie hatte eine Menge Fragen gestellt und es geschafft, ihn so lange festzuhalten, bis die anderen Teilnehmer der Führung alle verschwunden waren. Gewöhnlich richtete er es so ein, dass die ganz Wissbegierigen im Anschluss an seine eigene Stadtführung auch gleich noch an einem Rundgang auf Burg Lahneck teilnehmen konnten. Dann war er sie schneller los und die übrigen hatten es sowieso meist recht eilig, in eine der Kneipen, die er ihnen unterwegs zeigte, einzukehren. Bei seinen Abendveranstaltungen funktionierte das mit der Burgführung leider nicht mehr, und er musste oft noch eine halbe Stunde dranhängen, um nicht unhöflich zu erscheinen. Die Goldgelockte hatte diese Zeit voll ausgeschöpft.

»Ja«, seufzte er und gähnte herzhaft, um ihr klarzumachen, dass er langsam Feierabend hatte. Wenn sie noch was von ihm wollte, hatte er im Grunde gar nichts dagegen, aber dann sollten sie die Veranstaltung besser an ein kuscheligeres Örtchen verlagern und nicht noch länger hier vor der Burg im Nieselregen herumstehen.

»Sie wissen wirklich so unglaublich viel«, sagte sie, als hätte sie seine Gedanken erraten. »Hätten Sie nicht Lust, mir bei einer heißen Schokolade noch etwas mehr zu erzählen? Ich möchte Sie gern einladen. Vielleicht habe ich dann auch noch etwas Interessantes für Sie.« Der Augenaufschlag, den sie ihm schenkte, war so betont kokett, dass er alles und nichts bedeuten konnte.

»Na, da kann ich ja wohl schlecht ablehnen.« Er lachte. So wie sie es wohl erwartet hatte. »Aber nur, wenn es auch was anderes als heiße Schokolade sein darf.«

Sie gingen ins Wirtshaus an der Lahn, wo er sich ohne große Umstände von ihr zum Essen einladen ließ. Sie aß nur einen Salat und nippte an ihrem französischen Weißwein. Er schlug gutbürgerlich zu und hielt sich dabei lieber ans Bier aus der heimischen Brauerei.

»Sie sind doch Kunsthistoriker«, sagte sie, nachdem er auf ein Dessert verzichtet und stattdessen einen Schnaps und einen profanen schwarzen Kaffee bestellt hatte. »Was halten Sie von Nicolai von Astudin?«

»Ist mir ehrlich gesagt ein bisschen zu süßlich. Ich bin nicht so der Romantiker.«

»Aber hier in Lahnstein ist Astudin doch so eine Art Säulenheiliger, oder?«

»Na ja, das war nicht immer so. Zu Lebzeiten hatte er auch einiges auszustehen. Damals, während des Ersten Weltkriegs, war das als Russe hier sicher nicht so einfach. Da gab es schon so etwas wie Fremdenhass. Auch wenn er eine Hiesige geheiratet hatte, eine Malerin aus Braubach. Johanna Meinecke. Sie malte in erster Linie Tiere. Gar nicht mal so untalentiert. Angeblich sollen sie eine sehr harmonische Ehe geführt haben, auch wenn er zwanzig Jahre älter war. Als er gestorben ist, hat sie sich vor lauter Kummer umgebracht. Heißt es zumindest. Aber genau weiß man es nicht. War damals für meinen Geschmack alles ein bisschen mysteriös.«

»Wieso?«

»Na ja, ihre Leiche wurde im Dezember 1926 im Rhein gefunden. Astudin war aber schon im August 25 nach längerer Krankheit gestorben. Ich denke mal, dass man nach einem Jahr vielleicht doch über den ersten Schmerz hinweg sein sollte.« Hellbach kippte den Schnaps.

»Sagten Sie nicht vorhin selbst, dass es Ihnen an der romantischen Ader fehle?«, fragte die Goldgelockte spöttisch und sah ihm dabei tief in die Augen.

Er hielt dem Blick stand und fuhr ungerührt fort: »Außerdem soll die gute Johanna verschuldet gewesen sein. Ich denke, es war eher so, dass sie nicht damit klarkam, Astudins Nachlass für einen angemessenen Preis zu verkaufen.«

»So? Waren die Bilder denn damals so wenig wert?«

Er schüttelte den Kopf. »Ich glaube, sie verstand nur einfach nichts von Geschäften und ließ sich über den Tisch ziehen.«

»Und heute?« Das Lächeln, mit dem sie ihn bedachte, war nicht mehr spöttisch, dafür aber so kühl, dass es ihn fast frösteln ließ. »Was sind seine Bilder denn heute wert?«

»Ah, das ist es also, was Sie mir zeigen wollen.« Er musterte sie neugierig. So richtig wurde er noch nicht schlau aus ihr. Wollte sie ihn nur abschleppen oder wollte sie wirklich etwas von ihm wissen. »Wenn Sie einen Astudin haben, warum kommen Sie dann zu mir und fragen nicht einen der ausgewiesenen Experten?«

»Weil ich keinen der ausgewiesenen Experten kenne, und weil Sie ausgewiesenermaßen eine ganze Menge über Astudin wissen.«

»Ich?« Auf jeden Fall wollte sie ihm um den Bart gehen. Er lachte und ärgerte sich, dass es ein wenig verlegen klang. »Ich bin zwar Kunsthistoriker und kenne mich hier in Lahnstein aus, aber über Astudin weiß ich auch nicht mehr, als Sie überall nachlesen können.«

»Da hat man mir aber anderes berichtet.«

»So, wer denn? Außerdem kennen Sie mich ja auch nicht.«

Sie schüttelte mit nachsichtigem Lächeln den Kopf und sagte: »Aber dafür weiß ich, dass Sie mich ganz bestimmt nicht belügen werden.« Sie sah ihm erneut tief in die Augen. Ohne Lächeln.

Er merkte, dass er schon wieder verlegen wurde, vielleicht sogar rot, sah aber nicht weg. Er zuckte die Achseln. »Auf dem freien Markt gibt es schon länger keine Bilder mehr von ihm. Sie befinden sich eigentlich alle in Privatbesitz. Daher ist es auch schwer, etwas über den Preis zu sagen.«

»Was meinen Sie, wie hoch ist die Wahrscheinlichkeit, dass irgendwo noch das eine oder andere vergessene Bild von ihm auf einem Speicher herumsteht, eines, das bisher kaum einer gesehen hat?«

Er nahm einen Schluck Kaffee. »Warum nicht? Möglich ist alles.«

»Hätten Sie vielleicht Lust, sich meine Bilder mal anzuschauen?« Sie hatte schon der Bedienung gewunken und lächelte ihn nun erwartungsvoll an.

Er ließ sich Zeit mit der Antwort. Die Plattensammlung zeigen – war das nicht früher mal ein Euphemismus dafür gewesen, dass man ein Mädel abschleppen wollte? Die Zeiten hatten sich geändert, heute fuhren emanzipierte Mädels wie die da ihre Gemäldegalerie auf. Er trank den Kaffee aus und sagte: »Na schön.«

Als er draußen in ihren schicken roten Sportwagen stieg, konnte er ein kleines selbstgefälliges Grinsen nicht verbergen.

* * *

Zwei Tage später stand der Bierbauch in der Latzhose wieder vor ihr in der Gallerie. »Ich denke, Sie hatten genug Zeit, um Erkundigungen einzuziehen.«

Sie nickte. Sicheres Auftreten war wichtig. Dabei war sie immer noch unschlüssig. Hätte gerne noch den einen oder anderen Experten zu Rate gezogen. Aber außer diesem Hellbach war so schnell niemand greifbar. Und der hatte gezögert.

»Der Stil stimmt. Das sieht schon hundertprozentig nach Astudin aus. Aber bei den Motiven irritiert mich etwas. Ich kann nur nicht genau sagen, was es ist.«

»Wieso?«, hatte sie geseufzt. »Es sind doch die üblichen Rhein-Motive.«

Er hatte noch einmal lange auf die Burg Lahneck geschaut, dann den Kopf geschüttelt. »Ja, ich denke, sie müssen wohl echt sein.«

Überzeugend hatte das nicht geklungen. Trotzdem hatte sie ihre Chance gewittert.

»Was glauben Sie: Wenn Johanna Astudin die Bilder ihres Mannes zu einem ordentlichen Preis hätte verkaufen können, hätte sie sich doch sicher nicht umgebracht oder?«

»Wer kann das wissen?«

»Vorausgesetzt, sie hätte keine finanziellen Sorgen gehabt, sondern im Gegenteil vielleicht sogar über beträchtliche Werte verfügt, dann könnte sie doch möglicherweise auch ermordet worden sein, nicht wahr?«

»Was haben Sie vor?« Er hatte gelacht. »Wollen Sie Sherlock Holmes anheuern, um einen hundert Jahre alten Fall neu aufzurollen, nur damit Sie dann Ihre Astudins teurer verkaufen können?«

»Vielleicht ist das ja gar keine so schlechte Idee«, hatte sie geantwortet. »Aber sicher nichts für mich. Das ist nicht meine Welt. Die Toten sollte man ruhen lassen.«

Das Bild mit der Meeresansicht hatte sie ihm nicht gezeigt. Ebenso wenig wie ihr Schlafzimmer, was er wohl ganz offensichtlich erwartet hatte. Der Kerl mochte etwas von Kunst verstehen, aber er war ein Bauer. Nach einem Anstandskaffee zur endgültigen Ernüchterung, hatte sie ihn mit dem Geld für ein Taxi vor die Tür gesetzt.

Und nun stand dieser bierbäuchige Lumpenkrämer vor ihr mit nicht weniger bäurischen Manieren und verlangte eine Entscheidung.

»Tausend«, sagte sie. »Ich kann Ihnen Tausend für jeden der Astudins geben. Das Pferdebild ist nicht von ihm. Das ist mit den fünfhundert, die Sie schon haben, bestens bezahlt.«

»Es ist von seiner Frau«, sagte der Kerl. »Wenn rauskommt, dass sie ermordet wurde, wird der Preis der Bilder in die Höhe schießen wie Hexe Rapunzels Kopfsalat.«

Cora starrte ihn entgeistert an. Woher wusste dieser ignorante Banause von ihrer Theorie über den Mord an Johanna Meinecke. Hatte er etwa mit Hellbach gesprochen? Sie kniff die Augen zusammen, um ihre Überraschung zu verbergen und möglichst tough auszusehen.

»5000 pro Bild«, sagte er, »so wie es am Anfang ausgemacht war.«

»Ausgemacht?« Sie schüttelte den Kopf. Überlegte fieberhaft. Jean-Claude hatte das Gemälde mit der Meeresansicht gesehen und zumindest nicht ausgeschlossen, dass es echt sein könnte. Aber Jean-Claude war nur ein guter Bekannter, der zufällig auch ein bisschen Kunstverstand besaß. Er betrieb einen Weinhandel und sie konnte ihm vertrauen, das wusste sie. Aber er war keine Koryphäe, was Manet anging.

»Die zwei Tage waren zu knapp bemessen«, sagte sie, »ich brauche mehr Zeit.«

»Schön«, sagte der Dicke und stemmte die Hände in die Hüften. »Ich sehe, Sie haben ernsthaftes Interesse. Aber wie ich Ihnen ja schon sagte: Ich bin im Moment ein wenig klamm, der Winter steht vor der Tür, ich brauche dringend Kohle. Da muss ich mit den alten Schinken wohl noch ein Häuschen weiterziehen.« Er zückte eine vergammelte Brieftasche aus der Gesäßtasche und schickte sich an, ihr die 3000 Euro zurückzugeben.

»2500 pro Bild«, sagte sie.

Er sah sie erstaunt an. Blinzelte listig. »Ach so.« Überlegte. Dann strahlte er plötzlich übers ganze Gesicht. »Wie wär´s wenn Sie mir jetzt gleich einfach zu den 3000, die ich schon habe, noch mal 3000 pro Bild geben. Aber bar auf die Kralle. Damit wäre die Sache dann für mich abgetan.«

Sie nickte. Erschöpft.

Er hielt ihr die Hand hin, keine Kralle, sondern erstaunlich gut gepflegt, mit sauberen, sorgfältig geschnittenen Fingernägeln.

Sie runzelte die Stirn.

»Na, schlagen Sie schon ein, Madame.«

Sie tat ihm den Gefallen.

Er grinste breit und machte einen Diener. »Und wenn ich das nächste Mal irgendwo einen Rembrand oder Picasso auf dem Speicher finde, schaue ich auch ganz bestimmt zuerst wieder bei Ihnen vorbei, garantiert!«

Als er endlich weg war, rief sie Hellbach an.

»Sind Sie neulich gut nach Hause gekommen?«, fragte sie.

»Geht so. Danke der Nachfrage«, sagte er brummig.

»Sagen Sie, haben Sie danach eigentlich mit jemandem über den Abend gesprochen?«

»Nein, warum sollte ich? Gab's da denn was zu erzählen?«

»Ich meine natürlich über die Bilder, die ich Ihnen gezeigt habe«, sagte sie scharf.

»Nein«, sagte er. »Aber da Sie gerade davon reden: Mir ist mittlerweile eingefallen, was mich an dem Gemälde von der Lahneck so gestört hat. Die Burg war damals zu der Zeit, als das Bild angeblich von Astudin gemalt wurde, noch eine halbe Ruine. Sie erinnern sich ja vielleicht daran, dass ich während meiner Führung erzählt habe, dass die Burg im Dreißigjährigen Krieg von den Schweden und später, im 17. Jahrhundert, nochmals von den Franzosen zerstört wurde. Der Wiederaufbau begann dann zwar schon 1852, also bevor Astudin nach Lahnstein kam, aber abgeschlossen wurde er erst 1937, als der Gute schon lange unter der Erde war. Das heißt, so wie auf Ihrem Gemälde hat Astudin die Burg nie gesehen.«

Er machte eine Pause. Als Cora nichts sagte, fuhr er fort: »Das heißt natürlich noch nichts. Er kann die zerstörten Teile natürlich auch aus der Fantasie gemalt haben.«

»Ja«, sagte sie, »natürlich.«

»Aber komisch ist es doch.«

»Ja«, sagte sie, »komisch ist es schon.«

»Nicht wahr? Aber Sie wollten die Bilder ja sowieso nicht kaufen, oder?«

»Nein«, sagte sie. »Vielen Dank auch.« Sie legte auf. Zu mehr war sie nicht mehr in der Lage.

Die Expertise, die sie einige Zeit später zu der unsignierten Meeresansicht bekam, stellte keine große Überraschung mehr dar. Sie hatte ihre letzten Reserven angegriffen und in den Sand gesetzt. 21 000 Euro für sechs wertlos beschmierte Leinwände und ein paar verstaubte Rahmen!

Sie war wütend, vor allem auf sich selbst. Trotzdem war sie nicht gewillt, ihr Geld kampflos diesem fetten Lumpenkrämer zu überlassen. Sie wählte die auf der Visitenkarte angegebene Festnetznummer in Bonn. Zu ihrer Überraschung meldete sich tatsächlich jemand. Eine sanfte, kultivierte Frauenstimme, zu der die Worte »Jaco Stelter. Wohnungsauflösungen. Entrümpelungen und Entsorgungen jeder Art. Was kann ich für sie tun?« in einem seltsamen Kontrast standen.

»Arnstedt«, zwang sie sich zur Ruhe. »Ich möchte gerne Herrn Stelter sprechen.«

»Herr Stelter ist im Augenblick leider sehr beschäftigt. Worum geht es denn, wenn ich fragen darf? Vielleicht kann ich Ihnen ja auch weiterhelfen.«

»Sehr freundlich von Ihnen«, sagte Cora. »Aber ich müsste schon mit Herrn Stelter persönlich sprechen. Sagen Sie ihm, wenn er sich nicht unverzüglich ans Telefon bequemt, geht es ihm an den Kragen.«

»Sehr wohl«, sagte die Stimme unvermindert freundlich und offenbar keineswegs überrascht. »Und Ihr Name war Arnstedt, wenn ich das richtig verstanden habe?«

»Arnstedt, jawohl, Cora Arnstedt!«

»Gut, Frau Arnstedt, ich werde also einmal versuchen, Sie mit Herrn Stelter zu verbinden.«

Es dauerte vier, vielleicht auch fünf Minuten, in denen Coras mühsam gewahrte Beherrschung immer mehr dahinschwand.

»Jaco Stelter, was kann ich für Sie tun, werte Frau Arnstedt?« Es war eindeutig die Stimme des Dicken mit der Stirnglatze, aber sein Ton war nicht mehr bäurisch oder ungehobelt, sondern ölig wie der eines persischen Teppichhändlers.

»Ich will mein Geld zurück!«, sagte sie ohne Umschweife. »Sonst krieg ich Sie dran wegen Betrugs und Kunstfälschung. Die Bilder die Sie mir verkauft haben, waren allesamt gefälscht.«

»Aber meine Liebe«, sagte der Dicke beschwichtigend, »wer hat denn behauptet, dass die Bilder echt seien? Wenn ich mich recht entsinne, hatte eines von ihnen ja nicht einmal eine Signatur.«

»Ja«, brüllte sie, »und das war alles Berechnung! Wenn Sie nicht sofort Ihren fetten Arsch in Bewegung setzen und mir mein Geld wiederbringen, werde ich Ihnen die Hölle heiß machen! Ich hetze Ihnen die Polizei und den Zoll und die Steuerfahndung und die versammelte Kunstwelt an den Hals, bis Sie nicht mehr wissen, ob Sie Männlein oder Weiblein sind!«

»Aber, aber meine Liebe, die versammelte Kunstwelt!« Der Dicke ließ ein gönnerhaftes Lachen hören, das sie nur noch mehr zur Weißglut brachte.

»Verlassen Sie sich drauf!«, schrie sie in den Hörer. »Ich krieg Sie dran!«

»Sie wissen genauso gut wie ich, dass Sie nicht den Hauch einer Chance haben«, sagte der Dicke und seine Stimme wurde noch eine Spur sanfter, als er hinzufügte: »Also überlegen Sie sich gut, was Sie tun, Madame!«

* * *

Kommt man mit dem Auto aus Richtung Koblenz und fährt an Lahnstein vorbei auf die B 260 Richtung Bad Ems, so sieht man nach einigen hundert Metern zur Linken ein hölzernes Tor mit einem Schild. Hier beginnt die Ruppertsklamm. Sie ist eine zwei Kilometer lange Felsenschlucht in einem Seitental der Lahn und Teil des Rheinsteigs, der rechtsrheinisch über 320 km von Bonn nach Wiesbaden führt.

Obwohl Tobias Hellbach den wild romantischen Wanderweg den Touristen bei seinen Stadtführungen empfahl, war er selbst schon lange nicht mehr hier gewesen. Der Pfad begann als normaler Waldweg, wurde dann aber schnell steiler, wo der kleine Bach die Klamm tief in den Tonschiefer und Sandstein eingegraben hatte. An schwierigen Stellen waren Stufen in den Fels gehauen, kleine Brücken gebaut oder Seile zum Festhalten gespannt. Trotzdem musste man bei Nässe vorsichtig sein, da das mit Moos überwucherte Gestein sehr glitschig werden konnte.

Als Hellbach an die Stelle kam, an der vor gut einer Woche eine Spaziergängerin abgeschmiert war, blieb er stehen und las den Namen auf dem kleinen improvisierten Holzkreuz, das man hier angebracht hatte: Cora Arnstedt.

War unter den Bildern, die sie ihm gezeigt hatte, nicht auch eines mit der Klamm als Motiv gewesen? Sicher hatte sie Verstand genug gehabt, die Fälschungen nicht zu kaufen. Aber das spielte jetzt ohnehin keine Rolle mehr. Die Blumen, die jemand hinter das Kreuz geklemmt hatte, waren verwelkt.

Hellbach war kein Romantiker und erst recht kein Idiot. Normalerweise passierte hier nichts. Der Weg entlang der Schieferwände war gut gesichert. Aber in den Tagen vor dem Unfall hatte es heftig geregnet und die Frau war unvorsichtig gewesen und zudem auch noch überaus unglücklich gestürzt.

Die Toten sollte man ruhen lassen. Hatte sie das nicht selbst gesagt?

Tod eines Architekten

Von Jan Aaron

Der Monat April brachte tiefe Wolken und Nieselregen in diesem Jahr, dem 23. Jahr der Herrschaft des großen Kaisers Augustus (9 v. Chr.).

Der Regen hatte den Pegel der Lahn ansteigen lassen und verwandelte die Sümpfe von Litaia (Leihgestern) in Morast. Und ebendort quälte sich eine Karawane auf die Lahn zu, über die notdürftig wieder hergestellten Knüppeldämme, vorneweg eine Abteilung Reiter, dann ein paar prunkvolle Sänften, dahinter einige weniger prächtige und schließlich ein Dutzend Wagen.

In der ersten Sänfte saß Claudius Balbus und fluchte leise vor sich hin. Noch nie war er im wilden Germanien gewesen, und nun wusste er auch, warum. Bei ihrer Abreise vor zwei Wochen war in Rom bereits der Frühling eingekehrt, er hatte sie bis in die Poebene begleitet. Doch die Hoffnung, nördlich der Alpen würde es wieder besser werden, hatte sich gründlich zerschlagen. Die ganze Fahrt den Rhein hinunter hatte es geregnet, und nun mussten sie noch durch Kälte und Wind den Landweg benutzen, nur weil der Kommandeur von Mogontiacum (Mainz) den Wasserweg über die Lahn als zu gefährlich bezeichnet hatte.

Nun, sagte sich Balbus zum vielhundertsten Male, wäre es nicht das Geschäft seines Lebens, er hätte auf diese unselige Reise verzichtet. Und strich sein Bäuchlein, das bereits wieder zu knurren begann.

Als Drusus vor ein paar Wochen Dunosbrig (Dünsberg),

die alte Keltenmetropole an der Lahn, erobert hatte, hatte er, Balbus, sofort gewusst, dass es jetzt losgehen musste. Und, beim Merkur, er war bereit. Seit der göttliche Augustus seinen Sohn Drusus losgeschickt hatte, Germanien bis zur Elbe dem Imperium einzuverleiben, hatte er seine Fäden gesponnen, Investoren geworben und Geld bereitgestellt.

Denn Dunosbrig war das Zentrum des größten Industrie- und Handelsraumes nördlich der Alpen, hier liefen fünf Fernhandelsstrassen und der so wichtige Wasserweg zusammen, und Balbus kannte die Berichte über die Hunderte von Schmiedefeuern und Schmelzöfen, die sich das ganze Lahntal hinunterzogen. Unter den Chatten, denen man das alte Gebiet der Ubier zugewiesen hatte, war die Region heruntergekommen, aber das würde sich bald wieder ändern! Nein, wenn man in Germanien Geld verdienen konnte, dann hier.

Mit hohen Bestechungsgeldern hatte Balbus sichergestellt, dass er in der Endausscheidung war, nun musste er noch diesen verdammten Tullius Mellitus schlagen, doch das, sagte sich Balbus, musste gelingen, denn Mellitus hatte die schlechteren Architekten. Und außerdem hatte er, Balbus, sich das Ohr des großen Drusus erkauft, der als designierter Nachfolger des göttlichen Augustus hier vor Ort die Entscheidung treffen würde.

Im Dunst voraus konnte man die Umrisse von Dunosbrig ahnen, davor ragten zwei Basaltkegel aus dem Grau, das mussten Vocosbrig (Vetzberg) und Gilabrig (Gleiberg) sein, die Vorposten der Keltenstadt.

Balbus kannte die Örtlichkeiten nur zu genau, lange hatte er die Karten und Geländemodelle studiert. Ja, die Kelten bauten ihre Städte auf Bergen, das war gut für die Verteidigung, aber schlecht fürs Geschäft. In den engen Gassen an den Berghängen staute sich der Verkehr, die schweren Eisenbarren und das Bauholz waren nur mit Lastaufzügen den Berg hochzubringen, und dann musste alles noch zum Hafen nach Dunosroton (Waldgirmes) transportiert werden!

Nein, die Stadt musste verlegt werden, das wusste Balbus genau, das war der Trick, damit würde er die letzte Runde der Ausschreibung gewinnen, und beim Mars, Rom war stark genug, den neuen Standort gegen jeden Gegner zu verteidigen.

Und dann, rief sich Balbus in Erinnerung, war diese Stadt, die am Lahnufer neu entstehen sollte, die erste Gründung Roms in Germania Magna! Andere würden folgen, und wer in der ersten Stunde vor Ort war, der würde auch anderswo bauen, investieren und reich werden, der Konkurrenz immer eine Nasenlänge voraus. So war Claudius Balbus mit Germanien und seinem Klima für den Moment wieder versöhnt.

Der kommandierende Offizier lenkte sein Pferd neben Balbus Sänfte. Wir reiten voraus und sichern den Lahnübergang, meldete er, und Balbus nickte. Er hatte den Reiterführer namens Quintilius Gallus mit der gezackten Narbe über dem linken Wangenknochen seit Mogontiacum nicht leiden können, und das Lächeln, mit dem er abgaloppierte, machte ihn nicht sympathischer. Nun verschwand Gallus im wintergrauen Schilf und Balbus war es recht. Noch zwei Stunden bis Dunosbrig, sagte er sich. Und dann schwelgte er in Vorstellungen, die er sich nach der Ankunft gönnen wollte, und darin kamen ein Bad, Wein und ein griechischer Sklave vor.

In diesem Moment brachen blaue Männer aus dem Schilf, nackt, mit weißen Haaren, lautlos und schnell. Und als Balbus realisierte, dass sie kein Teil seine Tagtraumes waren, fiel seine Sänfte in den Schlamm, denn die Träger rannten um ihr Leben. Kaltes braunes Wasser drang durch die Vorhänge und in seine Toga. Und Balbus begann zu schreien, und er schrie noch, als man ihn wenig später aus der Sänfte zerrte.

Ein paar Stunden später jagten Meldereiter aus der Akropolis von Dunosbrig. Sie beorderten Annaeus Rufus, den Primus Pilum, den ranghöchsten Offizier der XVIII. Legion mit seinem Adjutanten Cornelius Flavus in das ehemalige Zensusgebäude der Keltenstadt, wo Paulus, der Kommandeur der XVIII., sein Hauptquartier aufgeschlagen hatte.

Wir haben ein Problem, sprach Paulus, es gab einen Überfall auf Claudius Balbus in den Sümpfen von Litaia. Ihr kennt ihn, er ist einer der Bewerber um den Auftrag, diese Stadt als römische Stadt neu zu gründen. Er selbst hat überlebt. Nun fordert er, dass die Schuldigen bestraft werden. Und dann berichtete Paulus, was ihm selbst gemeldet worden war.

Rufus, der Kommandeur der ersten Kohorte, schwieg ernst. Warum, sagte er schließlich, sollen wir ermitteln? Und was? Wir sind im Krieg, da kommen Überfälle vor. Na und? Es ist ja nicht mal jemand getötet worden. Und geraubt wurde auch nichts? Was soll das? Wir haben wirklich Wichtigeres zu tun, da draußen liegen die Verwundeten der letzten Schlacht, und bis wir die Elbe erreichen, wird noch viel Blut fließen.

Ein Sklave wurde ermordet, wandte Flavus ein. Sachbeschädigung, belehrte Rufus seinen Adjutanten, die Tötung eines Sklaven ist Sachbeschädigung, kein Mord. Und Paulus redete ihnen ins Gewissen. Macht euch an die Arbeit, sagte er, das hier ist politisch, und ihr seid Offiziere und keine Politiker. Da reckten der Primus Pilum und Flavus, sein Adjutant, den rechten Arm zum Gruß und traten ab.

Sie richteten sich in dem ehemaligen keltischen Zensusgebäude ein. Als erstes vernahmen sie Claudius Balbus und seine Entourage, darunter zwei Senatoren von Adel, die vorwiegend protestierten, aber zum Sachverhalt wenig beizutragen wussten. Aufschlussreicher war, was die Maultiertreiber und die Sklaven berichteten.

Tief in der Nacht entließ Flavus den letzten Zeugen, und Rufus, sein Kommandeur, setzte sich zu ihm. Was hältst du von der Soße?, fragte er.

Die Geschichte stinkt, sagte Flavus. Erstens: Die Kavallerieabteilung reitet voraus, um den Lahnübergang zu sichern. Genau in dem Moment erfolgt der Überfall.

Zweitens: Die nackten, blauen Krieger. Das sind Gaesatae, die keltische Variante der Berserker. Aber die Kelten wurden vor fast zehn Jahren auf die linke Rheinseite umgesiedelt. Nun leben hier germanische Chatten, und mit denen haben wir Krieg. Und mit anderen germanischen Stämmen aus dem Norden.

Und drittens: Warum wird nur der griechische Sklave erschlagen, der Stararchitekt des Claudius Balbus? Und sonst niemand? Und es wird nichts geraubt?

Sagt Balbus, ergänzte Rufus. Und warum taucht die Kavallerie erst auf, als die Räuber wieder im Sumpf verschwunden sind?

Genau, sagte Flavus, und sie erwischen niemanden. Das stinkt. Alles stinkt.

Wir werden morgen mal den Tatort absuchen, knurrte Rufus, such dir morgen früh mal ein paar erfahrene Optios, und dann kämme den ganzen verdammten Sumpf durch, und wenn es Tage dauert. Ja, und es mag hier noch keltische Widerstandsgruppen geben, aber warum sollten die so blöd sein, sich traditionell blau anzumalen? Es stinkt. Aber es ist spät. Schluss für heute.

Flavus löschte die Lampen, sie verließen das Gebäude,

schwangen sich auf ihre Pferde und trabten wortlos zum Garnisonsquartier.

Wo würdest du angreifen? fragte Annaeus Rufus seinen Adjutanten. Flavus ließ seinen Blick schweifen. Sie hatten den Weg abgesperrt, sehr zum Ärger einiger Händler, die jetzt den weiten Umweg über Watislara (Wetzlar) nehmen mussten. Die Sänften lagen noch genauso, wie sie gestern gestürzt waren, etwas weiter standen die Wagen. Und dort vorn, Richtung Lahn, war die Begleitung entschwunden, um die Lahnfurten zu sichern.

Flavus zuckte die Achseln: Schwer zu sagen. Kommt darauf an, was ich will. Will ich den Geldsäcken ans Leder, dann kralle ich mir die vordersten Sänften, man sieht ihnen an, dass es darin etwas zu holen gibt. Hat den Nachteil, dass der Begleitschutz mir näher ist. Besser wäre es von hinten anzugreifen, die Wagen. Natürlich nur, wenn da was drin ist, was ich haben will. Oder, wenn ich genug Leute habe, greife ich den ganzen Zug an, von vorn bis hinten.

Genau, brummte Rufus, das Kinn grimmig vorgereckt. Aber sie haben die hinteren Sänften angegriffen, oder sich nach Angriffsbeginn darauf konzentriert.

Wie Fliegen auf die Scheiße, sagte Flavus. Oder auf Honig, sagte Rufus, lass uns mal sehen, ob wir den Honig finden. Oder die Scheiße, sagte Flavus.

Zu beiden Seiten des Knüppeldamms wateten Ketten erfahrener Veteranen durch den Sumpf und suchten jeden Zentimeter ab. Annaeus Rufus hatte die erfahrensten Unterführer der gesamten Legion zusammengesucht, was ihn als Primus Pilum nur einen Befehl kostete.

Nun untersuchten sie der Reihe nach die Sänften. Bei den

vordersten fanden sie alles, was man billigerweise finden konnte: kostbare Decken, Kleidung, durchweichte Papyri mit Plänen, Aufzeichnungen und Berichten, aber auch Reisebeschreibungen und erotische Gedichte. Sie fanden sogar Geldbörsen mit Sesterzen, ja sogar goldene Aurei waren darin. Flavus rief einen Optio herbei und wies ihn an, die Funde einzusammeln und eine Liste mit dem jeweiligen Fundort anzulegen, nachdem sie sie begutachtet hatten. Viel konnte nicht fehlen, allenfalls die wertvollsten Stücke hatten vielleicht manche auf ihrer Flucht mitgenommen.

Ein Stück weiter lagen drei einfache Sänften im Schlamm, und Flavus wunderte sich, dass Sklaven überhaupt in Sänften reisten. Das sind keine normalen Sklaven, wie du sie zu Hause hast, sprach Rufus, das hier sind griechische Gelehrte, von denen kannst du dir mit deinem ganzen Jahressold keinen einzigen leisten. Studierte Griechen, Spezialisten, Künstler in ihrem Fach.

Und das hier ist der Stararchitekt, sagte Flavus und trat zu der Leiche. Bei Jupiter, er war froh, dass es noch früh im Jahr war, und ihnen Gestank und Fliegen erspart blieben.

Siehst du, sagte er, der hat sich gewehrt, da haben sie ihm den Schädel eingeschlagen. Nein, sagte Rufus, sieh genauer hin, Junge, da ist noch etwas. Und hob mit der Spitze seines Kurzschwertes die blutige Tunika an. Ein Stich, nein, zwei, Lanze, Brustbein und Herz. Das ist eine Hinrichtung.

Also Mord, sagte Flavus. Sachbeschädigung, korrigierte ihn sein Kommandeur, er reist in einer Sänfte, aber es ist nur ein Sklave. Aber der Schadenersatz wird teuer, wenn wir den Täter kriegen, abgesehen von Anklagen wegen Raub, Bandenbildung und Störung des Landfriedens.

Falls es nicht doch eine Kriegshandlung war, sprach Flavus.

Glaube ich nicht, knurrte Rufus.

Die Sänfte lag auf der Seite. Die Vorhänge waren heruntergerissen, die Sitzbank herausgebrochen und die Polster aufgeschlitzt. Und das kleine Staufach darunter war regelrecht in Stücke gehackt. Aber es war nichts von Wert zu finden, nur ein paar getrocknete Datteln lagen in und um die Sänfte herum. Und fünf Liebesbriefe von einem gewissen Aristos, durchnässt, aber sorgfältig aufgerollt.

Flavus schüttelte den Kopf, und der Primus Pilum kratzte sich am Kinn. Ich will verdammt sein, murmelte er. Wenn bei diesem Überfall irgendetwas geraubt wurde, dann war es in dieser Kiste. Aber was?

Sie untersuchten noch den Rest der Karawane, fanden aber nichts, was besonderer Würdigung Wert gewesen wäre. Persönliche Gegenstände, Vorräte und Schriftrollen, in einem umgestürzten Wagen auch die Reste eines Geländemodells aus Salzteig, mit Bergen, einem Fluss, Mauern und Häusern, das meiste davon aufgelöst im schlammigen Wasser.

Ein Optio schlurfte geräuschvoll aus dem Sumpf, salutierte und meldete, sie hätten etwas gefunden. Dann führte er sie den Weg, den er gekommen war. Kalt war das Aprilwasser, aber Flavus spürte das kaum. Hier, sagte der Optio, führt die Hauptspur, ein regelrechter Trampelpfad. Ja, wir haben auch die Spuren gefunden, wo sie dem Zug aufgelauert haben, aber hier sind sie geflohen, offensichtlich alle. Da, sagte er, da haben wir einen halben Fußabdruck. Man sieht deutlich Zehen und Ballen.

Und Flavus sah noch etwas: fünf Reihen Nägel. Caliga! sagte er lautlos, ein römischer Soldatenstiefel. Und aus dem Augenwinkel sah er, dass der Primus Pilum es auch gesehen hatte.

Und hier, sagte der Optio und zeigte auf eine kleine Lichtung im Schilf, deren Boden beinahe trocken war, hier standen Pferde. Und da drüben ist Blut. Und Fasern, vielleicht

Papyrus, sagte Flavus, und hob den Fetzen auf. Vielleicht aus der Kiste unter dem Sitz, sagte Rufus. Und dann sagte er nichts mehr, und auch Flavus hielt es für klüger, in Gegenwart der Unterführer den Mund zu halten.

Vielleicht sollten wir uns die Zeugen noch einmal vornehmen, meinte er nach einer Weile. Aber ganz vorsichtig, sprach Rufus zwischen den Zähnen hindurch und blickte in die Wolken, als ob er dort den Furien beim Haschen zuschauen würde. Ganz vorsichtig.

Hatten sie sich beim ersten Verhör auf den Hergang des Überfalls konzentriert, so waren es nun noch ein paar andere Dinge, die sie wie beiläufig fragten, und Flavus lernte an diesem Tage von seinem Kommandeur viel über die Kunst der List.

Wer könnte dahinter stecken? Das fragten sie jeden. Balbus, der Architekt, wusste genau, dass sein Konkurrent Mellitus dahinter steckte. Denn Mellitus war überschuldet und konnte sich nur mit dem Gewinn dieser Ausschreibung retten, mit den Millionen, die beim Bau einer ganzen Stadt zu verdienen waren. Und mit seinen ägyptischen Sklaven wäre er nie gegen Krateos angekommen! Ach, Krateos! Hier weinte Balbus, und Flavus schien es ein anderer Schmerz zu sein als der um ein sicheres Geschäft.

Wer könnte dahinter stecken? Die mitreisenden Geschäftsleute waren sich ebenfalls sicher, nur hatte jeder eine andere These: Zwar tauchte auch hier Mellitus als Konkurrent immer wieder auf, aber mal war er mit den Göttern im Bunde, mal mit dem Stadtplaner im Gefolge des Drusus, einem gewissen Flaccus, dann waren es die Scipionen, die aus Rom heraus ihre afrikanischen Getreidegewinne anlegen wollten.

Mittlerweile war auch Balbus Konkurrent Mellitus eingetroffen, und sie vernahmen ihn. Mellitus konnte seine Genugtuung nicht verbergen, sie quoll aus jeder Pore. Ohne Krateos, höhnte er, könne Balbus noch Köhlerhütten und Latrinen bauen! Und als er hörte, dass sich das mitgeführte Geländemodell im Sumpf aufgelöst habe, fiel er vor Lachen fast vom Stuhl.

Dass er verschuldet sei, stritt Mellitus hingegen vehement ab. Nicht er, nein, Balbus habe Unsummen in Bestechungen investiert, nun sei er pleite, und das, beim Apollo, geschehe ihm recht!

Der besagte Aristos, von dem der Getötete Liebesbriefe erhalten hatte, stellte sich als Diener des Mellitus heraus, und da wurde Balbus Konkurrent schlagartig still.

Und dann fiel der Name Aelius Seianus. Flavus wollte schon die nächste Frage stellen, aber er bemerkte die Anspannung im Gesicht seines Kommandeurs, der dennoch weiterplauderte. Ah, Seianus! Ja, den kenne ich von früher, ein guter ..., ja genau! Ach, der hat auch ...? Das ist ja interessant. Grüßen Sie ihn von mir!

Seianus, fragte Flavus, als der Zeuge den Raum verließ, Seianus? Aelius Seianus, sagte Rufus sehr leise, als ob die Wände Ohren hätten, Sohn des Seius Strabo, dämmert es? Ein enger Vertrauter von Tiberius. Wenn der mit drin hängt, dann gute Nacht.

Und Flavus' Erkenntnis blubberte wie Sumpfgas an die Oberfläche, und vermutlich sah er in diesen Momenten nicht allzu intelligent aus. Du meinst? fragte er.

Zwei Söhne hat der göttliche Augustus, Drusus und Tiberius, beide adoptiert, abgesehen von den Gerüchten, Augustus habe Drusus Mutter Livia schon geschwängert, als sie noch mit Claudius Nero verheiratet war. Drusus war der Lieblingssohn des großen Kaisers und der Liebling des Volkes, Tiberius war abgeschlagen, die Nummer zwei in der Thronfolge, bespöttelt vom Volk. Sollte er tatsächlich ...? Und was hatte Paulus, ihr Legionskommandeur gesagt: ... das hier ist politisch?

Sie ließen noch einmal die Diener und Sklaven aufmarschieren, aber das ergab nur Details. Der getötete Krateos habe keine Reichtümer besessen, sagten alle. Ja, er habe das Bett mit Balbus geteilt. Und einer wusste von dem Verhältnis zu Aristos, den er wohl im Rahmen der Vorausscheidungen in Rom kennen gelernt habe. Die beiden anderen griechischen Sklaven stellten sich als Buchhalter und Zeichner heraus. Sie wagten nichts gegen ihren Herrn zu sagen, aber eines wurde sehr klar: Krateos war der einzige Architekt. Und damit war der Überfall eindeutig eine Sabotage der Endausscheidung. Wer aber steckte dahinter?

Sie löschten das Licht und stiegen auf die gewaltige Mauerkrone des keltischen Burgberges. Hier, in 40 Fuß Höhe, starrten sie in den Nachthimmel. Hier waren sie vor fremden Ohren sicher.

Höllenhunde, sprach Flavus leise aber grimmig in die Nacht: ... wagt es einer der Toten, an ihm vorbei sich zu schleichen, so schlägt er die Zähne tief und schmerzhaft ins Fleisch der Entfliehenden ...

Rufus nahm die Odyssee auf: ... und schleppt sie zurück unter Qualen ...

Und dann schwiegen sie.

Wenn Tiberius hinter dem Raubüberfall steckt, sagte Flavus schließlich, dann müsste Drusus uns mit Ehren überhäufen, oder?

Wenn Drusus dahinter steckt, bist du tot, sagte Rufus.

Flavus schwieg. Eine Weile. Was haben wir?, sagte er dann. Zwei Gruppen reisen in das feindliche Germanien, weil sie den großen Reibach wittern. Balbus ist sicher, dass er den Wettbewerb gewinnt und die erste Stadt Roms in Germania Magna bauen darf. Dann hängt er in allen Planungen, bringt seine Firmen ins Spiel, und überall kassiert er ab. Die gleiche Idee hatte Mellitus. Aber nur einer kann gewinnen. Und Balbus hat die besseren Architekten, die bessere Idee, vielleicht die besseren Kontakte. Dann muss Mellitus Balbus umbringen.

Nein, sagte Rufus, Balbus hat Kontakte, aber er kann nicht bauen. Außerdem wäre es Mord. Wenn wir ihn damit kriegen, wäre er tot. Für Landfriedensbruch und Sachbeschädigung aber kann er Strafe zahlen und seine Ämter und Pfründen behalten. Mellitus könnte es gewesen sein.

Kann Mellitus einen Überfall kaufen?, fragte Flavus, kann er Quintilius Gallus bestechen, dass er seine Reiter genau vor dem Überfall abzieht?

Er kann, sprach Rufus gedehnt, aber höheren Herren fiele es leichter. Und ich denke, nun wird uns bald ein Zufall zu Hilfe kommen ....

Das kann doch nicht so sein!, rief Flavus ergrimmt, das Gesetz Roms kann so etwas doch nicht ... Das Gesetz Roms, sagte Rufus, so, so, so. Bist du Republikaner?

Glühend, sagte Flavus. Scheiße, sagte Rufus, dann kann ich dir nicht mehr helfen. Wach auf, Junge.

Aus dem ehemaligen keltischen Ratsgebäude strömten Lichter, Fackeln, sie verteilten sich, Soldaten riefen ihre Namen. Vielleicht wäre es besser gewesen, wenn sie sich nicht zu erkennen gegeben hätten, wenn sie sich erst etwas umgehört hätten, aber ein Leben in strenger Disziplin formt die Seelen, und die Seelen handeln, bevor der Verstand entschieden hat, dass es wichtig ist.

Und so meldeten sie sich, und sie wurden in das Ratsgebäude geführt. Unzählige Fackeln erhellten die große Halle, in der Mitte saß Drusus, der kommende Kaiser, umringt von den Legionskommandeuren und zahlreichen Stabsoffizieren. Und dort stand Quintilius Gallus, der Führer des Begleitschutzes, in Ketten, zusammengesunken und gezeichnet von Verhören, und selbst die Narbe über dem Wangenknochen war blass.

Der Kommandeur der XVIII. Legion, Paulus, ihr Kommandeur, trat vor. Quintilius Gallus, sagte er, hat zugegeben, dass er von keltischen Rebellen bestochen wurde. Unser oberster Feldherr, Nero Claudius Drusus, Legatus Augusti Pro Praetore, gewährt ihm deshalb einen schnellen Tod durch das Schwert, ja, er darf durch eigene Hand sterben. Niemand wird ihn anklagen, niemand seine Familie für irgendetwas haftbar machen.

Dann reichte er Gallus ein Schwert, sein Schwert, das früher in der nunmehr leeren Scheide gesteckt haben mochte. Und Gallus nahm es. Sein Blick schrie die Verzweiflung hinaus, die Ungerechtigkeit, die ihn in diese Lage gebracht hatte, obwohl er immer nur Befehle befolgt hatte, Befehle, die ihn, wenn er sie nicht befolgt hätte, genauso zum Tode gebracht hätten. Und dann riss er seine Tunika auf, stellte die Waffe gegen seine Brust und ließ sich fallen.

Die Spitze trat aus seinem Rücken, er zappelte noch einen Moment, schrie, und dann war es vorbei. Sklaven kamen, schleppten den Körper samt Schwert hinweg, andere wischten den Boden. Und wieder andere brachten heißen Wein, mit Pfeffer und Datteln.

Offiziere, Kameraden! sprach Drusus, Germania ist immer wieder eine Herausforderung! Nirgendwo gibt es schlechteres Wetter, tapferere Gegner und mehr Verrat! Aber Rom siegt. Rom siegt, weil wir Gesetze haben, die wichtiger sind als die Macht einer einzelnen Person! Dieser Überfall war ein Angriff auf Rom! Aber wir haben ihn abgewehrt und die Schuldigen bestraft! Heil unserem Führer, Heil Augustus!

Und da riefen sie ‚Heil Augustus!' und tranken, und jeder Schluck machte sie zu einem Komplizen des Systems, so sah es Flavus. In der allgemeinen Begeisterung schluckte er schwer, ohne von der Flüssigkeit etwas herunterzubringen.

Und dann fing er den Blick seines Kommandeurs auf. Annaeus Rufus, Primus Pilum, der erfahrenste Haudegen der Legion, kaute an dem heißen Trank.

Und da wusste Flavus, dass dies alles kein Alptraum gewesen war. Und zum ersten Mal in seinem Leben, nach siebzehn Jahren in der Armee, erwog er erstmalig seinen Abschied.

Autorinnen und Autoren

Jan Aaron, geb. 1956 in Hamburg, Abitur in Münster, Westfalen, studierte Raumfahrt und Frühgeschichte. Er lebte in Berlin, Portsmouth und Arizona, arbeitete als Pilot, Kommunikationstrainer und Lehrbuchautor. Nach häuslicher Pflege seiner Eltern beteiligte er sich an den Ausgrabungen der Keltenstadt Dünsberg und begann Kurzgeschichten und Balladen zu schreiben, seit 2010 liest er Ringelnatz und Tucholsky. Seine Betätigung als Jazzsänger findet allgemein mehr Anklang als seine Liebe zur englischen Küche.

Carla Bramming, geboren an der Nahe, Schulzeit in der Lüneburger Heide, studierte in Regensburg Naturwissenschaften und Germanistik. Sie arbeitete als Gymnasiallehrerin, Pressereferentin und Eventmanagerin. In Gießen baute sie den Sozialtag und das Freiwilligenzentrum auf.
Als Mutter von drei eigenen und einem Pflegekind liebt sie Pferde, Blumenkunst sowie skandinavische Küche und Krimis. Sie lebt in Leihgestern bei Gießen und schreibt seit zwei Jahren Gedichte und Kurzgeschichten.

Klaus-J. Frahm, geb. 1954 in Kiel, aufgewachsen in Gießen, betätigte sich nach dem Abbruch des Studiums der Wirtschaftswissenschaften u. a. als Werbetexter, Taxifahrer, Gartengestalter, Eisverkäufer und Lumpensammler. Später studierte er Philosophie, Literatur- und Musikwissenschaften. Er lebt mit Ehefrau Emmi und drei Kindern in Eisemroth in Mittelhessen, arbeitet als Kulturjournalist für verschiedene Zeitungen und veröffentlichte zahlreiche Kurzgeschichten. Veröffentlichungen (Auswahl): »Kristallklar«, in Tatorte Hessen (2004), »Hinterländer Kassensturz« in Tatorte Hessen kulinarisch (2006), »Kulturelle Entdeckungen Mittelhessen«, Sparkassen Kulturstiftung, (2007).

Henrike Heiland (1975) lernte Klavier und studierte englische und deutsche Literatur in Gießen, Bonn und Durham.
Nach diversen Theater- und Filmjobs arbeitet sie heute als Autorin (auch unter dem Pseudonym Zoë Beck), Übersetzerin und Redakteurin. 2010 erhielt sie als Zoë Beck den Friedrich-Glauser-Preis Sparte Kurzkrimi. Sie lebt in Berlin.
www.henrikeheiland.de

Hermann Henn ist das Pseudonym von Dr. Hans Schneider. 1959 im alten Dillkreis geboren, lebt er heute in Fernwald bei Gießen und arbeitet als Professor für Sozialwissenschaften an der Hessischen Hochschule für Polizei und Verwaltung in Gießen. Neben seinem ehrenamtlichen Dienst im Freiwilligen Polizeidienst des Landes Hessen, schreibt Schneider Kriminalromane. Veröffentlichungen: »Mord im Schwanenteich« (2010), »Der Tod sitzt mit am Runden Tisch« (2011).

Almuth Heuner, geb. 1962, ist Schriftstellerin und Diplom-Übersetzerin und lebt in Offenbach am Main. Seit 1990 übersetzt sie Kriminalliteratur. 1999 erschien ihre erste eigene Kriminalstory in dem Band »Mord zwischen Messer und Gabel«, 2005 wurde eine ihrer Erzählungen für den Kurzkrimi-Glauser nominiert, und ihre jüngste erschien 2011 in dem Band »Tod im Taunus«. Sie gab mehrere Kurzkrimibände heraus, zuletzt den preisgekrönten Band »Mord im Weinkeller«. Daneben forscht sie zur Kriminalliteratur von Frauen , gibt Seminare, veranstaltet Workshops und hält Vorträge. Mehr unter www.heuner.de

Hans-Jürgen Hilbig wurde 1962 in Gießen geboren. Schon in früher Jugend trat Hilbig als Dichter in seiner Heimatstadt in Erscheinung. Seine lokale Krimiserie »Inspektor Rolf« war in Gießen viele Jahre Kult. Hilbig veröffentlicht täglich Gedichte im Internet. Veröffentlichungen: Hörspiel »Zufällige Bekanntschaften« im HR, 1997, Gedichtband »Es gibt keine Zeit mehr« 1999, seit 2003 Veröffentlichungen von Texten in der Literaturzeitschrift Kult, Hörbuch »Elke erzählt« gesprochen von der Schauspielerin Jo Kern, 2005

Natascha N. Hoefer wurde am Nikolaustag 1974 in Weilburg geboren und wuchs in Wetzlar auf. Ihre Ferien verbrachte sie stets in der Bretagne, der Heimat ihrer Mutter. Die Erfahrungen der merkwürdigen Verwurzelung in zwei Kulturen regten sie zu ihrem Roman »Wie es vielleicht war« an. Weitere Bücher schrieb die Autorin, die lange Zeit an der Universität Gießen arbeitete, im Bereich einer Literatur- und Kulturwissenschaft, zu Themen wie Andenken, dem ruinierten Poeten Chatterton und Trauerkleidung.

Brigitte Jaudes wurde 1968 in Bobenheim-Roxheim geboren. Nach dem Studium der Biologie in Gießen arbeitete sie zunächst selbstständig für den Naturschutz, bevor sie eine feste Anstellung bei einem hessischen Staatsbetrieb annahm. Sie arbeitet für den botanischen Artenschutz in Hessen. In ihrer Freizeit schreibt die Mutter von drei Kindern Kriminalgeschichten. Veröffentlichungen: »Der Mühlenbrenner« (2008)

Wolfgang Kemmer, geboren im Hunsrück, studierte Germanistik, Anglistik und Angloamerikanische Geschichte in Köln und arbeitete anschließend als Lektor in einer Münchner Literaturagentur. Heute lebt er als freier Lektor und Autor mit sei-

ner Familie in Augsburg. Seit 2006 gibt er für den zur Weltbildgruppe gehörenden Restseller Jokers im Internet Kurzkrimis als Gratis-Downloads heraus. 2008 erschien von ihm bei KBV die Anthologie »In Kürze verstorben«.
www.wolfgang-kemmer.de

Eva Lirot wurde 1966 geboren und ist vergleichsweise wohlbehütet in der Umgebung von Limburg (Hessen) aufgewachsen. Es folgte die fulminante Fehlbesetzung in einer Ausbildung zur Bankkauffrau. Ihr weiterer beruflicher Weg führte sie zum Frankfurter Flughafen, zu einer Bauträger-Gesellschaft, einem Unternehmen für Flüssiggas und zum Verband clubfreier Golfspieler. Im Jahr 2002 begann sie ein Studium im Fach Literaturwissenschaft. Heraus kam ein Magister – und ihre Kriminalromane. www.eva-lirot.de

Georg Meier wurde 1947 in Gießen geboren. Nach einer Lehre als Koch lebte er als Beatnik, Gammler und Hippie in europäischen Großstädten und Gefängnissen, bevor er 1976 in Hamburg eine Szenekneipe eröffnete. Sein erster Roman »Alle waren in Woodstock, außer mir und den Beatles« wurde aus dem Stand ein Bestseller. Meier gilt als Chronist des nichtstudentischen Teils der 68er Bewegung und ist bekannt für seinen locker ironischen Stil. Weitere Veröffentlichungen: »Härte 10« (2009), »Mit dem Gibbon und John Lennon nach Ancona« (2010), »Kein weiter Weg vom Puddingshop zum Père Lachaise« (2011).

Regina Rosenkranz wurde 1962 in Wetzlar geboren und verbrachte ihre Schulzeit in Braunfels und Wetzlar. In Gießen studierte sie Germanistik und Kunstgeschichte. Nach so viel Hessischem zog es sie nach dem Magisterabschluss nach München, wo sie mit Mann und Sohn lebt und als Sprachdozentin und Autorin arbeitet. In ihrem zuletzt erschienenen Buch »Mensch, dich schickt der Himmel!« beschäftigt sie sich ganz »unkriminalistisch« mit den »Engeln des Alltags«.

Stephan Scholz wurde 1976 in Alfeld/Leine geboren und lebt heute in Wetzlar. Nach Abschluss des Magisterstudiums im Hauptfach »Neuere Deutsche Literaturwissenschaft« mit den Nebenfächern »Neuere Geschichte« und »Deutsche Sprachwissenschaft« in Gießen war er zunächst einige Jahre im Buchhandel beschäftigt. Seit 2009 arbeitet er als freier Journalist für lokale Tageszeitungen und Geschichtsmagazine. Als Autor war er unter anderem beteiligt am Band »Kulturelle Entdeckungen Mittelhessen«, (2007).

Anne Spitzner wurde 1988 in Gießen geboren. Nach dem Abitur 2007 nahm sie ein Studium der Biologie in Gießen auf. Neben dem Studium schreibt Anne Spitzner Fantasyromane, Gedichte und Kriminalromane. Veröffentlichungen: »Dämmergeister« (2007), »Der Geschmack einer Wolke« (Gedichte, 2009), »Verlorene Kinder« (Kriminalroman), »Umzingelt« (Jugendbuch, 2011).

Bernd Walf, geb. 1956 in Wilhelmshaven, arbeitete nach dem Abitur als medizinisch-technischer Assistent und wissenschaftlicher Mitarbeiter in der Universitätsklinik Gießen, danach als Organisationsprogrammierer und später als technischer Berater in einer Softwarefirma. Heute ist er als freiberuflicher Werbetexter und Marketingberater tätig. Er veröffentlichte satirische Gedichte, Märchen, Kurzkrimis und Theatersketche. 3. Preis beim Literaturwettbewerb des Landkreises Dillingen/Donau für den Theatersketch »Die Verschlankung«

(2003). Weitere Veröffentlichungen: Gedichte in der Anthologie »Schleudernde Gefühle« (2002), »Die Handtasche«(2001), »Werbeagentur Gartenlaube« (Theatersketch, 2002), »Glockenschlag« (2004)

Michael Weichsäge ist das Pseudonym eines Professors einer hessischen medizinischen Fakultät. Als Krimifan hat er vor einigen Jahren begonnen, eigene Kriminalgeschichten zu verfassen. Im Jahre 2007 hat er mit der hier abgedruckten Kurzgeschichte den Schreibwettbewerb beim Gießener Krimifestival gewonnen.